John Hartley

Yorkshire Lyrics

Poems

John Hartley

Yorkshire Lyrics
Poems

ISBN/EAN: 9783744779609

Printed in Europe, USA, Canada, Australia, Japan

Cover: Foto ©Andreas Hilbeck / pixelio.de

More available books at **www.hansebooks.com**

POEMS

WRITTEN IN THE DIALECT AS SPOKEN IN THE WEST
RIDING OF YORKSHIRE.

By JOHN HARTLEY.

LONDON:

W. NICHOLSON & SONS, LIMITED,
26, PATERNOSTER SQUARE, E.C.,
AND ALBION WORKS, WAKEFIELD.

YORKSHIRE LYRICS.

POEMS

WRITTEN IN THE DIALECT AS SPOKEN IN THE WEST RIDING OF YORKSHIRE.

TO WHICH ARE ADDED A

SELECTION OF FUGITIVE VERSES

NOT IN THE DIALECT.

By JOHN HARTLEY,

AUTHOR OF "CLOCK ALMANACK," "YORKSHER PUDDIN," "YORKSHIRE TALES," &c., &c.

"IT has not been my lot to pore
O'er ancient tomes of Classic lore,
    Or quaff Castalia's springs;
Yet sometimes the observant eye
May germs of poetry descry
    In plain and common things."

LONDON:

W. NICHOLSON & SONS, LIMITED,
26, PATERNOSTER SQUARE, E.C.,
AND ALBION WORKS, WAKEFIELD.

DEDICATION.

TO MY DEAR DAUGHTER,

ANNIE SOPHIE,

THIS COLLECTION OF DIALECT VERSES IS DEDICATED,

AS A TOKEN OF SINCERE LOVE.

JOHN HARTLEY.

Christmas, 1898.

YORKSHIRE LYRICS.

MI DARLING MUSE.

MI darlin' Muse, aw coax and pet her,
  To pleeas yo, for aw like nowt better;
  An' if aw find aw connot get her
      To lend her aid,
Into foorced measure then aw set her,
      The stupid jade!

An' if mi lines dooant run as spreetly,
Nor beam wi gems o' wit soa breetly,
Place all the blame,—yo'll place it reightly,
      Upon her back;
To win her smile aw follow neetly,
      Along her track.

Maybe shoo thinks to stop mi folly,
An let me taste o' melancholy;
But just to spite her awl be jolly,
      An say mi say;
Awl fire away another volley
      Tho' shoo says "Nay."

We've had some happy times together,
For monny years we've stretched our tether,
An as aw dunnot care a feather
      For fowk 'at grummel,
We'll have another try. Aye! whether
      We stand or tummel.

Sometimes th' reward for all us trubble,
Has been a crop o' scrunty stubble,
But th' harvest someday may be double,
    At least we'll trust it;
An them 'at say it's but a bubble,
    We'll leeav to brust it.

TO A DAISY,

FOUND BLOOMING MARCH 7TH.

'A, awm feeard tha's come too sooin,
    Little daisy!
Pray, whativver wor ta doin?
    Are ta crazy?
Winter winds are blowin' yet,—
Tha'll be starved mi little pet.

Did a gleam o' sunshine warm thee,
    An' deceive thee?
Nivver let appearance charm thee,
    For believe me,
Smiles tha'll find are oft but snares,
Laid to catch thee unawares.

Still aw think it luks a shame,
    To tawk sich stuff;
Aw've lost faith, an' tha'll do th' same,
    Hi, sooin enuff.
If tha'rt happy as tha art
Trustin' must be th' wisest part.

Come, aw'll pile some bits o' stooan,
    Raand thi dwellin';
They may screen thee when aw've gooan,
    Ther's noa tellin';
An' when gentle spring draws near
Aw'll release thee, nivver fear.

An' if then thi pretty face,
    Greets me smilin';

Aw may come an sit bith' place,
    Time beguilin';
Glad to think aw'd paar to be,
Of some use, if but to thee.

MI BONNY YORKSHER LASS.

AW'VE travelled East, West, North, an South,
    An led a rooamin' life;
    Aw've met wi things ov stirlin' worth,
    Aw've shared wi joy an strife;
Aw've kept a gooid stiff upper lip,
    Whativver's come to pass:
But th' captain of mi Fortun's ship,
    Has been mi Yorksher Lass.

Storm-tossed, sails rent, an reckonin' lost,
    A toy for wind an wave;
Mid blindin' fog an snow an frost,
    Aw've thowt noa power could save;
But ivver in the darkest day,
    Wi muscles strong as brass,
To some safe port shoo's led the way,—
    Mi honest Yorksher Lass.

Shoo's fair,—all Yorksher lasses are,—
    Shoo's bonny as the rest,
Her brow ne'er shows a line o' care,
    Shoo thinks what is, is best.
Shoo's lovin', true, an full o' pluck,
    An it seems as clear as glass,
'At th' lad is sewer to meet gooid luck
    'At weds a Yorksher Lass.

Ther's oriental beauties, an'
    Grand fowk ov ivvery grade,
But when it comes to honest worth,
    Shoo puts 'em all ith' shade,
For wi her charms an virtues,
    Shoo stands at top o'th' class;
Ther's nooan soa rare as can compare,
    Wi a bonny Yorksher Lass.

Then here's to th' Yorksher lasses!
    Whearivver they may be;
Ther worth ther's nooan surpasses,
    An ther's nooan as brave an free!
If awd to live life o'er ageean,
    Awd think misen an ass,
If aw didn't tak for company,
    A bonny Yorksher lass.

GIVE IT 'EM HOT.

GIVE it 'em hot, and be hanged to ther feelins!
    Souls may be lost wol yor choosin' yor words!
    Out wi' them doctrines 'at taich o' fair dealins!
    Daan wi' a vice tho' it may be a lord's!
What does it matter if truth be unpleasant?
    Are we to lie a man's pride to exalt?
Why should a prince be excused, when a peasant
    Is bullied an' blamed for a mich smaller fault?

O, ther's too mich o' that sneakin an' bendin;
    An honest man still should be fearless an' bold;
But at this day fowk seem to be feeared ov offendin,
    An' they'll bow to a cauf if it's nobbut o' gold.
Gie me a crust tho it's dry an' a hard 'en,
    If aw know it's my own aw can ait it wi' glee;
Aw'd rayther bith hauf work all th' day for a farden,
    Nor haddle a fortun wi' bendin mi knee.

Let ivvery man by his merit be tested,—
    Net by his pocket or th' clooas on his back;
Let hypocrites all o' ther clooaks be divested,
    An' what they're entitled to, that let 'em tak.
Give it 'em hot! but remember when praichin,
    All yo 'at profess others' failins to tell,
'At yo'll do far moor gooid wi' yor tawkin an' taichin,
    If yo set an example, an' improve yorsel.

A TALE FOR TH' CHILDER,

ON CHRISTMAS EVE.

LITTLE childer,—little childer;
  Harken to an old man's ditty;
Tho yo live ith' country village,—
  Tho yo live ith' busy city.
Aw've a little tale to tell yo,—
  One 'at ne'er grows stale wi' tellin,—
It's abaat One who to save yo,
  Here amang men made His dwellin.
Riches moor nor yo can fancy,—
  Moor nor all this world has in it,—
He gave up becoss He loved yo,
  An He's lovin yo this minnit.
All His power, pomp and glory,
  Which to think on must bewilder,—
All He left,—an what for think yo?
  Just for love ov little childer.
In a common, lowly stable
  He wor laid, an th' stars wor twinklin,
As if angel's 'een wor peepin
  On His face 'at th' dew wor sprinklin.
An one star, like a big lantern,
  Shepherds who ther flocks wor keepin,
Saw, an foller'd till it rested
  Just aboon whear He wor sleepin.
Then strange music an sweet voices
  Seem'd to sing reight aght o' Heaven,
"Unto us a child is born!
  Unto us a son is given!"
Then coom wise men thro strange nations,—
  Young men an men old an hoary,—
An they all knelt daan befoor Him,
  An araand Him shone a glory.
Then a King thowt he wod kill Him,
  Tho he reckoned net to mind Him,
But they went to a strange country,
  Whear this bad King couldn't find Him.
An He grew up strong and sturdy,
  An He sooin began His praichin,

An big craads stood raand to listen,
  An they wondered at His taichin.
Then some sed bad things abaat Him,
  Called Him names, laft at an jeered Him;—
Sed He wor a base imposter,
  For they hated, yet they feeard Him.
Some believed in His glad tidins,—
  Saw Him cure men ov ther blindness,—
Saw Him make once—deead fowk livin,
  Saw Him full o' love an kindness.
Wicked men at last waylaid Him,
  Drag'd Him off to jail and tried Him,
Tho noa fault they could find in Him,
  Yet they cursed an crucified Him.
Nubdy knows ha mich He suffered;
  But His work on earth wor ended:—
From the grave whear they had laid Him,
  Into Heaven He ascended.
Love like His may well bewilder,—
  Sinners weel may bow befoor Him;—
Nah He waits for th' little childer,
  Up in Heaven whear saints adore Him.
Think when sittin raand yor hearthstun,
  An the Kursmiss bells are ringing,
Ha He lived an died at yo may
  Join those angels in ther singin.

WORDS OV KINDNESS.

'TIS strange 'at fowk will be sich fooils
  To mak life net worth livin',
Fermentin' rows, creatin' mooils,
  Detractin' an' deceivin'.
To fratch an' worry day an' neet,
  Is sewerly wilful blindness,
When weel we know ther's nowt as sweet,
  As a few words spoke i' kindness.

Ther is noa heart withaat its grief,
  The gayest have some sadness;
But oft a kind word brings relief,
  An' sheds a ray ov gladness.

We ought to think of others moor,
    Nor ov ther pains be mindless;
We may bring joy to monny a door
    Wi' a few words spoke i' kindness.

A peevish spaik, a bitin' jest,
    'At may be thowtless spokken,
May be like keen edged dagger prest
    Throo some heart nearly brokken.
Then let love be awr rule o' life,
    This world's cares we shall find less;
For nowt can put an end to strife,
    Like a few words spoke i' kindness.

A BRUSSEN BUBBLE.

BET wor a stirrin, strappin lass,
    Shoo lived near Woodus Moor;—
An varry keen shoo wor for brass,
    Tho little wor her stoor.
Shoo'd wed for love—and as luck let,
    It proved a lucky hit;
A finer chap yo've seldom met,
    Or one wi better wit.

His name awm net inclined to tell,
    But he'd been kursend John;
An he wor rayther praad hissel,
    An anxious to get on.
At neet they'd sit an tawk, an plan,
    Some way to mend ther state;
"What one chap's done another can,"
    Sed Bet, "let's get agate."

"This morn wol darnin socks for thee
    This thowt coom i' mi nop,
An do't we will if tha'll agree;—
    Let's start a little shop.
We'll sell all sooarts o' useful things
    'At ivverybody needs;
Like scaarin-stooan, an tape an pins
    An buttons, sooap, an threeds.

An spice for th' childer,—castor oil,
  An traitle drink, an pies,
An kinlin wood, an maybe coil,
  Fresh yeast an hooks an eyes.
Corn plaisters, Bristol brick, an clay,
  Puttates, rewbub an salt;
An if that can't be made to pay,
  It willn't be my fault."

" Th' idea's a gooid en," John replied,
  " We should ha done 't befoor;
Aw raillee think at if its tried,
  We'st neer luk back noa moor.
But whear's th' stock commin throo, mi lass?
  That's moor nor aw can tell;
Fowk willn't come an spend ther brass,
  Unless yo've stuff to sell."

" Why, wodn't th' maister lend a hand?
  Tha knows he's fond o' me;
A five paand nooat wod do it grand—
  Awd ax if aw wor thee."
An John did ax, an strange to say
  He gat it thear an then;
An Bet wor ne'er i' sich a way—
  Fairly besides hersen.

Soa th' haase wor turned into a shop,
  An praad they wor,—an Bet
Sed to hersen—" It luks tip top,
  Aw'st be a lady yet."
An th' naybors coom throo far an near,
  To buy a thing or two,
What they'd paid tuppence for,—why, here
  Bet made three awpence do.

When John coom home at neet, his wife
  Wor soa uncommon thrang,
At th' furst time in his wedded life,
  His drinkin time coom wrang.
He did his best to seem content,
  Till shuttin up time coom;
" Why, lass, he said, "thar't fairly spent,
  Tha's oppen'd wi a boom."

An ivvery day, to th' end o'th' wick
  Browt customers enuff;
But th' stock wor lukkin varry sick,
  For shoo'd sell'd ali her stuff.
But then, shoo'd bowt a new silk gaon,
  An John a silk top hat,
An th' nicest easy chair ith' taan,
  An bits o' this an that.

An th' upshot wor, shoo'd spent all th' brass,
  An shoo'd nowt left to sell;
An what John sed,—aw'll let that pass
  For 'tisn't fit to tell.
Soa th' business brust, but Bet declares,
  'Twor nobbut want o' thowt,
For shoo'd sooin ha made a fortun,
  If th' stock had cost 'em nowt.

TH' LITTLE STRANGER.

LITTLE bonny, bonny babby!
  How tha stares, an' weel tha may,
  For its but an haar or hardly
  Sin' tha furst saw th' leet o' day.

A'a tha little knows, young moppet,
Ha awst have to tew for thee;
But may be when forced to drop it,
'At tha'll do a bit for me.

Are ta maddled mun amang it?
Does ta wonder what aw mean?
Aw should think tha does, but dang it,
Where's ta been to leearn to scream?

That's noa sooart o' mewsic, bless thi,
Dunnot peawt thi lip like that;
Mun, aw hardly dar to nurse thi,
Feared awst hurt thi, little brat.

Come aw'll tak thi to thi mother,
Shoo's more used to sich nor me,
Hands like mine worn't made to bother
Wi sich ginger-breead as thee.

Innocent an' helpless craytur,
All soa pure an' undefiled,
If ther's ought belangs to heaven,
Lives o'th' earth, it is a child.

An' its hard to think 'at someday,
If tha'rt spared to weather throo,
'At tha'll be a man, an' someway
Have to feight life's battles too.

Kings an' Queens, an' lords an' ladies,
Once wor nowt noa moor to see,
An' th'warst wretch at hung o'th' gallows,
Once wor born as pure as thee.

An' what tha at last may come to,
God aboon is all can tell;
But aw hope 'at tha'll be lucky,
Even tho aw fail mysel.

Do aw ooin thi? its a pity,
Hush! nah prathi dunnot freat;
Goa an' snoozle to thi titty,
Tha'rt too young for trouble yet.

TH' TRAITLE SOP.

ONCE in a little country taan
   A grocer kept a shop,
  An sell'd amang his other things,
    Prime traitle-drink and pop;

Teah, coffee, currans, spenish juice,
  Soft soap an' paader blue,
Presarves an' pickles, cinnamon,
  Allspice an' pepper too.

An' hoasts o' other sooarts o' stuff
  To sell to sich as came,
As figs, an' raisens, salt an' spice,
  Too numerous to name.

One summer's day a waggon stood
  Just opposite his door;

An' th' childer all gaped raand as if
  They'd ne'er seen one afoor.

An' in it wor a traitle cask,
  It wor a wopper too,
To get it aght they all wor fast
  Which ivver way to do.

But wol they stood an parley'd thear,
  Th' horse gave a sudden chuck,
An' aght it flew, an' bursting threw
  All th' traitle into th' muck.

Then th' childer laff'd an' clapp'd ther hands,
  To them it seem'd rare fun;
But th' grocer ommost lost his wits
  When he saw th' traitle run.

He stamp'd an' raved, an' then declared
  He wod'nt pay a meg!
An' th' carter vow'd until he did
  He wod'nt stir a peg.

He sed he'd done his business reight,—
  He'd brought it up to th' door,
An thear it wor, an noa fair chap
  Wod want him to do moor.

But wol they stamped, an raved, an swore,
  An vented aght ther spleen,
Th' childer wor thrang enough, you're sure,
  All plaister'd up to th' een.

A neighbor chap saw th' state o' things,
  An pitied ther distress,
An begg'd em not to be soa sour
  Abaht soa sweet a mess;

"An tha'd be sour," th' owd grocer sed,
  "If th' job wor thine owd lad,
An somdy wanted thee to pay
  For what tha'd nivver had."

"Th' fault isn't mine," sed th' cart driver,
  "My duty's done I hope?
I've brought him th' traitle, thear it is,
  An he mun sam it up."

Soa th' neighbor left em to thersen,
   He'd nowt noa moor to say,
But went to guard what ther wor left,
   An send th' young brood away.

This didn't suit th' young lads a bit,—
   They didn't mean to stop,
They felt detarmin'd that they'd get
   Another traitle sop.

They tried all ways but th' chap stood firm,
   They couldn't get a lick,
An some o'th' boldest gate a taste
   O'th' neighbor's walking stick.

At last one said, "I know a plan
   If we can scheme to do it,
We'll knock one daan bang into th' dolt,
   An let him roll reight throo it;"

"Agreed! agreed!" they all replied,
   "An here comes little Jack,
He's foorced to pass cloise up this side,
   We'll do it in a crack."

Poor Jack wor rayther short, an came
   Just like a sucking duck;
He little dream'd at th' sweets o' life
   Wod ivver be his luck.

But daan they shoved him, an he roll'd
   Heead first bang into th' mess,
An aght he coom a woeful seet,
   As yo may easy guess.

They marched him off i' famous glee,
   All stickified an clammy,
Then licked him clean an sent him hooam
   To get lick'd by his mammy.

Then th' cartdriver an th' grocer came,
   Booath in a dreadful flutter,
To save some, but they came too lat,
   It all wor lost ith gutter:

It towt a lesson to em booath
  Befoor that job wor ended,
To try (at stead o' falling aght)
  If owt went wrang to mend it.

For wol folk rave abaht ther loss,
  Some sharper's sure to pop,
An aght o' ther misfortunes
  They'll contrive to get a sop.

ONCE AGEAN WELCOME.

ONCE agean welcome! oh, what is ther grander,
    When years have rolled by sin' yo left an old
        friend ?
    An what cheers yor heart, when yo far away
        wander,
As mich as the thowts ov a welcome at th' end?
Yo may goa an be lucky, an win lots o' riches;
Yo may gain fresh acquaintance as onward yo rooam;
But tho' wealth may be temptin, an honor bewitches,
Yet they're nowt when compared to a welcome back
        hooam.

Pray, who hasn't felt as they've sat sad an lonely,
They'd give all they possessed for the wings ov a dove,
To fly far away, just to catch a seet only
Ov th' friends o' ther childhood, the friends 'at they love.
Hope may fill the breast when some old spot we're leavin,
Bright prospects may lure us throo th' dear land away,
But it's joy o' returnin at sets one's breast heavin,
It's th' hopes ov a welcome back maks us feel gay.

Long miles yo may trudge ovver moor, heath, or mire,
Till yor legs seem to totter, an th' stummack feels faint;
But yor thowts still will dwell o' that breet cottage fire,
Till yo feel quite refreshed bi th' fancies yo paint.
An when yo draw nearer, an ovver th' old palins
Yo see smilin faces 'at welcome yo back,
Ther's an end to being weary! away wi complainin's!
Yo leeave all yor troubles behind on yor track.

Then if ther's sich joy in a welcome receivin,
Let us ivvery one try sich a pleasure to gain;

An bi soothin' fowk's cares, an ther sorrows relievin,
Let us bind em all to us, wi' friendship's strong chain.
Let us love an be loved! let's be kind an forgivin,
An then if fate forces us far from awr hooam,
We shall still throughout life have the joy o' receivin
A tear when we part, an a smile when we come.

STILL TRUE TO NELL.

TH' sun wor settin,—red an gold,
    Wi splendor paintin th' west,
  An purplin tints throo th' valley roll'd,
    As daan he sank to rest.
Yet dayleet lingered looath to leeav
  A world soa sweet an fair,
Wol silent burds a pathway cleave,
  Throo th' still an slumb'rin air.

Aw stroll'd along a country rooad,
  Hedged in wi thorn an vine;
Which wild flower scents an shadows broad,
  Converted to a shrine.
As twileet's deeper curtains fell
  Aw sat mi daan an sighed;
Mi thowts went back to th' time when Nell,
  Had rambled bi mi side.

Aw seemed to hear her voice agean,
  Soft whisperin i' mi ear,
Recallin things 'at once had been,
  When th' futur all wor clear.
When love,—pure, honest, youthful love
  Had left us nowt to crave;
An fancies full ov bliss we wove;—
  Alas! Nell's in her grave.

Oh, Nell! I' that fair hooam ov thine,
  Whear all is breet an pure,—
Say,—is ther room for love like mine?
  Can earthborn love endure?
Do angels' hearts past vows renew,
  To mortals here who dwell?

It must be soa;—if my heart's true,
  Aw cannot daat thee, Nell.

It's weel we cannot see beyond
  That curtain Deeath lets fall;
Lest cheerin hooaps, an longins fond,
  Should be denied us all.
Better to live i' hooap nor fear,—
  'Tis Mercy plan'd it soa;
For if my Nelly isn't thear,
  Aw shouldn't care to goa.

BIDE THI TIME.

BIDE thi time! it's sure to come,
    Tho' it may seem tardy,—
  Thine's a better fate nor some:
  If tha's but a humble home,
    Yet thart strong an hardy;
Then cheer up an ne'er repine,
Be content, an bide thi time.

Bide thi time! if fortun's blind,
  Rail not at her givin;
If tha thinks shoo's ovver kind
To thi neighbor, nivver mind,
  If tha gets a livin;
Woll thi life is in its prime,
Be content, an bide thi time.

Bide thi time! for ther's a endin
  To a loin, haivver long:
Things at th' warst mun start o' mendin;
Ther's noa wind but what's befriendin
  One or other, tho' its strong:
Remember, poverty's noa crime—
Be content, an bide thi time.

Bide thi time! tho none are near thee
  To stretch out a helpin hand;
Let noa darken'd prospect fear thee,
Ther's a promise yet should cheer thee
  As tha nears a breeter land:

Tho thi rooad is hard to climb,
Be content, an bide thi time.

Bide thi time! " I will not leave thee
 Nor forsake thee," He hath said.
Let not worldly smiles deceive thee,
Trust in Him—He will relieve thee—
 He that gives thy daily bread:
Fill'd with faith and love sublime,
Still contented, bide thi time.

A COLD DOOAS.

ONE neet aw went hooam, what time aw can't tell,
 But it must ha been lat, for awd th' street to mysel.
 Furst one clock, then t'other, kept ringin aght
   chimes,
Aw wor gaumless, a chap will get gaumless sometimes.
Thinks aw—tha'll drop in for't to-neet lad, tha will!
But aw oppen'd th' haase door an aw heeard all wor still;
Soa aw ventured o' tip toe to creep up to bed,
Thinkin th' less aw disturbed her an th' less wod be sed.
When awd just getten ready to bob under th' clooas,
Aw bethowt me aw hadn't barred th' gate an lockt th'
   doors;
Soa daan stairs aw crept ommost holdin mi breeath,
An ivverything raand mi wor silent as deeath.
When aw stept aght oth door summat must ha been
   wrang,
For it shut ov itsen wi a terrible bang;
It wor lucky aw cleared it withaat gettin hurt,
But still, aw wor lockt aght o' door i' mi shirt.
Thinks aw its noa use to be feared ov a din,
Awst be foorced to rouse Betty to let me get in.
An to mend matters snow wor beginnin to fall,
An a linen shirt makes but a poor overall.
Aw knockt at first pratly, for fear ov a row,
But her snooarin aw heeard plain enuff daan below.
Mi flesh wor i' gooise-lumps, mi feet wor like ice,
To be frozzen to deeath, thinks aw, willn't be nice;
Soa as knockin wor useless aw started to bray,
Till at last one oth pannels began to give way.

All th' neighbors ther heeads aght oth windows did pop,
But aw couldn't wake Betty, shoo slept like a top.
At last a poleeceman coom raand wi his lamp,
An he spied mi an thowt mi some murderin scamp;
Aw tried to explain, but he wodn't give heed,
For he wanted a job like all th' rest ov his breed.
He tuk me to th' lock-up, an thear made a charge,
At aw wor a lunatic rooamin at large.
In a cell aw wor put, whear aw fan other three,
'Twor a small *cell* for four, but a big *sell* for me;
An shiv'rin an shudd'rin an pairt druffen sick,
That neet seem'd to me twice as long as a wick.
Next mornin they dragg'd me to th' cooart-haase to tell
What it meant, an to give an accaant o' misel;
An they fined me five shillin, but ha could aw pay,
When mi brass wor ith pockets oth clooas far away?
Then they sent Betty word, an shoo coom, for it seems
Shoo wor up i' gooid time, for shoo'd had ugly dreeams;
An shoo browt me mi clooas, an shoo set me all streight,
But her pity wor nobbut, "It just sarves thee reight."
Sin then yo've noa nooation what awve to endure,
For aw gate sich a cold 'at noa phisic can cure;
An if aw complain Betty says i' quicksticks,
"Tha sees what tha gets wi thi wrang-headed tricks."
Soa aw grin an aw bide it as weel as aw can,
But awve altered mi tactics, an nah it's mi plan
If mi mates ivver tempt me an get me to rooam,
Aw sup pop when awm aght an sup whisky at hooam.
An Betty declares it's been all for mi gooid,
For awd long wanted summat to cooil mi young blooid;
But this lesson it towt me awl freely confess,—
To mak sewer th' gate's made fast befoor aw undress.

A JOLLY BEGGAR.

AW'M as rich as a Jew, tho aw havn't a meg,
　　But awm free as a burd, an aw shak a loise leg;
　　Aw've noa haase, an noa barns, soa aw nivver
　　　　pay rent,
But still aw feel rich, for awm bless'd wi content,
　　　　Aw live, an awm jolly,
　　　　An if it is folly,
Let others be wise, but aw'l follow mi bent.

Mi kitchen aw find amang th' rocks up oth moor,
An at neet under th' edge ov a haystack aw snoor,
An a wide spreeadin branch keeps th' cold rain off mi
    nop,
Wol aw listen to th' stormcock at pipes up oth top;
    Aw live, an awm jolly, &c.

Aw nivver fear thieves, for aw've nowt they can tak,
Unless it's thease tatters at hing o' mi back;
An if they prig them, they'll get suck'd do yo see,
They'll be noa use to them, for they're little to me.
    Aw live, an awm jolly, &c.

Fowk may turn up ther nooas as they pass me ith rooad
An get aght oth gate as if fear'd ov a tooad;
But aw laff i' mi sleeve, like a snail in its shell,
For th' less room they tak up, ther's all th' moor for
    misel.
    Aw live, an awm jolly, &c.

Tho philosiphers tawk, an church parsons may praich,
An tell us true joy is far aght ov us raich;
Yet aw nivver tak heed o' ther cant o' ther noise,
For he's nowt to be fear'd on at's nowt he can loise.
    Aw live, an awm jolly, &c.

AW WODN'T FOR ALL AW COULD SEE.

WHY the dickens do some fowk keep thrustin,
    As if th' world hadn't raam for us all?
    Wi consarn an consait they're fair brustin,
    One ud think th' heavens likely to fall.
They fidge an they fume an they flutter,
    Like a burd catched wi lime on a tree,
And they'll fratch wi ther own breead an butter:—
    But aw wodn't for all aw could see.

Bless mi life! th' world could get on withaat em!
    It ud have to do if they wor deead;
They may be sincere but aw daat em,
    If they're honest, they're wrang i' ther heead.

They've all some pet doctrine, an wonder
  Why fowk wi ther plans disagree,
They expect yo should all knuckle under,
  But aw wodn't for all aw could see.

My old woman may net be perfection,
  But we're wed soa we know we've to stick;
An if shoo made another selection,
  Aw mightn't be th' chap at shoo'd pick.
But we get on reight gradely together,
  An her failins aw try net to see,
Some will bend under th' weight ov a feather,
  But aw wodn't for all aw could see.

A chap at aits peaches and cherries,
  Mun expect to be bothered wi stooans;
An he's nobbut a fooil if he worries
  Coss yearins arnt made withaat booans.
To mak th' best o' things just as aw find em,
  Seems th' reight sooart o' wisdom to me;
An when things isn't reight aw neer mind em,
  For aw wodn't for all aw could see.

All araand me aw see ther's moor pleasure
  Nor aw can enjoy wol aw live;
An contentment is this world's best treasure,
  Then why should aw sit daan an grieve?
If they enjoy naggin an growlin,
  It maks little difference to me,
But wi th' world full o' pleasure to roll in:—
  Why, aw wodn't for all aw could see.

COME THI WAYS.

BONNY lassie, come thi ways,
  An let us goa together!
Tho' we've met wi stormy days,
  Ther'll be some sunny weather.
An if joy should spring for me,
  Tha shall freely share it;
An if troubles come to thee,
  Aw can help to bear it,

Tho' thi mammy says us nay,
  An thi dad's unwillin';
Wod ta have me pine away
  Wi this love at's killin'?
Come thi ways, an let me twine
  Mi arms once more abaat thee;
Weel tha knows mi heart is thine.
  Aw couldn't live withaat thee.

Ivvery day an haar at slips,
  Some pleasure we are missin',
For those bonny rooasy lips
  Awm nivver stall'd o' kissin'.
If men wor wise to walk life's track
  Withaat sich joys to glad em,
He must ha made a sad mistak
  At gave a Eve to Adam.

WHAT IS IT?

WHAT is it maks a crusty wife
  Forget to scold, an leeave off strife?
  What is it smoothes th' rooad throo life?
            It's sooap.

What is it maks a gaumless muff
Grow rich, an roll i' lots o' stuff,
Wol better men can't get enough?
            It's sooap.

What is it, if it worn't theear,
Wod mak some fowks feel varry queer,
An put em i' ther proper sphere?
            It's sooap.

What is it maks fowk wade throo th' snow,
To goa to th' church, becoss they know
'At th' squire's at hooam an sure to goa?
            It's sooap.

What is it gains fowk invitations,
Throo them at live i' lofty stations?
What is it wins mooast situations?
            It's sooap.

What is it men say they detest,
Yet allus like that chap the best
'At gives em twice as much as th' rest?
          It's sooap.

What is it, when the devil sends
His agents raand to work his ends,
What is it gains him lots o' friends?
          It's sooap.

What is it we should mooast despise,
An by its help refuse to rise,
Tho' poverty's befoor awr eyes?
          It's sooap.

What is it, when life's. wasting fast,
When all this world's desires are past,
Will prove noa use to us at last?
          It's sooap.

AWST NIVVER BE JAYLUS.

"AWST nivver be jaylus, net aw!"
  Sed Nancy to th' love ov her heart,
  "Aw couldn't, lad, if awd to try,
    For aw know varry weel what tha art.
Aw could trust thee to th' world's farthest point,
  Noa matter what wimmen wor thear,
They'd nooan put mi nooas aght o'th joint,
  Tha'd come back to thi lass tha left here.

Though tha did walk Leweezy to th' church,
  An fowk wink'd an dropt monny a hint,
Aw knew tha'd nooan leav me i'th lurch,
  For a dowdy like her wi a squint.
An Ellen at lives at th' yard end,
  May simper an innocent look,
But aw think shoo'll ha' farther to fend,
  Befoor shoo's a fish to her hook.

Nay, jaylussy's aght o' my line,
  Or else that young widdy next door,
Wod ha heeard some opinions o' mine,
  At wodn't quite suit her awm sewer.

What tha can see in her caps me,
  For awm sewer shoo's as faal as old Flue,
An aw think when shoo's tawkin to thee,
  Shoo mud find summat better to do.

'Shoo's a varry nice lass,' does ta say?
  'An luks looansum tha thinks?' oh! that's it!
Tha'd better set off reight away,
  An try to console her a bit.
Shoo's a two-faced deceitful young freet!
  Aw wish shoo wor teed raand thi neck!
But goa to her an tell her to-neet,
  At Nancy has given thi th' seck.

Awm nooan jaylus! aw ammot that fond!
  Aw think far too mich o' mysen
To care for sich a poucement as yond,
  At hankers for other fowk's men!
Aw tell thi aw'll net hold mi tongue!
  Awm nooan jaylus tha madlin! it's thee:
An aw allus shall trust thee as long
  As tha nooatices nubdy but me."

LAMENTIN' AN REPENTIN'.

AWST be better when spring comes, aw think,
  But aw feel varry sickly an waik,
  Awve noa relish for mait nor for drink,
  An awm ommost too weary to laik.

What's to come on us all aw can't tell,
  For we havn't a shillin put by;
Ther's nowt left to pop nor to sell,
  An aw cannot get trust if aw try.

My wife has to turn aght to wark,
  An th' little uns all do a share;
An they're tewin throo dayleet to dark,
  To keep me sittin here i' mi chair.

It doesn't luk long sin that day
  When Bessy wor stood bi mi side;
An shoo promised to love an obey,
  An me to protect an provide.

Shoo wor th' bonniest lass i' all th' taan,
  An fowk sed as they saw us that day,
When we coom aght o' th' church, arm i' arm,
  Shoo wor throwin' hersen reight away.

But shoo smiled i' mi face as we went,
  An her arm clung moor tightly to mine;
"Aw feel happy," shoo sed, "an content
  To know at tha'rt mine an awm thine."

Aw wor praad ov her bonny breet een,—
  Aw wor praad ov her little white hand,—
An aw thowt shoo wor fit for a queen,
  For ther wornt a grander ith' land.

We gat on varry weel for a bit,
  An aw stuck to mi wark like a man,
An enjoying mi hooam, thear awd sit,
  As a chap at works hard nobbut can.

We hadn't been wed quite a year,
  When they showed me a grand little lad,
An th' old wimmen sed, "Sithee! luk here!
  He's th' image exact ov his dad."

But mi mates nivver let me alooan,
  Till aw joined i' ther frolics and spree,
An tho' Bessy went short, or had nooan,
  Shoo wor kinder nor ivver to me.

Sometimes when shoo's ventur'd to say,
  "Come hooam an stop in lad, to-neet."
Awve felt shamed an awve hurried away,
  For her een have been glist'nin wi weet.

An awve sed to misen 'at awd mend,
  For it's wrang to be gooin on soa;
But at neet back to th' aleus awd wend,
  Wi th' furst swillgut at ax'd me to goa.

Two childer wor added to th' stock,
  But aw drank, an mi wark went to th' bad;
An awve known em be rooarin for jock,
  Wol awve druffen what they should ha had.

Aw seldom went hooam but to sleep,
  Tho Bessy ne'er offered to chide;

But grief 'at is silent is deep,
  An sorrow's net easy to hide.

If th' childer wod nobbut complain,
  Or Bessy get peevish an tart,
Aw could put up wi th' anguish or pain,
  But ther kindness is braikin mi heart.

Little Emma, poor child, ov a neet
  Does th' neighbours odd jobs nah and then,
An shoo runs hersen off ov her feet,
  For a hawpny, they think for hersen.

An shoo saved em until shoo gat three,
  But this mornin away shoo went aght,
An spent em o' bacca for me,
  'Coss shoo thowt aw luk'd looansum withaat.

It's a lesson awst nivver forget,
  An awve bid a gooid-bye to strong drink;
An theyst hev ther reward yo can bet;—
  Awst be better when spring comes aw think.

An if spendin what's left o' mi life
  For ther sakes can mak up for lost time,
Ther shan't be a happier wife,
  Nor three better loved childer nor mine.

Aw can't help mi een runnin o'er,
  For mi heart does mi conduct condemn;
But awl promise to do soa noa moor,
  If God spares me to Bessy and them.

BITE BIGGER.

A S aw hurried throo th' taan to mi wark,
    (Aw wur lat, for all th' whistles had gooan,)
  Aw happen'd to hear a remark,
    At ud fotch tears throo th' heart ov a stooan.—
It wor raanin, an snawin, an cowd,
  An th' flagstoans wor covered wi muck,
An th' east wind booath whistled an howl'd,
  It saanded like nowt but ill luck;

When two little lads, donn'd i' rags.
  Baght stockins or shoes o' ther feet,
Coom trapesin away ower th' flags,
  Booath on em sodden'd wi th' weet.—
Th' owdest mud happen be ten,
  Th' young en be hauf on't,—noa moor;
As aw luk'd on, aw sed to misen,
  God help fowk this weather at's poor!
Th' big en sam'd summat off th' graand,
  An aw luk'd just to see what 't could be;
'Twur a few wizened flaars he'd faand,
  An they seem'd to ha fill'd him wi glee:
An he sed, "Come on, Billy, may be
  We shall find summat else by an by,
An if net, tha mun share thease wi me
  When we get to some spot where its dry."
Leet-hearted they trotted away,
  An aw follow'd, coss 'twur i' mi rooad;
But aw thowt awd ne'er seen sich a day—
  It worn't fit to be aght for a tooad.
Sooin th' big en agean slipt away,
  An sam'd summat else aght o'th' muck,
An he cried aght, "Luk here, Bill! to-day
  Arn't we blest wi a seet o' gooid luck?
Here's a apple! an' th' mooast on it's saand:
  What's rotten aw'll throw into th' street—
Worn't it gooid to ligg thear to be faand?
  Nah booath on us con have a treat."
Soa he wiped it, an rubb'd it, an then
  Sed, "Billy, thee bite off a bit;
If tha hasn't been lucky thisen
  Tha shall share wi me sich as aw get."
Soa th' little en bate off a touch,
  T'other's face beemed wi pleasur all throo,
An he sed, "Nay, tha hasn't taen much,
  Bite agean, an bite bigger; nah do!"

Aw waited to hear nowt noa moor,—
  Thinks aw, thear's a lesson for me!
Tha's a heart i' thi breast, if tha'rt poor:
  Th' world wur richer wi moor sich as thee!
Tuppince wur all th' brass aw had,
  An awd ment it for ale when coom nooin,

But aw thowt aw'll give it yond lad,
  He desarves it for what he's been dooin.
Soa aw sed, " Lad, here's tuppince for thee,
  For thi sen,"—an they stared like two geese;
But he sed, woll th' tear stood in his e'e,
  " Nay, it'll just be a penny a piece."
"God bless thi! do just as tha will,
  An may better days speedily come;
Tho clam'd, an hauf donn'd, mi lad, still
  Tha'rt a deal nearer Heaven nur some."

SECOND THOWTS.

AW'VE been walkin up th' loin all ith weet,
  Aw felt sure tha'd be comin that way;
For tha promised tha'd meet me to-nect,
  An answer me " Aye" or else " Nay."
Tho aw hevn't mich fear tha'll refuse,
  Yet awd rayther mi fate tha'd decide,
For this trailin abaat is no use,
  Unless tha'll at last be mi bride.

Aw dooant like keepin thus i' suspense,
  An aw think tha'rt too full o' consait;
If aw get thee tha'll bring me expense,
  To provide thee wi clooas an wi mait.
If tha fancies all th' gain's o' my side
  Tha'rt makkin a sorry mistak,
For when a chap tackles a bride,
  He's an extra looad on his back.

An in fact, when aw study things o'er,
  Awm nooan sorry tha hasn't shown up,
For awm nooan badly off nah awm sure,
  For awve plenty to ait an to sup.
Aw've noa wife to find fault if awm lat,
  Aw've noa childer to feed nor to clam,
An when aw put this thing to that,
  Aw think aw shall stop as aw am.

A NEET WHEN AW'VE NOWT TO DO.

WHY, lad, awm sewer tha'rt ommost done,
    This ovvertime is killin;
      'Twor allus soa sin th' world begun,
        They put o' them at's willin.
Tha's ne'er a neet to call thi own,—
    Tha starts furst thing o' Mundy,
An works thi fingers fair to th' booan,
    Booath day an neet wol Sundy.
Aw know tha addles extra pay,—
    We couldn't weel do baght it,
But if tha'rt browt hooam sick some day,
    We'st ha to do withaat it.
Aw seldom get to see thi face,
    Exceptin when tha'rt aitin;
Neet after neet aw caar ith' place
    Wol awm fair sick o' waitin.
An when tha comes, tha'rt off to bed,
    Befoor aw've chonce o' spaikin,
An th' childer luk, aw've ofttimes sed,
    Like orphans when they're laikin.
Come hooam at six o'clock to-morn,
    An let wark goa to hummer,
Thi face is growin white an worn :—
    Tha'll nivver last all summer.
Besides ther's lots o' little jobs,
    At tha can tak a hand in,—
That kist o' drawers has lost two nobs,
    An th' table leg wants mendin.
Ther's th' fixin up oth' winderblind,
    An th' chaymer wants whiteweshin,
Th' wall's filled wi marks o' ivvery kind,—
    (Yond lads desarve a threshin.)
Aw can't shake th' carpet bi misen,
    Nor lig it square an straightly ;—
Th' childer mud help me nah an then,
    But they ne'er do nowt reightly.
That bed o' awrs wants shakin up,
    All th' flocks has stuck together,
Tha knows they all want braikin up,
    Or they'll get tough as leather.

An th' coilhoil wants a coit o' lime,
  Then it'll smell mich sweeter,
An th' cellar should be done this time,
  It maks it soa mich leeter.
Ther's lots o' little things beside;—
  All th' childer's clogs want spetchin,
Jack's hurts his toa, tha'll mak em wide,
  Wi varry little stretchin.
Besides, tha raillee wants a rest,
  For a neet, or maybe two,
An tha can fix theas trifles best,
  Some neet when tha's nowt to do.
Awm net like some at connot feel
  For others, aw assure thi:
Tha's tewd until tha'rt owt but weel;
  An nowt but rest can cure thi.
Soa come hooam sooin an spend a neet,
  Wi me an Jack an Freddy,
They'll think it's ivver sich a treat;
  An aw'll have th' whitewesh ready.

THER'S MUCH EXPECTED.

LIFE'S pathway is full o' deep ruts,
  An we mun tak gooid heed lest we stumble;
Man is made up of " ifs" and of " buts,"
  It seems pairt of his natur to grumble.

But if we'd all anxiously tak
  To makkin things smooth as we're able,
Ther'd be monny a better clooath'd back,
  An monny a better spread table.

It's a sad state o' things when a man
  Cannot put ony faith in his brother,
An fancies he'll chait if he can,
  An rejoice ovver th' fall ov another.

An it's sad when yo see some at stand
  High in social position an power,
To know at ther fortuns wor plann'd,
  An built, aght oth' wrecks o' those lower.

It's sad to see luxury rife,
　An fortuns being thowtlessly wasted;
While others are wearin out life,
　With the furst drops o' pleasure untasted.

Some in carriages rollin away,
　To a ball, or a rout, or a revel;
But ther chariots may bear em some day
　Varry near to the gates ov the devil.

Oh! charity surely is rare,
　Or ther'd net be soa monny neglected;
For ther's lots wi enuff an to spare,
　An from them varry mich is expected.

An tho' in this world they've ther fill
　Of its pleasures, an wilfully blinded,
Let deeath come—an surely it will—
　They'll be then ov ther duties reminded.

An when called on, they, tremblin wi fear,
　Say "The hungry an nak'd we ne'er knew,"
That sentence shall fall o' ther ear—
　"Depart from me; I never knew you."

Then, oh! let us do what we can,
　Nor with this world's goods play the miser;
If it's wise to lend money to man,
　To lend to the Lord *must* be wiser.

COORTIN DAYS.

COORTIN days,—Coortin days,—loved one an lover!
　What wod aw give if those days could come ovver?
　Weddin is joyous,—its pleasur unstinted;
　But coortin is th' sweetest thing ivver invented.
　　　Walkin an talkin,
　　　An nursin Love's spark,
　　　Charmin an warmin
　　　Tho th' neet may be dark.

Oh! but it's nice when yor way's long and dreary,
To walk wi yor arm raand th' waist ov yor dearie;

Tellin sweet falsehoods, the haars to beguile em,
(If yo tell'd em ith' dayleet they'd put yo ith' sylum.)
　　　　But ivverything's fair
　　　　　I' love an i' war,
　　　　But be sewer to act square;—
　　　　　An do if yo dar!

Squeezin an kissin an kissin an squeezin,—
Laughin an coughin an ticklin an sneezin,—
But remember,—if maybe, sich knowledge yo lack,
Allus smile in her face, but, sneeze at her back.
　　　　Yo may think, if a fooil,
　　　　　Sich a thing nivver mattered,
　　　　But a lass, as a rule,
　　　　　Doesn't want to be spattered.

When th' coortin neet comes, tho' yor appetite's ragin,
Dooant fill up wi oonions, wi mar'gum an sage in,
Remember, the darlin, where centred yor bliss is,
Likes to fancy, yor livin on love an her kisses.
　　　　An yor linen, if plain,
　　　　　Have all spotless an fresh:
　　　　Then shoo connot complain,
　　　　　When shoo has it to wesh.

When Love's flame's been lit, an bursi into a glow,
Th' best thing yo can do,—(that's as far as aw know;)
Is to goa to a parson an pay him his price,
An to join yo together he'll put in a splice,
　　　　Then together yo'll face
　　　　This world's battle an bother,
　　　　　An if that isn't th' case,
　　　　Yo can feight for each other.

SWEET MISTRESS MOORE.

MISTRESS MOORE is Johnny's wife,
　　An Johnny is a druffen sot;
　　He spends th' best portion of his life
　　Ith' beershop wi a pipe an pot.
　　At schooil together John an me
　　Set side by side like trusty chums,

An nivver did we disagree
  Till furst we met sweet Lizzy Lumbs.
      At John shoo smiled,
      An aw wor riled;
Shoo showed shoo loved him moor nor me;
      Her bonny e'en
      Aw've seldom seen
Sin that sad day shoo slighted me.

Aw've heeard fowk say shoo has to want,
  For Johnny ofttimes gets oth' spree;
He spends his wages in a rant,
  An leeaves his wife to pine or dee.
An monny a time awve ligged i' bed,
  An cursed my fate for bein poor,
An monny a bitter tear awve shed,
  When thinkin ov sweet Mistress Moore.
      For shoo's mi life
      Is Johnny's wife,
An tho to love her isn't reet,
      What con aw do,
      When all th' neet throo
Awm dreamin ov her e'en soa breet.

Aw'll goa away an leeave this spot,
  For fear at we should ivver meet,
For if we did, as sure as shot
  Awst throw me daan anent her feet.
Aw know shoo'd think aw wor a fooil,
  To love a woman when shoo's wed,
But sin aw saw her furst at schooil,
  It's been a wretched life aw've led.
      But th' time has come
      To leeave mi hooam,
An th' sea between us sooin shall roar,
      Yet still mi heart
      Will nivver part
Wi' th' image ov sweet Mistress Moore.

WAIVIN MEWSIC.

THER'S mewsic ith' shuttle, ith' loom, an ith' frame,
   Ther's melody mingled ith' noise;
   For th' active ther's praises, for th' idle ther's
      blame,
If they'd harken to th' saand ov its voice.
An when flaggin a bit, how refreshin to feel
As you pause an look raand on the throng,
At the clank o' the tappet, the hum o' the wheel,
Sing this plain unmistakable song:—
        Nick a ting, nock a ting;
        Wages keep pocketin;
  Workin for little is better nor laikin;
        Twist an twine, reel an wind;
        Keep a contented mind;
  Troubles are oft of a body's own makin.

To see workin fowk wi a smile o' ther face
As they labour thear day after day;
An hear th' women's voices float sweetly throo th' place,
As they join i' some favorite lay;
It saands amang th' din, as the violet seems
At peeps aght th' green dockens among,
Diffusing a charm ovver th' rest by its means,
Thus it blends i' that steady old song;
        Nick a ting, nock a ting,
        Wages keep pocketin;
  Workin for little is better nor laikin;
        Twist an twine, reel an wind,
        Keep a contented mind,
  Troubles are oft of a body's own makin.

An then see what lessons are laid out anent us,
As pick after pick follows time after time,
An warns us tho' silent, to let nowt prevent us
From strivin by little endeavours to climb;
Th' world's made o' trifles, its dust forms a mountain,
Then nivver despair as yor trudgin along,
If troubles will come an yor spirits dishearten,
Yo'll find ther's relief i' that steady owd song;
        Nick a ting, nock a ting;
        Wages keep pocketin;

Workin for little is better nor laikin;
      Twist an twine, reel an wind;
      Keep a contented mind;
Troubles are oft of a body's own makin.

Life's warp comes throo Heaven, th' weft's faand bi
      us sen,
To finish a piece we're compell'd to ha booath;
Th' warps reight, but if th' weft should be faulty, how
      then?
Noa waiver ith' world can produce a gooid clooath.
Then let us endeavour by workin an strivin,
To finish awr piece so's noa fault can be fun,
An then i' return for awr pains an contrivin,
Th' takker in 'll reward us and whisper "well done."
      Clink a clank, clink a clank,
      Workin withaat a thank,
May be awr fortun, if soa nivver mind it,
      Strivin to do awr best,
      We shall be reight at last,
If we lack comfort now, then we shall find it.

JIMMY'S CHOICE.

ONE limpin Jimmy wed a lass;
  An this wor th' way it coom to pass—
He'd saved a little bit o' brass,
  An soa he thowt he'd ventur
To tak unto hissen a wife,
To ease his mind ov all its strife,
An be his comfort all throo life—
  An, pray, what should prevent her?

"Awve brass enuff," he sed, "for two,
An noa wark at awm foorced to do,
But all th' day long can bill an coo,
  Just like a little pigeon.
Aw nivver have a druffen rant;
Aw nivver praich teetotal cant;
Aw nivver booast at awm a saint,
  I' matters o' religion.

"Then with a gradely chap like me,
A lass can live mooast happily;
An awl let all awr neighbors see
　　We'll live withaat a wrangle;
For if two fowk just have a mind
To be to one another kind,
They each may be as easy twined
　　As th' hannel ov a mangle.

"For love's moor paar nor oaths an blows,
An kind words, ivverybody knows,
Saves monny a hundred thaasand rows;
　　An soa we'll start wi kindness;
For if a chap thinks he can win
Love or respect wi oaths an din,
He'll surely find he's been let in,
　　An sarved reight for his blindness."

Soa Jimmy went to tell his tale
To a young lass called Sally Swale,
An just for fear his heart should fail,
　　He gate a drop o' whiskey.
Net mich, but just enuff, yo see,
To put a spark into his e'e,
An mak his tongue a trifle free,
　　An mak him strong an frisky.

Young Sally, shoo wor varry shy,
An when he'd done shoo breathed a sigh,
An then began to sob an cry
　　As if her heart wor brokken.
"Nay, Sally lass,—pray what's amiss?"
He sed, an gave a lovin kiss,
"If awd expected owt like this,
　　Awm sewer awd ne'er ha spokken."

At last shoo dried her bonny een,
An felt as praad as if a queen;
An nivver king has ivver been
　　One hawf as praad as Jimmy.
An soa they made all matters sweet,
An one day quietly stroll'd up th' street,
Till th' owd church door coom into seet—
　　Says Jim, "Come, lass, goa wi me."

Then wed they wor an off they went
To start ther life ov sweet content;
An Sally ax'd him whear he meant
  Ther honey-mooin to spend at?
Says Jim, "We're best at hooam, aw think,
We've lots o' stuff to ait an drink."
But Sally gave a knowin wink,
  An sed, "Nay, awl net stand that.

"Tha needn't think aw meean to be
Shut up like in a nunnery;
Awm fond o' life, an love a spree,
  As weel as onny other."
"Tha cannot goa," sed Jim, "that's flat."
"But goa aw shall, awl tell thee that!
What wod ta have a woman at?
  Shame on thee for sich bother!"

Jim scrat his heead, "Nah lass," sed he,
"One on us mun a maister be,
Or else we'st allus disagree,
  An nivver live contented."
Sed Sal, "Awd ne'er a maister yet,
An if tha thowt a slave to get,
Tha'll find thisen mista'en, awl bet;
  Awm sewer aw nivver meant it."

Jim tried his best to change her mind,
But mud as weel ha saved his wind;
An soa to prove he worn't unkind,
  He gave in just to pleeas her.
He's allus follow'd th' plan sin then,
To help her just to pleeas hersen;
An nah, he says, "They're fooilish men
  At wed a wife to teeas her."

OLD MOORCOCK.

AWM havin a smook bi misel,
  Net a soul here to spaik a word to,
Awve noa gossip to hear nor to tell,
  An ther's nowt aw feel anxious to do.

Awve noa noashun o' writin a line,
  Tho' awve just dipt mi pen into th' ink,
Towards warkin aw dooant mich incline,
  An awm ommost too lazy to think.

Awve noa riches to mak me feel vain,
  An yet awve as mich as aw need;
Awve noa sickness to cause me a pain,
  An noa troubles to mak mi heart bleed.

Awr Dolly's crept off to her bed,
  An aw hear shoo's beginnin to snoor;
(That upset me when furst we wor wed,
  But nah it disturbs me noa moor.)

Like me, shoo taks things as they come,
  Makkin th' best o' what falls to her lot,
Shoo's content wi her own humble hooam,
  For her world's i' this snug little cot.

We know at we're booath growin old,
  But Time's traces we hardly can see;
An tho' fifty years o'er us have roll'd,
  Shoo's still th' same young Dolly to me.

Her face may be wrinkled an grey,
  An her een may be losin ther shine,
But her heart's just as leetsome to-day
  As it wor when aw furst made her mine.

Awve mi hobbies to keep me i' toit,
  Awve noa whistle nor bell to obey,
Awve mi wark when aw like to goa to it,
  An mi time's all mi own, neet an day.

An tho' some pass me by wi a sneer,
  An some pity mi lowly estate,
Aw think awve a deeal less to fear
  Nor them at's soa wealthy an great.

When th' sky stretches aght blue an breet,
  An th' heather's i' blossom all round,
Makkin th' mornin's cooil breezes smell sweet,
  As they rustle along ovver th' graand.

When aw listen to th' lark as he sings
  Far aboon, ommost lost to mi view,

Aw lang for a pair ov his wings,
  To fly wi him, an sing like him, too.

When aw sit under th' shade of a tree,
  Wi mi book, or mi pipe, or mi pen,
Aw think them at's sooary for me
  Had far better pity thersen.

When wintry storms howl ovver th' moor,
  An snow covers all, far an wide,
Aw carefully festen mi door,
  An creep cloise up to th' fire inside.

A basin o' porridge may be,
  To some a despisable dish,
But it allus comes welcome to me,
  If awve nobbut as mich as aw wish.

Mi cloas are old-fashioned, they say,
  An aw havn't a daat but it's true;
Yet they answer ther purpose to-day
  Just as weel as if th' fashion wor new.

Let them at think joys nobbut dwell
  Wheear riches are piled up i' stoor,
Try to get a gooid share for thersel'
  But leave me mi snug cot up o'th' moor.

Mi bacca's all done, soa aw'll creep
  Off to bed, just as quite as a maase,
For if Dolly's disturbed ov her sleep,
  Ther'll be a fine racket i'th' haase.

Aw mun keep th' band i'th' nick if aw can,
  For if shoo gets her temper once crost,
All comforts an joys aw may plan
  Is just soa mich labour at's lost.

TH' SHORT-TIMER.

SOME poets sing o' gipsy queens,
  An some o' ladies fine;
  Aw'll sing a song o' other scenes,—
  A humbler muse is mine.

Jewels, an gold, an silken frills,
　Are things too heigh for me;
But wol mi harp wi vigour thrills,
　Aw'll strike a chord for thee.
　　　　　Poor lassie wan,
　　　　　　Do th' best tha can,
　　　　　Although thi fate be hard.
　　　　　A time ther'll be
　　　　　When sich as thee
　　　　　Shall have yor full reward.

At hauf-past five tha leaves thi bed,
　An off tha goes to wark;
An gropes thi way to mill or shed,
　Six months o'th' year i'th' dark.
Tha gets but little for thi pains,
　But that's noa fault o' thine;
Thi maister reckons up *his* gains,
　An ligs i bed till nine.
　　　　　　Poor lassie wan, &c.

He's little childer ov his own
　At's quite as old as thee;
They ride i' cushioned carriages
　'At's beautiful to see;
They'd fear to spoil ther little hand,
　To touch thy greasy brat:
It's wark like thine at makes em grand—
　They nivver think o' that.
　　　　　　Poor lassie wan, &c.

I' summer time they romp an play
　Whear flowers grow wild an sweet
Ther bodies strong, ther spirits gay,
　They thrive throo morn to neet.
But tha's a cough, aw hear tha has,
　An oft aw've known thee sick;
But tha mun work, poor little lass,
　Foa hauf-a-craan a wick.
　　　　　　Poor lassie wan, &c.

Aw envy net fowks' better lot—
　Aw shouldn't like to swap.
Aw'm quite contented wi mi cot;
　Aw'm but a workin chap.

But if aw had a lot o' brass
  Aw'd think o' them at's poor;
Aw'd have yo' childer workin less,
  An mak yor wages moor.
      Poor lassie wan, &c.

"There is a land of pure delight,
  Where saints immortal reign,
Infinite day excludes the night,
  An pleasures banish pain."
Noa fact'ry bell shall greet thi ear,
  I' that sweet home ov love;
An those at scorn thi sufferins here
  May envy thee above.
      Poor lassie wan, &c.

SOL AN' DOLL.

AWM a young Yorksher lad as jolly an gay,
  As a lark on a sunshiny mornin,
  An Dolly's as fair as the flaars i' May,
    An trubbles we meean to be scornin.
If we live wol to-morn aw shall make her mi wife,
  An we'll donce to a rollickin measure,
For we booath are agreed to begin wedded life,
  As we mean to goa throo it, wi pleasure.

    Then we'll donce an be gay,
    An we'll laff care away,
  An we'll nivver sit broodin o'er sorrow,
    An mi Dolly an me,
    Ax yo all to a spree;
  Come an donce at awr weddin to-morrow.

Awst be bashful awm sewer, aw wor ne'er wed befoor,
  An aw feel rayther funny abaat it;
But Dolly aw guess can drag me aght o'th' mess,
  An if ther's owt short we'll do baat it.
Mi mother says "Sol, if tha'll leave it to Doll,
  Tha'll find shoo can taich thee a wrinkle,
Shoo's expectin some fun befoor it's all done
  Aw can tell, for aw saw her e'en twinkle.
      Then we'll donce &c.

We've a haase to step in, all as smart as a pin,
  An we've beddin an furnitur plenty;
We've a pig an a caah, an aw connot tell ha
  Monny paands, but aw think abaat twenty.
We've noa family yet, but ther will be aw'll bet,
  For true comfort aw think ther's nowt licks it
An if they dooant com⌐, aw'll just let it alooan,
  An aw'll leave it for Dolly to fix it.

                    Then we'll donce &c.

THEIR FRED.

  " HE'S a nowt!
        If ther's owt
      At a child shouldn't do,
        He mun try,
        Or know why,
  Befoor th' day's getten throo.
        An his dad,
        Ov his lad
  Taks noa nooatice at all,
        Aw declare
        It's net fair
  For Job's patience he'd stall.
        Awm his mam,—
        That aw am,
  But awm ommost worn aght,
        A gooid lick
        Wi a stick,
  He just cares nowt abaght.
        Thear he goes,
        Wi a nooas
  Like a chaneller's shop!
        Aw may call,
        Or may bawl,
  But th' young imp willn't stop.
        Thear's a cat,
        He spies that,
  Nah he's having a race!—
        That's his way
        Ivvery day

If a cat's abaght th' place.
    But if aw
    Wor near by,
Awd just fotch him a seawse!
    Come thee here!
    Does ta hear?
Come thi ways into th' haase!
    Who's that flat?
    What's he at?
If he touches awr Fred,
    If aw live
    Aw'll goa rive
Ivvery hair off his head!
    What's th' lad done?
    It's his fun!
Tried to kill yor old cat?
    Well suppooas
    At he does!
Bless mi life! What bi that?
    He's mi own,
    Flesh an' booan,
An aw'll net have him lickt;
    If he's wild,
    He's a child,
Pray what can yo expect!
    Did um doy!
    Little joy!
Let's ha nooan o' them skrikes
    Nowty man!
    Why he can
Kill a cat if he likes.
Hush a bee, hush a bye,
Little Freddy munnot cry."

LOVE AN' LABOR.

TH' swallows are buildin ther nests, Jenny,
    Th' springtime has come with its flowers;
  Th' fields in ther greenest are drest, Jenny,
    An th' songsters mak music ith' bowers.
Daisies an buttercups smile, Jenny,
  Laughingly th' brook flows along;—

An awm havin a smook set oth' stile, Jenny,
  But this bacca's uncommonly strong.

Aw wonder if thy heart like mine, Jenny,
  Finds its love-burden hard to be borne;
Do thi een wi' breet tears ov joy shine, Jenny,
  As they glistened an shone yestermorn?
Ther's noa treasure wi' thee can compare, Jenny,
  Aw'd net change thi for wealth or estate;—
But aw'll goa nah some braikfast to share, Jenny,
  For aw can't live baght summat to ait.

Like a nightingale if aw could sing, Jenny,
  Aw'd pearch near thy winder at neet,
An mi choicest love ditties aw'd bring, Jenny,
  An lull thi to rest soft an sweet.
Or if th' wand ov a fairy wor mine, Jenny,
  Aw'd grant thi whate'er tha could wish;—
But theas porridge are salty as brine, Jenny,
  An they'll mak me as dry as a fish.

A garland ov lillies aw'd twine, Jenny,
  An place on thy curls golden bright,
But aw know 'at they quickly wod pine, Jenny,
  I' despair at thy brow's purer white.
Them angels 'at fell bi ther pride, Jenny,
  Wi' charms like thine nivver wor deckt;—
But yond muck 'at's ith' mistal's to side, Jenny,
  Aw mun start on or else aw'st get seckt.

Varry sooin aw shall mak thi mi wife, Jenny,
  An awr cot shall a paradise be;
Tha shall nivver know trubble or strife, Jenny,
  If aw'm able to keep 'em throo thee.
If ther's happiness this side oth' grave, Jenny,
  Tha shall sewerly come in for thi share;—
An aw'll tell thi what else tha shall have, Jenny,
  When aw've a two-or-three moor minnits to spare.

NOOAN SO BAD.

THIS world is net a paradise,
   Tho' railly aw dooant see,
   What fowk should growl soa mich abaat;—
   Its gooid enuff for me.
It's th' only world aw've ivver known,
   An them 'at grummel soa,
An praich abaat a better land,
   Seem varry looath to goa.

Ther's some things 'at awm apt to think,
   If aw'd been th' engineer,
Aw might ha changed,—but its noa use,—
   Aw connot interfere.
We're foorced to tak it as it is;
   What faults we think we see;
It mayn't be what it owt to be,—
   But its gooid enuff for me.

Then if we connot alter things,
   Its folly to complain;
To hunt for faults an failins,
   Allus gooas agean my grain.
When ther's soa monny pleasant things,
   Why should we hunt for pain,
If troubles come, we needn't freeat,
   For sunshine follows rain.

If th' world gooas cruckt,—what's that to us?
   We connot mak it straight;
But aw've come to this conclusion,
   'At its th' fowk 'at isn't reight.
If ivverybody 'ud try to do
   Ther best wi' th' means they had,
Aw think 'at they'd agree wi' me,—
   This world is nooan soa bad.

TH' HONEST HARD WORKER.

IT'S hard what poor fowk mun put up wi'!
   What insults an snubs they've to tak!
   What bowin an scrapin's expected,
   If a chap's a black coit on his back.

D

As if clooas made a chap ony better,
　Or riches improved a man's heart ;
As if muck in a carriage smell'd sweeter
　Nor th' same muck wod smell in a cart.

Give me one, hard workin, an honest,
　Tho' his clooas may be greasy an coorse ;
If it's muck 'at's been getten bi labor,
　It doesn't mak th' man onny worse.
Awm sick o' thease simperin dandies,
　'At think coss they've getten some brass,
They've a reight to luk daan at th' hard workers,
　An curl up ther nooas as they pass.

It's a poor sooart o' life to be leadin,
　To be curlin an partin ther hair ;
An seekin one's own fun and pleasure,
　Nivver thinkin ha others mun fare.
It's all varry weel to be spendin
　Ther time at a hunt or a ball,
But if th' workers wor huntin an doncin,
　Whativer wod come on us all ?

Ther's summat beside fun an frolic
　To live for, aw think, if we try ;
Th' world owes moor to a honest hard worker
　Nor it does to a rich fly-bi-sky.
Tho' wealth aw acknowledge is useful,
　An aw've oft felt a want on't misen,
Yet th' world withaat brass could keep movin,
　But it wodn't do long withaat men.

One truth they may put i' ther meersham,
　An smoke it—that is, if they can ;
A man may mak hooshuns o' riches,
　But riches can ne'er mak a man.
Then give me that honest hard worker,
　'At labors throo mornin to neet,
Tho' his rest may be little an seldom,
　Yet th' little he gets he finds sweet.

He may rank wi' his wealthier brother,
　An rank heigher, aw fancy, nor some ;
For a hand 'at's weel hoofed wi' hard labor
　Is a passport to th' world 'at's to come.

For we know it's a sin to be idle,
  As man's days i' this world are but few;
Then let's all wi' awr lot be contented,
  An continue to toil an to tew.

For ther's one thing we all may be sure on,
  If we each do awr best wol we're here;
'At when th' time comes for reckonin, we're called on,
  We shall have varry little to fear.
An at last, when we throw daan awr tackle,
  An are biddin farewell to life's stage,
May we hear a voice whisper at partin,
  "Come on, lad! Tha's haddled thi wage."

PEEVISH POLL.

AW'VE heeard ov Mary Mischief,
    An aw've read ov Natterin Nan;
    An aw've known a Grumlin Judy,
    An a cross-grained Sarah Ann;
But wi' all ther faults an failins,
  They still seem varry tame,
Compared to one aw'll tell yo on,
  But aw dursn't tell her name.

Aw'll simply call her Peevish Poll,
  That name suits to a dot;
But if shoo thowt 'twor meant for her,
  Yo bet, aw'st get it hot.
Shoo's fat an fair an forty,
  An her smile's as sweet as spice,
An her voice is low an tender
  When shoo's tryin to act nice.

Shoo's lots ov little winnin ways,
  'At fit her like a glove;
An fowk say shoo's allus pleasant,—
  Just a woman they could love.
But if they nobbut had her,
  They'd find aght for a start,
It isn't her wi' th' sweetest smile
  'At's getten th' kindest heart.

Haivver her poor husband lives
    An stands it,—that licks doll!
Aw'st ha been hung if aw'd been cursed
    Wi' sich a wife as Poll!
Her children three, sneak in an aght
    As if they wor hawf deead
They seem expectin, hawf ther time,
    A claat o'th' side o'th' heead.

If they goa aght to laik, shoo storms
    Abaat her looanly state;
If they stop in, then shoo declares
    They're allus in her gate.
If they should start to sing or tawk
    Shoo tells 'em, "hold yor din!"
An if they all sit mum, shoo says,
    "It railly is a sin
To think ha shoo's to sit an mope,
    All th' time at they're away,
An when they're hooam they sit like stoops
    Withaat a word to say."

If feelin cold they creep near th' fire,
    They'll varry sooin get floored;
Then shoo'll oppen th' door an winder
    Declarin shoo's fair smoored.
When its soa swelterin an hot
    They can hardly get ther breeath,
Shoo'll pile on coils an shut all cloise,
    An sware shoo's starved to deeath.

Whativver's wrang when they're abaat,
    Is their fault for bein thear;
An if owt's wrang when they're away,
    It's coss they wornt near.
To keep 'em all i' misery,
    Is th' only joy shoo knows;
An then shoo blames her husband,
    For bein allus makkin rows.

Poor chap he's wearin fast away,—
    He'll leeav us before long;
A castiron man wod have noa chonce
    Wi' sich a woman's tongue.

An then shoo'll freeat and sigh, an try
  His virtues to extol;
But th' mourner, mooast sincere, will be
  That chap 'at next weds Poll.

THE OLD BACHELOR'S STORY

IT was an humble cottage,
  Snug in a rustic lane,
Geraniums and fuschias peep'd
  From every window-pane;

The dark-leaved ivy dressed its walls,
  Houseleek adorned the thatch;
The door was standing open wide,—
  They had no need of latch.

And close beside the corner
  There stood an old stone well,
Which caught a mimic waterfall,
  That warbled as it fell.

The cat, crouched on the well-worn steps,
  Was blinking in the sun;
The birds sang out a welcome
  To the morning just begun.

An air of peace and happiness
  Pervaded all the scene;
The tall trees formed a back ground
  Of rich and varied green;

And all was steeped in quietness,
  Save nature's music wild,
When all at once, methought I heard
  The sobbing of a child.

I listened, and the sound again
  Smote clearly on my ear:
" Can there,"—I wondering asked myself—
  " Can there be sorrow here?"—

I looked within, and on the floor
  Was sat a little boy,

Striving to soothe his sister's grief
  By giving her a toy.

" Why weeps your sister thus?" I asked ;
  " What is her cause of grief?
Come tell me, little man," I said,
  " Come tell me, and be brief."

Clasping his sister closer still,
  He kissed her tear-stained face,
And thus, in homely Yorkshire phrase,
  He told their mournful case.

————

" Mi mammy, sir, shoos liggin thear,
  I' th' shut-up bed i'th' nook ;
An tho' aw've tried to wakken her,
  Shoo'll nawther spaik nor look.

Mi sissy wants her porridge,
  An its time shoo had 'em too ;
But th' foir's gooan aght an th' mail's all done—
  Aw dooant know what to do.

An O, mi mammy's varry cold—
  Just come an touch her arm :
Aw've done mi best to hap her up,
  But connot mak her warm.

Mi daddy he once fell asleep,
  An nivver wakken'd moor ;
Aw saw 'em put him in a box,
  An tak him aght o'th' door.

He nivver comes to see us nah,
  As once he used to do,
An let me ride upon his back—
  Me, an mi sissy too.

An if they know mi mammy sleeps,
  Soa cold, an white, an still,
Aw'm feeard they'll come an fotch her, sir ;
  O, sir, aw'm feeard they will !

Aw happen could get on misen,
  For aw con work a bit,

But little sissy, sir, yo see,
  Shoo's varry young as yet.

Oh! dunnot let fowk tak mi mam!
  Help me to rouse her up!
An if shoo wants her physic,
  See,—it's in this little cup.

Aw know her heead wor bad last neet,
  When puttin us to bed;
Shoo sed, 'God bless yo, little things!'
  An that wor all shoo sed.

Aw saw a tear wor in her e'e—
  In fact, it's seldom dry:
Sin daddy went shoo allus cries,
  But nivver tells us why.

Aw think it's' coss he isn't here,
  'At maks her e'en soa dim;
Shoo says, he'll nivver come to us,
  But we may goa to him.

But if shoo's gooan an left us here,
  What mun we do or say?—
We connot follow her unless,
  Somebody 'll show us th' way."

———

My heart was full to bursting.
  When I heard the woeful tale;
I gazed a moment on the face
  Which death had left so pale;

Then clasping to my heaving breast
  The little orphan pair,
I sank upon my bended knees,
  And offered up a prayer,

That God would give me power to aid
  Those children in distress,
That I might as a father be
  Unto the fatherless.

Then coaxingly I led them forth;
  And as the road was long,

I bore them in my arms by turns—
  Their tears had made me strong.

I took them to my humble home,
  Where now they may be seen,
The lad,—a noble-minded youth,—
  His "sissy,"—beauty's queen.

And now if you should chance to see,
  Far from the bustling throng,
An old man, whom a youth and maid
  Lead tenderly along ;—

And if you, wondering, long to know
  The history of the three,--
They are the little orphan pair—
  The poor old man is me :

And oft upon the grassy mound
  'Neath which their parents sleep,
They bend the knee, and pray for me ;
  I pray for them and weep.

DID YO IVVER!

"GOOID gracious !" cried Susy, one fine summer's
      morn,
    "Here's a bonny to do ! aw declare !
  Aw wor nivver soa capt sin th' day aw wor born !
    Aw neer saw sich a seet at a fair.

Here Sally ! come luk ! There's a maase made its nest
  Reight i'th' craan o' mi new Sundy bonnet !
Haivver its fun its way into this chist,
  That caps me ! Aw'm fast what to mak on it !

It's cut ! Sithee thear ! It's run reight under th' bed !
  An luk here ! What's these little things stirrin ?
If they arn't some young uns 'at th' gooid-for-nowt's bred,
  May aw be as deead as a herrin !

But what does ta say ? 'Aw mun draand 'em ?' nooan
      soa !
  Just luk ha they're seekin ther mother ;

Shoo must be a poor little softheead to goa ;
  For awm nooan baan to cause her noa bother.

But its rayther too bad, just to mak her hooam thear ;
  For mi old en's net fit to be seen in ;
An this new en, awm thinkin 'll luk rayther queer
  After sich a rum lot as that's been in.

But shut up awr pussy, an heed what aw say ;
  Yo mun keep a sharp eye or shoo'll chait us ;
An if shoo sees th' mother shoo'll kill it !   An pray
  What mun come o' these poor helpless crayturs ?

A'a dear ! fowk have mich to be thankful for, yet,
  'At's a roof o' ther own to cawer under,
For if we'd to seek ony nook we could get,
  . Whativver'd come on us aw wonder ?

We should nooan on us like to be turned aght o' door,
  Wi' a lot o' young bairns to take care on ;
An altho' awm baght bonnet, an think misen poor,
  What little aw have yo'st have't share on.

That poor little maase aw dooant think meant me harm,
  Shoo ne'er knew what that bonnet had cost me ;
All shoo wanted wor some little nook snug an warm
  An a gooid two-o'-three shillin its lost me.

Aw should think as they've come into th' world born i
      silk,
  They'll be aristocratical varmin ;
But awm wastin mi time ! awl goa get 'em some milk,
  An noa daat but th' owd lass likes it warmin.

Bless mi life ! a few drops 'll sarve them !   If we try
  Awm weel sure we can easily spare 'em,
But as sooin as they're able, awl mak 'em all fly !
  Nivver mind if aw dooant ! harum scarum !"

A QUIET TAWK.

"NAH, lass, caar thi daan, an let's have a chat,—
  It's long sin we'd th' haase to ussen ;
  Just give me thi nooations o' this thing an that,
  What tha thinks abaat measures an men.

We've lived a long time i' this world an we've seen,
  A share of its joys an its cares;
Tha wor nooan born baght wit, an tha'rt net varry green,
  Soa let's hear what tha thinks of affairs."

" Well, Jooany, aw've thowt a gooid deal i' mi time,
  An aw think wi' one thing tha'll agree,—
If tha'd listened sometimes to advice sich as mine,
  It mud ha been better for thee.
This smookin an drinkin—tha knows tha does booath,
  It's a sad waste o' brass tha'll admit;
But awm net findin fault,—noa indeed! awd be looath!
  But aw want thi to reason a bit."

" Then tha'rt lawse i' thi tawk, tho' tha doesn't mean
      wrang,
  An tha says stuff aw darnt repeat;
An tha grumels at hooam if we chonce to be thrang,
  When tha comes throo thi wark of a neet.
An if th' childer are noisy, tha kicks up a shine,
  Tha mud want 'em as dummy as wax;
An if they should want owt to laik wi' 'at's thine,
  They're ommost too freetened to ax."

"An they all want new clooas, they're ashamed to be
      seen,
  An aw've net had a new cap this year;
An awm sewer it's fair cappin ha careful we've been,
  There's nooan like us for that onnywhear."
" Come, lass, that's enuff,—when aw ax'd thi to talk,
  It worn't a sarmon aw meant,
Soa aw'll don on mi hat, an aw'll goa for a walk,
  For dang it! tha'rt nivver content!"

LINES, ON STARTLING A RABBIT.

WHEW!—Tha'rt in a famous hurry!
    Awm nooan baan to try to catch thi!
    Aw've noa dogs wi' me to worry
      Thee poor thing,—aw like to watch thi.
  Tha'rt a runner! aw dar back thi,
    Why, tha ommost seems to fly!

Did ta think aw meant to tak thi?
  Well, awm fond o' rabbit pie.

Aw dooan't want th' world to misen, mun,
  Awm nooan like a dog i'th' manger;
Yet still 'twor happen best to run,
  For tha'rt th' safest aght o' danger.
An sometimes fowks' inclination
  Leads 'em to do what they shouldn't;—
But tha's saved me a temptation,—
  Aw've net harmed thi, 'coss aw couldn't.

Aw wish all temptations fled me,
  As tha's fled throo me to-day;
For they've oft to trouble led me,
  For which aw've had dear to pay.
An a taicher wise aw've faand thi,
  An this lesson gained throo thee;
'At when dangers gether raand me,
  Th' wisest tactics is to flee.

They may call thi coward, Bunny,
  But if mine had been thy lot,
Aw should fail to see owt funny,
  To be stewin in a pot.
Life to thee, awm sewer is sweeter,
  Nor thi flesh to me could prove;
May thy lot an mine grow breeter,
  Blest wi' liberty an love.

———

NIVVER HEED.

LET others boast ther bit o' brass,
    That's moor nor aw can do;
  Aw'm nobbut one o'th' workin class,
    'At's strugglin to pool throo;
  An if it's little 'at aw get,
    It's little 'at aw need;
  An if sometimes aw'm pinched a bit,
    Aw try to nivver heed.

Some fowk they tawk o' brokken hearts,
    An mourn ther sorry fate,

Becoss they can't keep sarvent men,
  An dine off silver plate;
Aw think they'd show more gradely wit
  To listen to my creed,
An things they find they connot get,
  Why, try to nivver heed.

Ther's some 'at lang for parks an halls,
  An letters to ther name;
But happiness despises walls,
  It's nooan a child o' fame.
A robe may lap a woeful chap,
  Whose heart wi' grief may bleed,
Wol rags may rest on joyful breast,
  Soa hang it! nivver heed!

Th' sun shines as breet for me as them,
  An' th' meadows smell as sweet,
Th' larks sing as sweetly o'er mi heead,
  An th' flaars smile at mi feet.
An when a hard day's wark is done,
  Aw ait mi humble feed;
Mi appetite's a relish fun,
  Soa hang it, nivver heed.

GRONFAYTHER'S DAYS.

'A, Johnny! A'a, Johnny! aw'm sooary for thee!
  But come thi ways to me, an sit o' mi knee;
  For it's shockin to hearken to th' words 'at tha
    says;—
Ther wor nooan sich like things i' thi gronfayther's days.

When aw wor a lad, lads wor lads, tha knows, then;
But nahdays they owt to be 'shamed o' thersen;
For they smook, an they drink, an get other bad ways;
Things wor different once i' thi gronfayther's days.

Aw remember th' furst day aw went cooartin a bit,—
An walked aght thi gronny;—aw'st nivver forget;
For we blushed wol us faces wor all in a blaze;—
It wor noa sin to blush i' thi gronfayther's days.

Ther's noa lasses nah, John, 'at's fit to be wed;
They've false teeth i' ther maath, an false hair o' ther
      heead;
They're a mak-up o' buckram, an waddin, an stays,—
But a lass wor a lass i' thi gronfayther's days.

At that time a tradesman dealt fairly wi' th' poor,
But nah a fair dealer can't keep oppen th' door;
He's a fooil if he fails, he's a scamp if he pays;
Ther wor honest men lived i' thi gronfayther's days.

Ther's chimleys an factrys i' ivvery nook nah,
But ther's varry few left 'at con fodder a caah;
An ther's telegraff poles all o'th' edge o'th' highways,
Whear grew bonny green trees i' thi gronfayther's days.

We're tell'd to be thankful for blessin's 'at's sent,
An aw hooap 'at tha'll allus be blessed wi' content;
Tha mun mak th' best tha con o' this world wol tha stays,
But aw wish tha'd been born i' thi gronfayther's days.

AWR DOOAD.

HER ladyship's getten a babby,—
    An they're makkin a famous to do,—
      They say,—Providence treated her shabby—
    Shoo wor fairly entitled to two.
But judgin bi th' fuss an rejoicin,
    It's happen as weel as it is;
For they could'nt mak moor ov a hoilful,
    Nor what they are makkin o' this.

He's heir to ther titles an riches,
    Far moor nor he ivver can spend;
Wi' hard times an cold poverty's twitches,
    He'll nivver be called to contend.
Life's rooad will be booarded wi' flaars,
    An pleasur will wait on his train,
He can suck at life's sweets, an its saars
    Will nivver need cause him a pain.

Aw cannot help thinkin ha diff'rent
    It wor when awr Dooady wor born;
Aw'd to tramp fifteen mile throo a snow storm,
    One bitterly, cold early morn.

Aw'd to goa ax old Mally-o'th'-Hippins,
  If shoo'd act as booath doctor an nurse ;—
An God bless her ! shoo sed, " Aye, an welcome,"
  Tho' aw had'nt a meg i' mi purse.

'Twor hard scrattin to get what wor needed,
  But we managed somelia, to pool throo';
An what we wor short we ne'er heeded,
  For that child fun us plenty to do.
But we'd health, an we loved one another,
  Soa things breetened up after a while ;
An nah, that young lad an his mother,
  Cheer mi on wi' ther prattle an smile.

Them at th' Hall, may mak feeastin an bluster,
  An ther table may grooan wi' its looad ;
But ther's one thing aw know they can't muster,—
  That's a lad hawf as grand as awr Dooad.
For his face is like lillies an rooases,
  An his limbs sich as seldom are seen ;
An just like his father's his nooas is,
  An he's getten his mother's blue een.

Soa th' lord an his lady are welcome,
  To mak all they like o' ther brat ;
They may hap him i' silk an i' velvet,—
  He's net a bit better for that.
I' life's race they'll meet all sooarts o' weather,
  But if they start fair on th' same rooad,
They *may* run pratty nearly together,
  But aw'll bet two to one on awr Dooad.

—

WHEAR NATUR MISSED IT.

A S Rueben wor smookin his pipe tother neet,
    Bi th' corner o'th' little " Slip Inn ;"
    He spied some fowk marchin, an fancied he heeard
    A varry queer sooart ov a din.
As nearer they coom he sed, " Bless mi life !
  What means all this hullaballoo ?
If they dooant stop that din they'll sewer get run in,
  An just sarve 'em reight if they do."

But as they approached, he saw wi' surprise,
    They seemed a respectable lot;
An th' hymn at they sung he'd net heeard for soa long,
    Wol he felt fairly rooited to th' spot.
I'th' front wor a woman who walked backards rooad,
    Beatin time wi' a big umberel,
An he sed, " Well, aw'll bet, that licks all aw've seen yet,
    What they'll do next noa mortal can tell."

On they coom like a flood, an shoo saw Rueben stood,—
    An her een seemed fair blazin wi' leet ;
" Halt !" shoo cried, an shoo went an varry sooin sent
    Rueben's pipe flyin off into th' street.
" Young man," shoo began, " if yo had been born
    To smoke that old pipe, then insteead,
Ov a nice crop o' hair Natur wod a put thear
    A chimly at top o' thi heead."

Rueben felt rather mad, for 'twor all th' pipe he had,
    An he sed, " Well, that happen mud be ;
But aw'm nobbut human, an thee bein a woman
    Has proved a salvation to thee.
If a chap had done that aw'd ha knocked him daan flat,
    But wi' yo its a different thing ;
But aw'm thinkin somcha, th' same law will allaa
    Me too smook, at allaas yo to sing."

Shoo gloored in his face an went back to her place,
    As shoo gave him a witherin luk ;
An swung her umbrel,—ovverbalanced, an fell
    An ligg'd sprawlin her length amang th' muck.
All her army seemed dumb, an th' chap wi' th' big drum,
    Turned a bulnex, an let on her chest ;
Wol th' fiddles an flute wor ivvery one mute,
    An th' tamborines tuk a short rest.

Then Rueben drew near, an he sed in her ear,
    As he lifted her onto her feet ;
" Sometimes its as wise when we start to advise,
    To be mindful we're net indiscreet.
If yo'd been intended to walk backardsway,
    To save yo from gettin that bump,
Dame Natur, in kindness, aw'll ventur to say,
    Wod ha planted a e'e i' yor bustle."

THAT'S ALL.

MI hair is besprinkled wi' gray,
   An mi face has grown wrinkled an wan;—
They say ivvery dog has his day,
   An noa daat its th' same way wi a man.
Aw know at mi day is nah passed,
   An life's twileet is all at remains;
An neet's drawin near varry fast,—
   An will end all mi troubles an pains.

Aw can see misen, nah, as a lad,
   Full ov mischief an frolic an fun;—
An aw see what fine chonces aw had,
   An regret lots o' things at aw've done.
Thowtless deeds—unkind words—selfish gains,—
   Time wasted, an more things beside,
But th' saddest thowt ivver remains,—
   What aw could ha done, if aw'd but tried.

Aw've had a fair share ov life's joys,
   An aw've nivver known th' want ov a meal;
Aw've ne'er laiked wi' luxuries' toys,
   Nor suffered what starvin fowk feel.
But aw'm moor discontented to-day,
   When mi memory carries me back,
To know what aw've gethered is clay,
   Wol diamonds wor strewed on mi track.

Aw can't begin ovver agean,
   (Maybe its as weel as it is,)
Soa aw'm waitin for th' life 'at's to be,
   For ther's nowt to be praad on i' this.
When deeath comes, as sewerly it will,
   An aw'm foorced to respond to his call;
Fowk'll say, if they think on me still,—
   "Well, he lived,—an that's abaat all."

MARY HANNER'S PEANNER.

WHEN aw cooarted Mary Hanner,
   Aw wor young an varry shy;
An shoo used to play th' peanner
   Wol aw sheepishly sat by.

Aw lang'd to tell her summat,
  But aw railly hadn't th' pluck,
Tho' monny a time aw started,
  Yet, somha aw allus stuck.

Aw'm sewer shoo must ha guess'd it,
  But shoo nivver gave a sign;
Shoo drummed at that peanner;—
  A'a! aw wish it had been mine!
Aw'd ha chopt it into matchwood,—
  Aw'd ha punced it into th' street,
It wor awful aggravatin,
  For shoo thumpt it ivvery neet.

Aw'd getten ommost sickened,
  When one day another chap
Aw saw thear, an he'd getten
  Mary Hanner on his lap.
Aw didn't stop to argyfy,—
  But fell'd him like an ox;
An Mary Hanner tried to fly
  On top o'th' music box.

But he wor gam,—an sich a job
  Aw'd nivver had befoor,
We fowt, but aw proved maister,
  An aw punced him aght o'th' door.
Then like a Tigercat, at me
  Flew ragin Mary Hanner;—
Yo bet! shoo could thump summat else,
  Besides her loud peanner!

Aw had to stand an tak her blows,
  Until shoo'd getten winded;
"Tha scamp!" shoo says, " tha little knows
  What bargainin tha's hinder'd!
Awr Jack had nobbut coom to pay,
  Becoss he's bowt th' peanner,
An nah tha's driven him away!"
  "Forgie me, Mary Hanner."

Aw ran aghtside an sooin fan Jack,
  An humbly begged his parden;—
"All reight,"—he sed, " aw'm commin back,"
  He didn't care a farden.

He paid her th' brass, then fotched a cart,
    An hauled away th' peanner;—
We're wed sin then, an nowt shall part,
    Me an mi Mary Hanner.

GRONDAD'S LULLABY.

SLEEP bonny babby, thi grondad is near,
    Noa harm can touch thee, sleep withaat fear;
    Innocent craytur, soa helpless an waik,
    Grondad wod give up his life for thy sake,
        Sleep little beauty,
        Angels thee keep,
        Grondad is watchin,
        Sleep, beauty, sleep.

Through the thick mist of past years aw luk back,
Vainly aw try to discover the track
Buried, alas! for no trace can aw see,
Ov the way aw once trod when as sinless as thee.
        Sleep little beauty,
        Angels thee keep,
        Grondad is watchin,
        Sleep, beauty, sleep.

Smilin in slumber,—dreamin ov bliss,
Feelin in fancy a fond mother's kiss;
Richer bi far nor a king on his throne,
Fearlessly facing a future unknown.
        Sleep little beauty,
        Angels thee keep,
        Grondad is watchin,
        Sleep, beauty, sleep.

What wod aw give could aw once agean be,
Innocent, spotless an trustin as thee;
May noa grief give thee occasion to weep,
Blessins attend thee!—Sleep, beauty, sleep.
        Sleep little beauty,
        Angels thee keep,
        Grondad is watchin,
        Sleep, beauty, sleep.

SIXTY, TURNED, TO-DAY.

AW'M turned o' sixty, nah, old lass,
  Yet weel aw mind the time,
    When like a young horse turned to grass,
    Aw gloried i' mi prime.
Aw'st ne'er forget that bonny face
  'At stole mi heart away;
Tho' years have hurried on apace:—
  Aw'm sixty, turned, to-day.

We had some jolly pranks an gams,
  E'en fifty year ago,
When sportive as a pair o' lambs,
  We nivver dreeamed ov woe.
When ivvery morn we left us bed,
  Wi' spirits leet an gay,—
But nah, old lass, those days have fled:—
  Aw'm sixty, turned, to-day.

Yet we've noa reason to repine,
  Or luk back wi' regret;
Those youthful days ov thine an mine,
  Live sweet in mem'ry yet.
Thy winnin smile aw still can see,
  An tho' thi hair's turned grey;
Tha'rt still as sweet an dear to me,
  Tho' sixty, turned, to-day.

We've troubles had, an sickness too,
  But then in spite ov all,
We've somha managed to pool throo,
  Whativver might befall.
Awr pleasurs far outweighed the pain
  We've met along life's way;
An losses past aw caant as gain,—
  When sixty, turned, to-day.

Awr childer nah are wed an gooan,
  To mak hooams for thersels;
But we shall nivver feel alooan,
  Wol love within us dwells.

We're drawin near awr journey's end,
  We can't much longer stay;
Yet still awr hearts together blend,
  Tho' sixty, turned, to-day.

Then let us humbly bow the knee,
  To Him, whose wondrous love,
Has helpt an guided thee an me,
  On th' pathway to above.
His mercies we will ne'er forget,
  Then let us praise an pray,
To Him whose wings protect us yet;
  Tho' sixty, turned, to-day.

THAT LAD NEXT DOOR.

AW'VE nowt agean mi naybors,
  An aw wod'nt have it sed
'At aw wor cross an twazzy,
  For aw'm kind an mild astead.
But ther's an end to patience,
  E'en Job knew that aw'm sewer;—
An he nivver had noa dealins
  Wi' that lad 'at lives next door.

It wod'nt do to tell 'em
  What aw think abaat that lad,
One thing aw'm sarten sewer on,
  Is, he's ivverything 'at's bad.
He's nivver aght o' mischief,
  An he nivver stops his din,—
He's noa sooiner aght o' one scrape,
  Nor he's another in.

If he wor mine aw'd thresh him,
  Wol th' skin coom off his back;
Aw'd cure him teein door-snecks,
  Then givin th' door a whack.
Aw'd leearn him to draw th' shape o' me
  Wi' chalk on th' nessy door,
An mak mud pies o' awr front steps
  An leeav 'em thear bi th' scooar.

He's been a trifle quieter
  For this last day or two;
He's up to some new devilment,—
  Aw dooant know what he'll do.
But here's his father comin,
  He's lukkin awful sad,—
Noa wonder,—aw'st be sad enuff
  If aw had sich a lad.

———

Aw nivver thowt 'at aw could feel
  Sich sorrow, or should grieve,
But little Dick is varry sick,
  They dunnot think he'll live.
Aw'd nivver nowt agean him!
  Aw liked that lad aw'm sure!
Pray God, be merciful, an spare
  That lad 'at lives next door.

———

A SUMMER SHAAR.

IT nobbut luks like tother day,
  Sin Jane an me first met;
  Yet fifty years have rolled away,
  But still aw dooant forget.
Th' Sundy schooil wor ovver,
An th' rain wor teemin daan
An shoo had nowt to cover
Her Sundy hat an gaan.
Aw had an umberella,
Quite big enuff for two,
Soa aw made bold to tell her,
Shoo'd be sewer to get weet throo,
Unless shoo'd share it wi' me.
Shoo blushed an sed, " Nay, Ben,
If they should see me wi' thi,
What wod yo're fowk say then?"
" Ne'er heed," says aw, " Tha need'nt care
What other fowk may say;
Ther's room for me an some to spare,
Soa let's start on us way."
Shoo tuk mi arm wi' modest grace,

We booath felt rayther shy;
But then aw'm sewer 'twor noa disgrace,
To keep her new clooas dry.
Aw tried to tawk on different things,
But ivvery thowt aw'd had,
Seem'd to ha flown as if they'd wings,
An left me speechless mad.
But when we gate cloise to her door,
Aw stopt an whispered, " Jane,
Aw'd like to walk wi' thee some moor,
When it doesn't chonce to rain."
Shoo smiled an blushed an sed, " For shame!"
But aw tuk courage then.
Aw cared net if all th' world should blame,
Aw meant to pleas misen,
For shoo wor th' grandest lass i'th' schooil
An th' best,—noa matter what;—
Aw should ha been a sackless fooil,
To miss a chonce like that.
Soa oft we met to stroll an tawk,
Noa matter, rain or shine;
An one neet as we tuk a walk,
Aw ax't her to be mine.
Shoo gave consent, an sooin we wed:—
Sin' then we've had full share
Ov rough an smooth, yet still we've led
A life ov little care.
An monny a time aw say to Jane,
If things luk dull an bad;—
Cheer up! tha knows we owe to th' rain
All th' joys o' life we've had.

AWR LAD.

BEAUTIFUL babby! Beautiful lad!
   Pride o' thi mother an joy o' thi dad!
   Full ov sly tricks an sweet winnin ways;—
   Two cherry lips whear a smile ivver plays;
Two little een ov heavenly blue,—
   Wonderinly starin at ivverything new,
Two little cheeks like leaves ov a rooas,—
   An planted between 'em a wee little nooas.

A chin wi' a dimple 'at tempts one to kiss;—
  Nivver wor bonnier babby nor this.
Two little hands 'at are seldom at rest,—
  Except when asleep in thy snug little nest.
Two little feet 'at are kickin all day,
  Up an daan, in an aght, like two kittens at play.
Welcome as dewdrops 'at freshen the flaars,
  Soa has thy commin cheered this life ov awrs.
What tha may come to noa mortal can tell;—
  We hooap an we pray 'at all may be well.
We've other young taistrels, one, two an three,
  But net one i'th' bunch is moor welcome nor thee.
Sometimes we are tempted to grummel an freeat,
  Becoss we goa short ov what other fowk get.
Poverty sometimes we have as a guest,
  But tha needn't fear, tha shall share ov the best.
What are fowks' riches to mother an me ?
  All they have wodn't buy sich a babby as thee.
Aw wor warned i' mi young days 'at weddin browt woe,
  'At labor an worry wod keep a chap low,—
'At love aght o'th' winder wod varry sooin flee,
  When poverty coom in at th' door,—but aw see
Old fowk an old sayins sometimes miss ther mark,
  For love shines aght breetest when all raand is dark.
Ther's monny a nobleman, wed an hawf wild,
  'At wod give hawf his fortun to have sich a child.
Then why should we envy his wealth an his lands,
  Tho' sarvents attend to obey his commands?
For we have the treasures noa riches can buy,
  An aw think we can keep 'em,—at leeast we can try;
An if it should pleeas Him who orders all things,
  To call yo away to rest under His wings,—
Tho' to part wod be hard, yet this comfort is giv'n,
  We shall know 'at awr treasures are safe up i' Heaven,
Whear noa moth an noa rust can corrupt or destroy,
  Nor thieves can braik in, nor troubles annoy.
Blessins on thi! wee thing,—an whativver thi lot,
  Tha'rt promised a mansion, tho' born in a cot,
What fate is befoor thi noa mortal can see,
  But Christ coom to call just sich childer as thee.
An this thowt oft cheers me, tho' fortun may fraan,
  Tha may yet be a jewel to shine in His craan.

BONNY MARY ANN.

WHEN but a little toddlin thing,
  I'th' heather sweet shoo'd play,
An like a fay on truant wing,
  Shoo'd rammel far away;
An even butterflees wod come
  Her lovely face to scan,
An th' burds wod sing ther sweetest song,
  For bonny Mary Ann.

Shoo didn't fade as years flew by,
  But added day bi day,
Some little touch ov witchery,—
  Some little winnin way.
Her lovely limbs an angel face,
  To paint noa mortal can;
Shoo seemed possessed ov ivvery grace,
  Did bonny Mary Ann.

To win her wod be heaven indeed,
  Soa off aw went to woo;
Mi tale o' love shoo didn't heed,
  Altho' mi heart spake too.
Aw axt, "what wants ta, onnyway?"
  Shoo sed, "aw want a man,"
Then laffin gay, shoo tript away,—
  Mi bonny Mary Ann.

Thinks aw, well, aw'll be man enough
  To leeav thi to thisen,
Some day tha'll net be quite as chuff,
  Aw'll wait an try thi then.
'Twor hard,—it ommost braik mi heart
  To carry aght mi plan;
But honestly aw played mi part,
  An lost mi Mary Ann.

For nah shoo's wed an lost yo see,
  But oh! revenge is sweet;
Her husband's less bi th' hawf nor me,
  His face is like a freet;

An what enticed her aw must own,
　To guess noa mortal can;
For what it is, is nobbut known,—
　To him an Mary Ann.

THAT CHRISTMAS PUDDIN.

HA weel aw remember that big Christmas puddin,
　That puddin mooast famous ov all in a year;
　When each lad at th' table mud stuff all he could
　　　in,
An ne'er have a word ov refusal to fear.
Ha its raand speckled face, craand wi' sprigs o' green
　　holly
Seem'd sweeatin wi' juices ov currans an plums;
An its fat cheeks made ivvery one laff an feel jolly,
For it seem'd like a meetin ov long parted chums,
　　That big Christmas puddin,—That rich steamin pud-
　　din,—
　That scrumptious plum puddin, mi mother had made.

Ther wor father an mother,—awr Hannah an Mary,
Uncle Tom an ont Nancy, an smart cussin Jim;
An Jim's sister Kitty, as sweet as a fairy,—
An Sam wi' his fiddle,—we couldn't spare him.
We'd rooast beef an mutton, a gooise full o' stuffin,
Boil'd turnips an taties, an moor o' sich kind;
An fooamin hooam brewed,—why,—aw think we'd enuff in,
To sail a big ship if we'd been soa inclined.
　　An then we'd that puddin—That thumpin big puddin—
　That rich Christmas puddin, mi mother had made.

Sam sat next to Mary an Jim tuk awr Hannah,
An Kitty ov coorse had to sit next to me,—
An th' stuff wor sooin meltin away in a manner,
'At mi mother declared 't wor a pleasur to see.
They wor nowt could be mended, we sed when it ended,
An all seem'd as happy as happy could be;
An aw've nivver repented, for Kitty consented,
An shoo's still breet an bonny an a gooid wife to me.
　　An aw think o' that puddin,—That fateful plum pud-
　　din,—
　That match makkin puddin mi mother had made.

A BAD SOOART.

AW'D rayther face a redwut brick,
 Sent flyin at mi heead;
 Aw'd rayther track a madman's steps,
 Whearivver they may leead;
Aw'd rayther ventur in a den,
An stail a lion's cub;
Aw'd rayther risk the foamin wave
In an old leaky tub.
Aw'd rayther stand i'th' midst o'th' fray,
Whear bullets thickest shower;
Nor trust a mean, black hearted man,
At's th' luck to be i' power.

A redwut brick may miss its mark,
A madman change his whim;
A lion may forgive a theft;
A leaky tub may swim.
Bullets may pass yo harmless by,
An leeav all safe at last;
A thaasand thunders shake the sky,
An spare yo when they've past.
Yo may o'ercome mooast fell disease;
Mak poverty yo're friend;
But wi' a mean, blackhearted man,
Noa mortal can contend.

Ther's malice in his kindest smile,
His proffered hand's a snare;
He's plannin deepest villany,
When seemingly mooast fair.
He leads yo on wi' oily tongue,
Swears he's yo're fastest friend;
He get's yo once within his coils,
An crushes yo i'th' end.
Old Nick, we're tell'd, gooas prowlin aght,
An seeks whom to devour;
But he's a saint, compared to some,
'At's th' luk to be i' power.

FAIRLY WEEL-OFF.

OV whooalsum food aw get mi fill,—
Ov drink aw seldom want a gill;
Aw've clooas to shield me free throo harm,
Should winds be cold or th' sun be warm.

Aw rarely have a sickly spell,—
Mi appetite aw'm fain to tell
Ne'er plays noa scurvy tricks on me,
Nowt ivver seems to disagree.

Aw've wark, as mich as aw can do,—
Sometimes aw laik a day or two,—
Mi wage is nobbut small, but yet,
Aw manage to keep aght o' debt,

Mi wife, God bless her! ivvery neet
Has slippers warmin for mi feet;
An th' hearthstun cleean, an th' drinkin laid,
An th' teah's brew'd an th' tooast is made.

An th' childer weshed, an fairly dressed,
Wi' health an happiness are blest;
An th' youngest, tho' aw say't misen,
Is th' grandest babby ivver seen.

Aw've friends, tho' humble like misen,
They're gradely, upright, workin-men,
They're nooan baght brains oth' sooart they're on;—
They do what's reight as near's they con.

Aw tak small stock i' politics,
For lib'ral shams an tooary tricks,
Have made me daat 'em one an all;—
Ther words are big, but deeds are small.

Aw goa to th' chapil, yet confess
Aw'm somewhat daatful, moor or less,
For th' chaps at cracks up gloory soa,
Ne'er seem in onny haste to goa.

To me, religion seems quite plain;—
Aw cause noa fellow-mortal pain,
Aw do a kind act when aw can,
An hooap to dee an honest man.

Aw hooap to live till old an gray,
An when th' time comes to goa away,
Aw feel convinced some place ther'll be,
Just fit for sich a chap as me.

Green fields, an trees, an brooks, an flaars,
Are treasures we can all call awrs,
An when hooam is earth's fairest spot
One should be thankful for his lot.

Aw'm nooan contented,—nay, net aw!
Aw nivver con be tho' aw try;
But aw enjoy th' gooid things aw have,
An if aw for moor blessins crave,
It's more for th' sake o'th' wife an bairns,
To spare them my life's ups an daans.

Well, yo may laff, an sneerin say,
Aw'm praad an selfish i' mi way;—
Maybe aw am,—but yo'll agree,
Ther's few fowk better off nor me.

A WARNIN.

'A dear, what it is to be big!
    To be big i' one's own estimation,
  To think if we shake a lawse leg,
      'At th' world feels a tremblin sensation.
To fancy 'at th' nook 'at we fill,
    Wod be empty if we worn't in it,
'At th' universe wheels wod stand still,
    If we should neglect things a minnit.

To be able to tell all we meet,
    Just what they should do or leeav undone;
To be crammed full o' wisdom an wit,
    Like a college professor throo Lundun.
To show statesmen ther faults an mistaks,—
    To show whear philosifers blunder;
To prove parsons an doctors all quacks,
    An strike men o' science wi' wonder.

But aw've nooaticed, theas varry big men,
  'At strut along th' streets like a bantam,
Nivver do mich 'at meeans owt thersen,
  For they're seldom at hand when yo want 'em.
At ther hooam, if yo chonce to call in,
  Yo may find 'em booath humble an civil,
Wol th' wife tries to draand th' childer's din,
  Bi yellin an raisin the devil.

A'a dear, what it is to be big!
  But a chap 'at's a fooil needn't show it,
For th' rest o'th' world cares net a fig,
  An a thaasand to one doesn't know it.
Consait, aw have often heeard say,
  Is war for a chap nor consumption,
An aw'll back a plain chap onny day,
  To succeed, if he's nobbut some gumpshun.

My advice to young fowk is to try
  To grow honestly better an wiser;
An yo'll find yor reward by-an-by,—
  True merit's its own advertiser.
False colors yo'll seldom find fast,
  An a mak-believe is but a bubble,
It's sure to get brussen at last,
  An contempt's all yo'll get for yor trouble.

TO W. F. WALLETT.

THE QUEEN'S JESTER.

Born at Hull, November, 1806. Died at Beeston, near Nottingham,
March 13th, 1892.

WALLETT, old friend! Thy way's been long;—
  Few livin can luk farther back;
But tha has left, bi jest an song,
  A sunny gleam along thy track.
Aw'm nursin nah, mi childer's bairns,
  Yet aw remember when a lad,
Sittin an listnin to thy yarns,
  An thank thi nah, for th' joys aw had.

Full monny a lesson, quaintly towt,
  Wi' witty phrase, sticks to me still;
Nor can aw call to mind ther's owt
  Tha sed or did, to work me ill!
Noa laff tha raised do aw regret,—
  Wit mixed wi' wisdom wor thy plan,
Which had aw heeded, aw admit,
  Aw should ha been a better man.

Aw'd like to meet thee once agean,
  An clink awr glasses as of yore,
An hear thi rail at all things meean,
  An praise an cheer the honest poor.
Aw'd like to hear th' owd stooaries towld,
  'At nobbut tha knows ha to tell;—
Unlike thisen they ne'er grow old;—
  A'a dear! Aw'm growin owd misel.

We'st miss thee, Wallett, when tha goas,
  (May that sad time be far away;
For when tha doffs thi motley clooas,
  An pays that debt we all mun pay,)
We'st feel ther's one link less to bind,
  Us to this 'vain an fleetin show,'
An we'st net tarry long behind,—
  We may goa furst for owt we know.

Well,—if noa moor aw clasp thi hand,—
  Noa moor enjoy thy social chat,—
Aw send thi from this distant land,
  True friendship's greetin,—This is that.
May ivvery comfort earth can give,   .
  Be thine henceforward to the end,
An tho' the sea divides, believe
  Ther's one who's proud to call thee friend.

LADS AN LASSES.

L ADS an lasses lend yor ears
    Unto an old man's rhyme,
  Dooant hurry by an say wi' sneers,
    It's all a waste o' time.

Some little wisdom yo may gain,
  Some trewth yo'll ne'er forget :
Soa blame me net for spaikin plain,
  Yo'll find it's better net.

For yo, life's journey may be long,
  Or it may end to-day;
Deeath gethers in the young an strong,
  Along wi' th' old an gray.
Then nivver do an unkind thing,
  Which yo will sure regret,
Nor utter words 'at leeav a sting,—
  Yo'll find it's better net.

If yo've a duty to get throo,
  Goa at it with a will,
Dooant shirk it 'coss it's hard to do,
  That mak's it harder still.
Dooant think to-morn is time enuff
  For what to-day is set,
Nor trust to others for ther help,
  Yo'll find it's better net.

If little wealth falls to yor share,
  Try nivver to repine ;
But struggle on wi' thrift an' care,—
  Some day the sun will shine.
It's better to be livin poor,
  Than running into debt,
An havin duns coom to yor door ;—
  Yo'll find it's better net.

When tempted bi some jolly friend,
  To join him in a spree,
Remember sich things sometimes end
  I' pain an misery.
Be firm an let temptations pass
  As if they'd ne'er been met,
An nivver drain the sparklin glass ;—
  Yo'll find it's better net.

Mak trewth an honesty yor guide,
  Tho' some may laff an rail,
Fear net, whativver ills betide,
  At last yo must prevail.

Contented wi' yor portion be
Nor let yor heart be set,
On things below 'at fade an dee,—
Yo'll find it's better net.

———

A NEW YEAR'S GIFT.

A LITTLE lad,—bare wor his feet,
His 'een wor swell'd an red,
Wor sleepin, one wild New Year's neet,—
A cold doorstep his bed.
His little curls wor drippin weet,
His clooas wor thin an old,
His face, tho' pinched, wor smilin sweet,—
His limbs wor numb wi' cold.

Th' wind whistled throo th' deserted street,
An snowflakes whirled abaat,—
It wor a sorry sooart o' neet,
For poor souls to be aght.
'Twor varry dark, noa stars or mooin,
Could shine throo sich a storm ;—
Unless some succour turns up sooin,
God help that freezin form !

A carriage stops at th' varry haase,—
A sarvent oppens th' door ;
A lady wi' a pale sad face,
Steps aght o'th' cooach to th' floor.
Her 'een fell on that huddled form,
Shoo gives a startled cry ;
Then has him carried aght o'th' storm,
To whear its warm an dry.

Shoo tended him wi' jewelled hands,
An monny a tear shoo shed ;
For shoo'd once had a darlin lad
But he, alas ! wor dead.
This little waif seemed sent to cheer,
An fill her darlin's place ;
An to her heart shoo prest him near,
An kissed his little face.

Wi' wonderin 'een he luk't abaat,
  Dazzled wi' th' blaze o' leet,
Then drooped his heead, reight wearied aght
  Wi' cold an wind an weet.
Then tenderly shoo tuckt him in
  A little cosy bed,
An kissed once moor his cheek soa thin,
  An stroked his curly head.

Noa owner coom to claim her prize,
  Tho' mich shoo feear'd ther wod,
It seem'd a blessin dropt throo th' skies
  A New Year's gift throo God.
An happiness nah fills her heart,
  'At wor wi' sorrow cleft;
Noa wealth could tempt her nah to part,
  Wi' her Heaven sent New Year's gift.

———

MATTY'S REASON.

"NAH, Matty! what meeans all this fuss?
    Tha'rt as back'ard as back'ard can be;
  Ther must be some reason, becoss
    It used to be diff'rent wi' thee.

Aw've nooaticed, 'at allus befoor
  If aw kussed thi, tha smiled an lukt fain;
Ther's summat nooan reight, lass, aw'm sewer,
  Tha seems i' soa gloomy a vein.

If tha's met wi' a hansomer chap,
  Aw'm sewer aw'll net stand i' thi way;
But tha mud get a war, lass, bi th' swap,—
  If tha'rt anxious aw'll nivver say nay.

But tha knows 'at for monny a wick
  Aw've been savin mi brass to get wed;
An aw'd meant thee gooin wi' me to pick
  Aght some chairs an a table an bed.

Aw offer'd mi hand an mi heart;
  An tha seemed to be fain to ha booath;
But if its thi wish we should part,
  To beg on thi, nah, aw'd be looath.

F

An th' warst wish aw wish even yet,—
  Is tha'll nivver get treeated soa meean;—
Gooid neet, Matty lass, nivver freeat,
  Tha'll kuss me when aw ax thi agean."

"Nah, Jimmy lad, try to be cooil,—
  Mi excuse tha may think is a funny en;
Aw've nowt agean thee, jaylus fooil,
  But thi breeath savoors strongly o' oonion."

UNCLE BEN.

A GRADELY chap wor uncle Ben
  As ivver lived i'th' fowd:
He made a fortun for hissen,
  An lived on't when he'r owd.
His yed wor like a snow drift,
  An his face wor red an breet,
An his heart wor like a feather,
  For he did the thing 'at's reet.

He wore th' same suit o' fustian clooas
  He'd worn sin aw wor bred;
An th' same owd booits, wi' cappel'd tooas,
  An th' same hat for his yed;
His cot wor lowly, yet he'd sing
  Throo braik o' day till neet;
His conscience nivver felt a sting,
  For he did the thing 'at's reet.

He wod'nt swap his humble state
  Wi' th' grandest fowk i'th' land;
He nivver wanted silver plate,
  Nor owt 'at's rich an grand;
He did'nt sleep wi' curtained silk
  Drawn raand him ov a neet,
But he slept noa war for th' want o' that,
  For he'd done the thing 'at's reet.

Owd fowk called him "awr Benny,"
  Young fowk, "mi uncle Ben,"—
An th' childer, "gronfather," or "dad,"
  Or what best pleased thersen.

A gleam o' joy coom o'er his face
  When he heeard ther patterin feet,
For he loved to laik wi th' little bairns
  An he did the thing 'at's reet.

He nivver turned poor fowk away
  Uncared for throo his door;
He ne'er forgate ther wor a day
  When he hissen wor poor;
An monny a face has turned to Heaven,
  All glistenin wi' weet,
An prayed for blessins on owd Ben,
  For he did the thing 'at's reet.

He knew his lease wor ommost spent,
  He'd sooin be called away;
Yet he wor happy an content,
  An waited th' comin day.
But one dark neet he shut his e'en,
  An slept soa calm an sweet,
When mornin coom, th' world held one less,
  'At did the thing 'at's reet.

A HAWPOTH.

WHEAR is thi Daddy, doy? Whear is thi mam?
  What are ta cryin for, poor little lamb?
  Dry up thi peepies, pet, wipe thi weet face;
  Tears o' thy little cheeks seem aght o' place.
What do they call thi, lad? Tell me thi name;
Have they been ooinin thi? Why, it's a shame.
Here, tak this hawpny, an buy thi some spice,
Rocksticks or humbugs or summat 'at's nice.
Then run off hooam agean, fast as tha can;
Thear,—tha'rt all reight agean; run like a man.

He wiped up his tears wi' his little white brat,
An he tried to say summat, aw couldn't tell what:
But his little face breeten'd wi' pleasur all throo :—
A'a !—its cappin, sometimes, what a hawpny can do.

TH' BETTER PART.

A POOR owd man wi' tott'ring gait,
  Wi' body bent, an snowy pate,
         Aw met one day;—
An daan o'th' rooad side grassy banks
He sat to rest his weary shanks;
An aw, to while away mi time,
O'th' neighbourin hillock did recline,
         An bade "gooid day."

Said aw, "Owd friend, pray tell me true,
If in your heart yo nivver rue
         Th' time 'at's past?
Does envy nivver fill yor breast
When passin fowk wi' riches blest?
An do yo nivver think it wrang
At yo should have to trudge along,
         Soa poor to th' last?"

"Young man," he sed, "aw envy nooan;
But ther are times aw pity some,
         Wi' all mi heart;
To see what trubbl'd lives they spend,
What cares upon their hands depend;
Then aw in thowtfulness declare
'At 'little cattle little care'
         Is th' better part.

Gold is a burden hard to carry,
An tho' Dame Fortun has been chary
         O' gifts to me;
Yet still aw strive to feel content,
An think what is, for th' best is meant;
An th' mooast ov all aw strive for here,
Is still to keep mi conscience clear,
         From dark spots free.

An while some tax ther brains to find
What they'll be foorced to leeav behind,
         When th' time shall come;
Aw try bi honest word an deed,
To get what little here aw need,
An live i' hopes at last to say,
When breeath gooas flickerin away,
         'Aw'm gooin hooam.'"

Aw gave his hand a hearty shake,
It seem'd as tho' the words he spake
      Sank i' mi heart:
Aw walk'd away a wiser man,
Detarmined aw wod try his plan
I' hopes at last 'at aw might be
As weel assured ov Heaven as he;
      That's th' better part.

TH' LESSER EVIL.

YOUNG Harry wor a single chap,
  An wod have lots o' tin,
  An monny a lass had set her cap,
  This temptin prize to win.
But Harry didn't want a wife,
  He'd rayther far be free;
An soa escape all care an strife
  'At wedded couples see.
But when at last his uncle deed,
  An left him all his brass,
'Twor on condition he should wed,
  Some honest Yorksher lass.
Soa all his dreamin day an neet
  Abaat what sprees he'd have;
He had to bury aght o'th' seet,
  Deep in his uncle's grave.
To tak a wife at once, he thowt
  Wor th' wisest thing to do,
Soa he lukt raand until he browt
  His choice daan between two.
One wor a big, fine, strappin lass,
  Her name wor Sarah Ann,
Her height an weight, few could surpass,
  Shoo'r fit for onny man.
An t'other wor a little sprite,
  Wi' lots o' bonny ways,
An little funny antics, like
  A kitten when it plays.
An which to tak he could'nt tell,
  He rayther liked 'em booath;

But if he could ha pleased hissen,
　To wed one he'd be looath.
A wife he thowt an evil thing,
　An sewer to prove a pest ;
Soa after sometime studyin
　He thowt th' least wod be th' best.
They sooin wor wed, an then he faand
　He'd quite enuff to do,
For A'a ! shoo wor a twazzy haand,
　An tongue enuff for two.
An if he went aght neet or day,
　His wife shoo went as weel ;
He gat noa chonce to goa astray ;—
　Shoo kept him true as steel.
His face grew white, his heead grew bald,
　His clooas hung on his rig,
He grew like one 'at's getten stall'd,
　Ov this world's whirligig.
One day, he muttered to hissen,
　"If aw've pickt th' lesser evil,
Th' poor chap 'at tackles Sarah Ann,
　Will wish he'd wed the D—l."

TAKE HEART !

ROUGHEST roads, we often find,
　　Lead us on to th' nicest places ;
　Kindest hearts oft hide behind
　　Some o'th plainest-lukkin faces.

Flaars whose colors breetest are,
　Oft delight awr wond'ring seet ;
But ther's others, humbler far,
　Smell a thaasand times as sweet.

Burds o' monny color'd feather,
　Please us as they skim along,
But ther charms all put together,
　Connot equal th' skylark's song.

Bonny women—angels seemin,—
　Set awr hearts an brains o' fire ;
But its net ther beauties ; beamin,
　Its ther gooidness we admire.

Th' bravest man 'at's in a battle,
  Isn't allus th' furst i'th' fray;
He best proves his might an mettle,
  Who remains to win the day.

Monkey's an vain magpies chatter,
  But it doesn't prove 'em wise;
An it's net wi' noise an clatter,
  Men o' sense expect to rise.

'Tis'nt them 'at promise freely,
  Are mooast ready to fulfill;
An 'tis'nt them 'at trudge on dreely
  'At are last at top o'th' hill.

Bad hawf-craans may pass as payment,
  Gaudy flaars awr e'en beguile;
Women may be loved for raiment,
  Show may blind us for a while;

But we sooin grow discontented,
  An for solid worth we sigh,
An we leearn to prize the jewel,
  Tho' it's hidden from the eye.

Him 'at thinks to gether diamonds
  As he walks along his rooad,
Nivver need be tired wi' huggin,
  For he'll have a little looad.

Owt 'at's worth a body's winnin
  Mun be toiled for long an hard;
An tho' th' struggle may be pinnin,
  Perseverance wins reward.

Earnest thowt, an constant strivin,
  Ever wi' one aim i'th' seet;
Tho' we may be late arrivin,
  Yet at last we'st come in reet.

He who WILL succeed, he MUST,
  When he's bid false hopes farewell,
If he firmly fix his trust
  In his God, an in hissel.

———

THEY ALL DO IT.

THEY'RE all buildin nests for thersen,
    One bi one they goa fleetin away;
A suitable mate comes,—an then,
    I'th' old nest they noa longer can stay.
Well,—it's folly for th' old en's to freeat,
    Tho' it's hard to see loved ones depart,—
An we sigh,—let a tear drop,—an yet,
    We bless 'em, an give 'em a start.

They've battles to feight 'at we've fowt,
    They've trubbles an trials to face ;
I'th' futer they luk an see nowt
    'At can hamper ther coorse i' life's race.
Th' sun's shinin soa breetly, they think
    Sorrow's claads have noa shadow for them,
They walk on uncertainty's brink,
    An they see in each teardrop a gem,

Happy dreams 'at they had long ago,
    Too sweet to believe—could be true,
Are realized nah, for *they know*
    Th' world's pleasures wor made for them two.
We know 'at it's all a mistak,
    An we pity, an yet we can pray,
'At when th' end comes they'll nivver luk back
    Wi' regret to that sweet weddin day.

God bless 'em ! may happiness dwell,
    I' ther hearts, tho' they beat in a cot ;
An if in a palace,—well,—well,—
    Shall ther young love be ever forgot.
Nay,—nay,—tho' old Time runs his plough,
    O'er fair brows an leaves monny a grove ;
May they cloiser cling, th' longer they grow,
    Till two lives blend i' one sacred love.

Bless th' bride ! wi' her bonny breet e'en !
    Bless th' husband, who does weel his part ;
Aye ! an bless those old fowk where they've been,
    The joy an the pride ov ther heart.

May health an prosperity sit
  At ther table soa long as they live !
An accept th' gooid wishes aw've writ,
  For they're all 'at aw'm able to give.

TO LET.

AW live in a snug little cot,
  An tho' poor, yet aw keep aght o' debt,
  Cloise by, in a big garden plot,
  Stands a mansion, 'at long wor "to let."

Twelve month sin or somewhear abaat,
A fine lukkin chap donned i' black,
Coom an luk'd at it inside an aght
An decided this mansion to tak.

Ther wor whiteweshers coom in a drove
An masons, an joiners, an sweeps,
An a blacksmith to fit up a cove,
An bricks, stooans an mortar i' heaps.

Ther wor painters, an glazzeners too,
To mend up each bit ov a braik,
An a lot 'at had nowt else to do,
But to help some o'th' t'others to laik.

Ther wor fires i' ivvery range,
They nivver let th' harston get cooiled,
Throo th' cellar to th' thack they'd a change,
An ivverything all in a mooild.

Th' same chap 'at is th' owner o'th' Hall,
Is th' owner o'th' cot whear aw dwell,
But if aw ax for th' leeast thing at all ;
He tells me to do it mysel.

This hall lets for fifty a year,
Wol five paand is all 'at aw pay ;
When th' day comes mi rent's allus thear,
An that's a gooid thing in its way.

At th' last all th' repairers had done,
An th' hall wor as cleean as a pin,
Aw wor pleased when th' last lot wor gooan,
For aw'd getten reight sick o' ther din.

Then th' furnitur started to come,
Waggon looads on it, all spankin new,
Rich crimson an gold covered some,
Wol some shone i' scarlet an blue.

Ov sofas aw think hawf a scoor,
An picturs enuff for a show?
They fill'd ivvery corner aw'm sure,
Throo th' garret to th' kitchen below.

One day when a cab drove to th' gate,
Th' new tenant stept aght, an his wife,
(An tawk abaat fashion an state!
Yo ne'er saw sich a spreead i' yor life.)

Ther wor sarvents to curtsey 'em in,
An aw could'nt help sayin, "bi th' mass;"
As th' door shut when they'd booath getten in,
"A'a, it's grand to ha plenty o' brass."

Ther wor butchers, an bakers, an snobs,
An grocers, an milkmen, an snips,
All seekin for orders an jobs,
An sweetenin th' sarvents wi' tips.

Aw sed to th' milk-chap 'tother day,
"Ha long does ta trust sich fowk, Ike?
Each wick aw'm expected to pay,"
"Fine fowk," he says, "pay when they like."

Things went on like this, day bi day,
For somewhear cloise on for a year;
Wol aw ne'er thowt o' lukkin that way,
Altho' aw wor livin soa near.

But one neet when aw'd finished mi wark,
An wor tooastin mi shins anent th' fire,
A chap rushes in aght o'th' dark
Throo heead to fooit plaistered wi' mire.

Says he, "does ta know whear they've gooan?"
Says aw, "lad, pray, who does ta meean?"
"Them at th' hall," he replied, wi a grooan,
"They've bolted an diddled us cleean."

Aw tell'd him aw'd ne'er heeard a word,
He cursed as he put on his hat,
An he sed, " well, they've flown like a burd,
An paid nubdy owt, an that's what."

He left, an aw crept off to bed,
Next day aw'd a visit throo Ike,
But aw shut up his maath when aw sed,
" Fine fowk tha knows pay when they like."

Ther's papers i'th' winders, " to let,"
An aw know varry weel ha 't 'll be;
They'll do th' same for th' next tenant awl bet,
Tho' they ne'er do a hawpoth for me.

But aw let 'em do just as they pleease,
Aw'm content tho' mi station is low,
An aw'm thankful sich hard times as thease
If aw manage to pay what aw owe.

This precept, friends, nivver forget,
For a wiser one has not been sed,
Be detarmined to rise aght o' debt
Tho' yo go withaat supper to bed.

LOST LOVE.

SHOO wor a bonny, bonny lass,
    Her e'en as black as sloas;
    Her hair a flyin thunner claad,
    Her cheeks a blowin rooas.
Her smile coom like a sunny gleam
    Her cherry lips to curl;
Her voice wor like a murm'ring stream
    'At flowed throo banks o' pearl.

    Aw long'd to claim her for mi own,
        But nah mi love is crost;
    An aw mun wander on alooan,
        An mourn for her aw've lost.

Aw could'nt ax her to be mine,
    Wi' poverty at th' door:
Aw nivver thowt breet e'en could shine
    Wi' love for one so poor;

But nah ther's summat i' mi breast,
　　Tells me aw miss'd mi way:
An lost that lass I loved the best
　　Throo fear shoo'd say me nay.
　　　　Aw long'd to claim her for, &c.

Aw saunter'd raand her cot at morn,
　　An oft i'th' dark o'th' neet,
Aw've knelt mi daan i'th' loin to find
　　Prints ov her tiny feet.
An under th' window, like a thief,
　　Aw've crept to hear her spaik;
An then aw've hurried hooam agean
　　For fear mi heart wod braik.
　　　　Aw long'd to claim her for, &c.

Another bolder nor misen,
　　Has robb'd me o' mi dear;
An nah aw ne'er may share her joy,
　　An ne'er may dry her tear.
But tho' aw'm heartsick, lone, an sad,
　　An tho' hope's star is set;
To know shoo's lov'd as aw'd ha lov'd
　　Wod mak me happy yet.
　　　　Aw long'd to claim her for mi own, &c.

————

DRINK.

WHEN yo see a chap covered wi' rags,
　　An hardly a shoe to his fooit,
Gooin sleawshin along ovver th' flags,
　　Wi' a pipe in his maath black as sooit;
An he tells yo he's aght ov a job,
　　An he feels wellny likely to sink,—
An he hasn't a coin in his fob,
　　Yo may guess what he's seekin—it's Drink.

If a woman yo meet, poorly dressed,
　　Untidy, an spoortin black e'en;
Wi' a babby hawf clammed at her breast,
　　Neglected an shame-to-be-seen;

If yo ax, an shoo'll answer yo true,
  What's th' cause of her trouble? Aw think,
Yo'll find her misfortuns are due
  To that warst o' all enemies,—Drink.

Ax th' wretches convicted o' crime,
  What caused 'em to plunge into sin,
An they'll say ommost ivvery time,
  It's been th' love o' rum, whisky or gin.
Even th' gallus, if it could but tell
  Ov its victims dropt ovver life's brink;
It wod add a sad lot moor to swell
  The list ov those lost throo strong Drink.

Yet daily we thowtlessly pass,
  The hell-traps 'at stand like a curse;
Bedizened wi' glitter an glass,
  To mak paupers, an likely do worse.
Some say 'at th' millenium's near,
  But they're reckonin wrang aw should think,
When they fancy the King will appear,
  In a world soa besotted wi' Drink.

DUFFIN JOHNNY.

(A Rifleman's Adventure.)

TH' mooin shone brect wi' silver leet,
  An th' wind wor softly sighin;
  Th' burds did sleep, an th' snails did creep,
    An th' buzzards wor a-flyin;
Th' daises donned ther neet caps on,
  An th' buttercups wor weary,
When Jenny went to meet her John,
  Her Rifleman, her dearie.

Her Johnny seemed as brave a lad
  As ivver held a rifle,
An if ther wor owt in him bad,
  'Twor nobbut just a trifle.
He wore a suit o' sooity grey,
  To show 'at he wor willin
To feight for th' Queen an country
  When perfect in his drillin.

His heead wor raand, his back wor straight
  His legs wor long an steady,
His fist wor fully two pund weight,
  His heart wor true an ready;
His upper lip wor graced at th' top
  Wi' mustache strong an bristlin,
It railly wor a spicy crop;
  Yo'd think to catch him whistlin.

His buzzum burned wi' thowts o' war,
  He long'd for battles' clatter.
He grieved to think noa foeman dar
  To cross that sup o' watter;
He owned one spot,—an nobbut one,
  Within his heart wor tender,
An as his darlin had it fun,
  He'd be her bold defender.

At neet he donn'd his uniform,
  War trials to endure,
An helped his comrades brave, to storm
  A heap ov horse manure!
They sed it wor a citidel,
  Fill'd wi' some hostile power,
They boldly made a breach, and well
  They triumph'd in an hour.

They did'nt wade to th' knees i' blooid,
  (That spoils one's britches sadly,)
But th' pond o' sypins did as gooid,
  An scented 'em as badly;
Ther wor noa slain to hug away,
  Noa heeads, noa arms wor wantin,
They lived to feight another day,
  An spend ther neets i' rantin.

Brave Johnny's rooad wor up a loin
  Where all wor dark an shaded,
Part grass, part stooans, part sludge an slime
  But quickly on he waded;
An nah an then he cast his e'e
  An luk'd behund his shoulder.
He worn't timid, noa net he!
  He crack'd, "he knew few bolder."

But once he jumped, an sed, " Oh dear !"
  Becoss a beetle past him;
But still he wor unknown to fear,
  He'd tell yo if yo asked him.
He could'nt help for whispering once,
  " This loin's a varry long un,
A chap wod have but little chonce
  Wi' thieves, if here amang 'em."

An all at once he heeard a voice
  Cry out, " Stand and deliver !
Your money or your life, mak choice,
  Before your brains I shiver;"
He luk'd all raand, but failed to see
  A sign ov livin craytur,
Then tremblin dropt upon his knee,
  Fear stamp'd on ivvery faytur.

" Gooid chap," he sed, " mi rifle tak,
  Mi belts, mi ammunition,
Aw've nowt but th' clooas 'at's o' mi back
  Oh pity my condition;
Aw wish aw'd had a lot o' brass,
  Aw'd gie thi ivvery fardin;
Aw'm nobbut goin to meet a lass,
  At Tates's berry garden."

" Aw wish shoo wor, aw dooant care where,
  It's her fault aw've to suffer;"
Just then a whisper in his ear
  Sed, " Johnny, thar't a duffer,"
He luk'd, an thear cloise to him stuck
  Wor Jenny, burst wi' lafter;
" A'a, John," shoo says, " aw've tried thi pluck,
  Aw'st think o' this at after."

" An when tha tells what things tha'll do,
  An booasts o' manly courage,
Aw'st tell thi then, as nah aw do,
  Goa hooam an get thi porrige."
" Why, Jenny, wor it thee," he sed,
  " Aw fancied aw could spy thi,
Aw nobbut reckoned to be flaid,
  Aw did it but to try thi."

"Just soa," shoo says, "but certain 'tis
  Aw hear thi heart a beatin,
An tak this claat to wipe thi phiz,
  Gooid gracious, ha tha'rt sweeatin.
Tha'rt brave noa daat, an tha can crow
  Like booastin cock-a-doodle,
But nooan sich men for me, aw vow,
  When wed, aw'll wed a 'noodle."

————

PLENTY O' BRASS.

A'A! it's grand to ha plenty o' brass!
  It's grand to be able to spend
  A trifle sometimes on a glass
    For yorsen, or sometimes for a friend.
To be able to bury yo're neive
  Up to th' shackle i' silver an gowd,
An, 'baght pinchin, be able to save
  A wee bit for th' time when yo're owd.

A'a! it's grand to ha plenty o' brass!
  To be able to set daan yor fooit
Withaat ivver thinkin—bi'th' mass!
  'At yo're wearin' soa much off yor booit,
To be able to walk along th' street,
  An stand at shop windows to stare,
An net ha to beat a retreat
  If yo scent a "bum bailey" i'th' air.

A'a! it's grand to ha plenty o' brass!
  To be able to goa hooam at neet,
An sit i'th' arm-cheer bi'th' owd lass,
  An want nawther foir nor leet.
To tak th' childer a paper o' spice,
  Or a pictur' to hing up o' th' wall;
Or a taste ov a summat 'at's nice
  For yor friends, if they happen to call.

A'a! it's grand to ha plenty o' brass!
  Then th' parsons 'll know where yo live;
If yo're poor, it's mooast likely they'll pass,
  An call where fowk's summat to give.

Yo may have a trifle o' sense,
  An yo may be booath upright an trew,
But that's nowt, if yo can't stand th' expense
  Ov a whole or a pairt ov a pew.

A'a! it's grand to ha plenty o' brass!
  An to them fowk 'at's getten a hooard,
This world seems as smooth as a glass,
  An ther's flaars o' booath sides o'th' rooad;
But him 'at's as poor as a maase,
  Or, happen, a little i' debt,
He mun point his nooas up to th' big haase,
  An be thankful for what he can get.

A'a! it's grand to ha plenty o' chink!
  But dooan't let it harden yor heart:
Yo 'at's blessed wi' abundance should think
  An try to do gooid wi' a part!
An then, as yo're totterin' daan,
  An th' last grains o' sand are i'th' glass,
Yo may find 'at yo've purchased a craan
  Wi' makkin gooid use o' yor brass.

THE NEW YEAR'S RESOLVE.

SAYS Dick, " ther's a nooation sprung up i' mi yed,
  For th' furst time i'th' whole coorse o' mi life,
An aw've takken a fancy aw'st like to be wed,
  If aw knew who to get for a wife.

Aw dooant want a woman wi' beauty, nor brass,
  For aw've nawther to booast on misel;
What aw want is a warm-hearted, hard-workin lass,
  An ther's lots to be fun, aw've heeard tell.

To be single is all weel enuff nah an then,
  But it's awk'ard when th' weshin day comes;
For aw nivver think sooapsuds agree weel wi' men;
  They turn all mi ten fingers to thumbs.

An aw'm sure it's a fact, long afoor aw get done,
  Aw'm slopt throo mi waist to mi fit;
An th' floor's in a pond, as if th' peggy-tub run,
  An mi back warks as if it 'ud split.

G

Aw fancied aw'st manage at breead-bakin best;
　Soa one day aw bethowt me to try,
But aw gate soa flustered, aw ne'er thowt o'th' yeast,
　Soa aw mud as weel offered to fly.

Aw did mak a dumplin, but a'a! dear a me!
　Abaght that lot aw hardly dar think;
Aw ne'er fan th' mistak till aw missed th' sooap, yo see,
　An saw th' suet i'th' sooap-box o'th' sink.

But a new-year's just startin, an soa aw declare
　Aw'll be wed if a wife's to be had;
For mi clooas is soa ragg'd woll aw'm ommost hauf bare,
　An these mullucks, they're drivin me mad.

Soa, if yo should know, or should chonce to hear tell,
　Ov a lass 'at to wed is inclined,
Talegraft me at once, an aw'll see her misel
　Afoor shoo can alter her mind.

A STRANGE STOOARY.

A W know some fowk will call it crime,
　　To put sich stooaries into ryhme,
　　But yet, contentedly aw chime
　　　Mi simple ditty:
An if it's all a waste o' time,
　　The moor's the pity.

O'er Wibsey Slack aw coom last neet,
Wi' reekin heead an weary feet,
A strange, strange chap, aw chonced to meet;
　　He made mi start;
But pluckin up, aw did him greet
　　Wi' beatin heart.

His dress wor black as black could be,
An th' latest fashion aw could see,
But yet they hung soa dawderly,
　　Like suits i' shops;
Bi'th' heart! yo mud ha putten three
　　Sich legs i'th' slops.

Says aw, "Owd trump, it's rayther late
For one 'at's dress'd i' sich a state,
Across this Slack to mak ther gate:
    Is ther some pairty?
Or does ta allus dress that rate—
    Black duds o'th' wairty?"

He twisted raand as if to see
What sooart o' covy aw could be,
An grinned wi' sich a maath at me,
    It threw me sick!
"Lor saves!" aw cried, "an is it thee
    'At's call'd owd Nick?"

But when aw luk'd up into th' place,
Whear yo'd expect to find a face;
A awful craytur met mi gaze,
    It tuk mi puff:
"Gooid chap," aw sed, "please let me pass,
    Aw've seen enuff!"

Then bendin cloise daan to mi ear,
He tell'd me 'at aw'd nowt to fear,
An soa aw stop't a bit to hear
    What things he'd ax;
But as he spake his teeth rang clear,
    Like knick-a-nacks.

"A'a, Jack," he sed, "aw'm cap't wi' thee
Net knowin sich a chap as me;
For oft when tha's been on a spree,
    Aw've been thear too;
But tho' aw've reckon'd safe o' thee,
    Tha's just edged throo.

Mi name is Deeath—tha needn't start,
An put thi hand upon thi heart,
For tha may see 'at aw've noa dart
    Wi' which to strike;
Let's sit an tawk afoor we part,
    O'th' edge o'th' dyke."

" Nay, nay, that tale wea'nt do, owd lad,
For Bobby Burns tells me tha had
A scythe hung o'er thi shoulder, Gad!
    Tha worn't dress'd
I' fine black clooath; tha wore a plad
    Across thi breast!"

" Well, Jack," he sed, "thar't capt noa daat
To find me wanderin abaght;
But th' fact is, lad, 'at aw'm withaat
    A job to do;
Mi scythe aw've had to put up th' spaat,
    Mi arrows too."

" Yo dunnot mean to tell to me,
'At fowk noa moor will ha to dee?"
" Noa, hark a minnit an tha'll see
    When th' truth aw tell!
Fowk do withaat mi darts an me,
    They kill thersel.

They do it too at sich a rate
Wol my owd system's aght o' date;
What we call folly, they call fate;
    An all ther pleasur
Is ha to bring ther life's estate
    To th' shortest measur.

They waste ther time, an waste ther gains,
O' stuff 'at's brew'd throo poisoned grains,
Throo morn to neet they keep ther brains,
    For ivver swimmin,
An if a bit o' sense remains,
    It's fun i'th' wimmen.

Tha'll find noa doctors wi ther craft,
Nor yet misen wi' scythe or shaft,
E'er made as monny deead or daft,
    As Gin an Rum,
An if aw've warn'd fowk, then they've lafft
    At me, bi gum!

But if they thus goa on to swill,
They'll not want Wilfrid Lawson's bill,
For give a druffen chap his fill.
    An sooin off pops he;
An teetotal fowk moor surely still,
    Will dee wi' th' dropsy.

It's a queer thing 'at sich a nation
Can't use a bit o' moderation;
But one lot rush to ther damnation
    Throo love o'th' bottle:
Wol others think to win salvation
    Wi' bein teetotal."

Wi' booany neive he stroked mi heead,
" Tak my advice, young chap," he sed,
" Let liquors be, sup ale asteead,
    An tha'll be better,
An dunnot treat th' advice tha's heard
    Like a dead letter."

" Why, Deeath," aw sed, " fowk allus say,
Yo come to fotch us chaps away!
But this seems strange, soa tell me pray,
    Ha wor't yo coom?
Wor it to tell us keep away,
    Yo hav'nt room?"

" Stop whear tha art, Jack, if tha dar
But tha'll find spirits worse bi far
Sarved aght i' monny a public bar,
    'At's thowt quite lawful;
Nor what tha'll find i'th' places par-
    Sons call soa awful."

" Gooid bye!" he sed, an off he shot,
Leavin behind him sich a lot
O' smook, as blue as it wor hot!
    It set me stewin!
Soa hooam aw cut, an gate a pot
    Ov us own brewin.

———

If when yo've read this stooary throo,
Yo daat if it's exactly true,
Yo'll nobbut do as others do,
        Yo may depend on't.
Blow me! aw ommost daat it too,
        Soa thear's an end on't.

WHAT WOR IT?

WHAT wor it made me love thee, lass?
        Aw connot tell;
        Aw know it worn't for thi brass;—
        Tho' poor misel
Aw'd moor nor thee, aw think, if owt,
An what *aw* had wor next to nowt.

Aw didn't love thi 'coss thi face
        Wor fair to see:
For tha wor th' plainest lass i'th' place,
        An as for me,
They called me " nooasy," " long-legs,"
                " walkin prop,"
An sed aw freetened customers throo th' shop.

Aw used to read i' Fairy books
        Ov e'en soa breet,
Ov gowden hair, angelic looks,
        An smiles soa sweet;
Aw used to fancy when aw'd older grown,
Aw'd claim some lovely Fairy for mi own.

An weel aw recollect that neet,—
        'Twor th' furst o'th' year,
Aw tuk thi hooam, soaked throo wi' sleet,
        An aw'd a fear
Lest th' owd man's clog should give itsen a
                treat,
An be too friendly wi' mi britches sceat.

What fun they made, when we went in;—
        They cried, " Yo're catched!"

An then thi mother sed i'th' midst o'th' din
        " They're fairly matched,
An beauty's in th' beholder's e'e they say,
An they've booath been gooid childer, onyway."

An then aw saw a little tear,
        Unbidden flow,
That settled it !—for then an thear
        Aw seemed to know,
'At we wor meant to share each others lot,
An Fancy's Fairies all could goa to pot.

Full thirty years have rolled away,
        Sin that rough time;
What won mi love aw connot say,
        But this is mine,
To know, mi greatest prize on earth is thee.
But pray, whativver made thee fancy me?

BILLY BUMBLE'S BARGAIN.

YOUNG Billy Bumble bowt a pig,
        Soa aw've heeard th' neighbors say;
    An monny a mile he had to trig
        One sweltin' summer day;
But Billy didn't care a fig,
    He sed he'd mak it pay;
He *knew* it wor a bargain,
    An he cared net who sed nay.

He browt it hooam to Ploo Croft loin,
    But what wor his surprise
To find all th' neighbors standin aght,
    We oppen maaths an eyes;
" By gow!" sed Billy, to hissen,
    " This pig *must* be a prize!"
An th' wimmen cried, " Gooid gracious fowk
    But isn't it a size?"

Then th' chaps sed, " Billy, where's ta been?
    Whativver has ta browt?
That surely isn't crayture, lad,
    Aw heeard 'em say tha'd bowt?

It luks moor like a donkey,
  Does ta think 'at it con rawt?"
But Billy crack'd his carter's whip,
  An answered 'em wi' nowt.

An reight enuff it wor a pig,
  If all they say is true,
Its length wor five foot eight or nine,
  Its height wor four foot two;
An when it coom to th' pig hoil door,
  He couldn't get it throo,
Unless it went daan ov its knees,
  An that it wodn't do.

Then Billy's mother coom to help,
  An hit it wi' a mop;
But thear it wor, an thear it seem'd
  Detarmined it 'ud stop;
But all at once it gave a grunt,
  An oppen'd sich a shop;
An findin aght 'at it wor lick'd,
  It laup'd cleean ovver th' top.

His mother then shoo shook her heead,
  An pool'd a woeful face;
"William," shoo sed, "tha should'nt bring
  Sich things as theas to th' place.
Aw hooap tha art'nt gooin to sink
  Thi mother i' disgrace;
But if tha buys sich things as thease
  Aw'm feeard it will be th' case!"

"Nah, mother, nivver freeat," sed Bill,
  "Its one aw'm gooin to feed,
Its rayther long i'th' legs, aw know,
  But that's becoss o'th' breed;
If its a trifle long i'th' grooin,
  Why hang it! nivver heed!
Aw know its net a beauty,
  But its cheeap, it is, indeed!"

"Well time 'ul try," his mother sed,—
  An time at last did try;
For nivver sich a hungry beeast
  Had been fed in a sty.

"What's th' weight oth' long legged pig, Billy!"
  Wor th' neighbors' daily cry;
"Aw connot tell yo yet," sed Bill,
  "Aw'll weigh it bye an bye."

An hard poor Billy persevered,
  But all to noa avail,
It swallow'd all th' mait it could get,
  An wod ha swallow'd th' pail;
But Billy tuk gooid care to stand
  O'th' tother side o'th' rail;
But fat it didn't gain as mich
  As what 'ud greeas its tail.

Pack after pack o' mail he bowt,
  Until he'd bowt fourteen;
But net a bit o' difference
  I'th' pig wor to be seen:
Its legs an snowt wor just as long
  As ivver they had been;
Poor Billy caanted rib bi rib
  An heaved a sigh between.

One day he mix'd a double feed,
  An put it into th' troff;
"Tha greedy lukkin beeast," he sed,
  "Aw'll awther stawl thee off,
Or else aw'll brust thi hide—that is
  Unless 'at its to toff!"
An then he left it wol he went
  His mucky clooas to doff.

It worn't long befoor he coom
  To see hah matters stood;
He luk'd at th' troff, an thear it wor,
  Five simple bits o' wood,
As cleean scraped aght as if it had
  Ne'er held a bit o' food;
"Tha slotch!" sed Bill, "aw do believe
  Tha'd ait me if tha could."

Next day he browt a butcher,
  For his patience had been tried,
An wi' a varry deeal to do,
  Its legs wi' rooap they tied;

An then his shinin knife he drew
  An stuck it in its side—
It mud ha been a crockadile,
  Bi th' thickness ov its hide.

But blooid began to flow, an then
  Its long legg'd race wor run;
They scalded, scraped, an hung it up,
  An when it all wor done,
Fowk coom to guess what weight it wor,
  An monny a bit o' fun
They had, for Billy's mother sed,
  " It ought to weigh a ton."

Billy wor walkin up an daan,
  Dooin nowt but fume an fidge!
He luk'd at th' pig—then daan he set,
  I'th' nook o'th' window ledge,
He saw th' back booan wor stickin aght,
  Like th' thin end ov a wedge;
It luk'd like an owd blanket
  Hung ovver th' winterhedge.

His mother rooar'd an th' wimmen sigh'd,
  But th' chaps did nowt but laff;
Poor Billy he could hardly bide,
  To sit an hear ther chaff—
Then up he jumped, an off he run,
  But whear fowk nivver knew;
An what wor th' war'st, when mornin coom,
  Th' deead pig had mizzled too.

Th' chaps wander'd th' country far an near,
  Until they stall'd thersen;
But nawther Billy nor his pig
  Coom hooam agean sin then;
But oft fowk say, i'th' deead o'th' neet,
  Near Shibden's ruined mill,
The gooast o' Billy an his pig
  May be seen runnin still.

MORAL.

Yo fowk 'at's tempted to goa buy
  Be careful what yo do;
Dooant be persuaded 'coss " its *cheap,*"
  For if yo do yo'll rue;

Dooant think its lowerin to yor sen
  To ax a friend's advice,
Else like poor Billy's pig, 't may be
  Bowt dear at onny price.

———

AGHT O' WARK.

AW'VE been laikin for ommost eight wick,
  An aw can't get a day's wark to do!
Aw've trailed abaat th' streets, wol aw'm sick
  An aw've worn mi clog-soils ommost throo.

Aw've a wife an three childer at hooam,
  An aw know they're all lukkin at th' clock,
For they think it's high time aw should come,
  An bring 'em a morsel o' jock.

A'a dear! it's a pitiful case
  When th' cubbord is empty an bare;
When want's stamped o' ivvery face,
  An yo hav'nt a meal yo can share.

To-day as aw walked into th' street,
  Th' squire's carriage went rattlin past;
An aw thowt 'at it hardly luk'd reet,
  For aw had'nt brokken mi fast.

Them horses, aw knew varry weel,
  Wi' ther trappins all shinin i' gold,
Had nivver known th' want of a meal,
  Or a shelter to keep 'em throo th' cold.

Even th' dogs have enuff an to spare,
  Tho' they ne'er worked a day i' ther life;
But ther maisters forget they should care
  For a chap 'at's three bairns an a wife,

They give dinners at th' hall ivvery neet,
  An ther's carriages standin bi'th' scooar,
An all th' windows are blazin wi' leet,
  But they seldom give dinners to th' poor.

I' mi pocket aw hav'nt a rap,
  Nor a crust, nor a handful o' mail;
An unless we can get it o'th' strap,
  We mun pine, or mun beg, or else stail.

But hooam'ards aw'll point mi owd clogs
  To them three little lambs an ther dam;—
Aw wish they wor horses or dogs,
  For its nobbut poor fowk 'at's to clam.

But they say ther is One 'at can see,
  An has promised to guide us safe throo;
Soa aw'll live on i' hopes, an' surelee,
  He'll find a chap summat to do.

THAT'S A FACT.

"A'A Mary aw'm glad 'at that's thee!
    Aw need thy advice, lass, aw'm sure:—
    Aw'm all ov a mooild tha can see,
    Aw wor nivver i' this way afoor.
Aw've net slept a wink all th' neet throo;
Aw've been twirlin abaat like a worm,
An th' blankets gate felter'd, lass, too—
Tha nivver saw clooas i' sich form.
Aw'll tell thee what 't all wor abaght—
But promise tha'll keep it reight squat;
For aw wod'nt for th' world let it aght,
But aw can't keep it in—tha knows that.
We'd a meetin at th' schooil yesterneet,
An Jimmy wor thear,—tha's seen Jim?
An he hutch'd cloise to me in a bit,
To ax me for th' number o'th' hymn;
Aw thowt 't wor a gaumless trick,
For he heeard it geen aght th' same as me;
An he just did th' same thing tother wick,—
It made fowk tak nooatice, dos't see.
An when aw wor gooin towards hooam,
Aw heeard som'dy comin behund:
'Twor pitch dark, an aw thowt if they coom,
Aw should varry near sink into th' graund.
Aw knew it wor Jim bi his traid,

An aw tried to get aght ov his gate;
But a'a! tha minds, lass, aw wor flaid,
Aw wor nivver i' sich en a state.
Then aw felt som'dy's arm raand mi shawl,
An aw sed, "nah, leeav loise or aw'll screeam!
Can't ta let daycent lasses alooan,
Consarn thi up! what does ta meean?"
But he stuck to mi arm like a leach,
An he whispered a word i' mi ear;
It tuk booath mi breeath an mi speech,
For aw'm varry sooin thrown aght o' gear.
Then he squeezed me cloise up to his sel,
An he kussed me, i' spite o' mi teeth:
Aw says, "Jimmy, forshame o' thisel!"
As sooin as aw'd getten mi breeath.
But he wod'nt be quiet, for he sed
'At he'd loved me soa true an soa long—
Aw'd ha geen a ear off o' my ye'd
To get loise—but tha knows he's soa strong.—
Then he tell'd me he wanted a wife,
An he begged 'at aw wodn't say nay;—
Aw'd ne'er heeard sich a tale i' mi life,
Aw wor fesen'd whativver to say;
'Coss tha knows aw've a likin for Jim;
But yo can't allus say what yo meean;
For aw tremb'ld i' ivvery limb,
Wol he kussed me agean an agean.
But at last aw began to give way,
For, raylee, he made sich a fuss,
An aw kussed him an all—for they say,
Ther's nowt costs mich less nor a kuss.
Then he left me at th' end o' awr street,
An aw've felt like a fooil all th' neet throo;
But if aw should see him to neet,
What wod ta advise me to do?
But dooant spaik a word—tha's noa need,
For aw've made up mi mind ha to act,
For he's th' grandest lad ivver aw seed,
An aw like him th' best too—that's a fact!"

BABBY BURDS.

AW wander'd aght one summer's morn,
Across a meadow newly shorn;
Th' sun wor shinin breet an clear,
An fragrant scents rose up i'th' air,
    An all wor still.
When, as my steps wor idly rovin,
Aw coom upon a sect soa lovin!
It fill'd mi heart wi' tender feelin,
As daan aw sank beside it, kneelin
    O'th' edge o'th' hill.

It wor a little skylark's nest,
An two young babby burds, undrest,
Wor gapin wi' ther beaks soa wide,
Callin for mammy to provide
    Ther mornin's meal;
An high aboon ther little hooam,
Th' saand o' daddy's warblin coom;
Ringin soa sweetly o' mi ear,
Like breathins throo a purer sphere,
    He sang soa weel.

Ther mammy, a few yards away,
Wor hoppin on a bit o' hay;
Too feeard to coom, too bold to flee;
An watchin me wi' troubled e'e,
    Shoo seem'd to say:
"Dooant touch my bonny babs, young man!
Ther daddy does the best he can
To cheer yo with his sweetest song;
An thoase 'll sing as weel, ere long,
    Soa let 'em stay."

"Tha needn't think aw'd do 'em harm—
Come shelter 'em an keep 'em warm!
For aw've a little nest misel,
An two young babs, aw'm praad to tell,
    'At's precious too;
An they've a mammy watchin thear,
'At howds them little ens as dear,
An dearer still, if that can be,
Nor what thease youngens are to thee,
    Soa come,—nah do!"

" A'a, well!—tha'rt shy, tha hops away,—
Tha doesn't trust a word aw say;
Tha thinks aw'm here to rob an plunder,
An aw confess aw dunnot wonder—
        But tha's noa need;
Aw'll leeav yo to yorsels,—gooid bye!
For nah aw see yor daddy's nigh;
He's dropt that strain soa sweet an strong;
He loves yo better nor his song—
        He does indeed."

Aw walk'd away, an sooin mi ear
Caught up the saand o' warblin clear;
Thinks aw, they're happy once agean;
Aw'm glad aw didn't prove so meean
        To rob that nest;
For they're contented wi' ther lot,
Nor envied me mi little cot;
An in this world, as we goa throo,
It is'nt mich gooid we can do,
        An do awr best.

Then let us do as little wrong
To onny as we pass along,
An nivver seek a joy to gain
'At's purchased wi' another's pain,
        It isn't reet.
Aw shall goa hooam wi' leeter heart,
To mend awr Johnny's little cart:
(He allus finds me wark enuff
To piecen up his brocken stuff,
        For ivvery neet.)

An Sally—a'a! if yo could see her!
When aw sit daan to get mi teah,
Shoo puts her dolly o' mi knee,
An maks me sing it " Hush a bee,"
        I'th' rockin chear;
Then begs some sugar for it too;
What it can't ait shoo tries to do;
An turnin up her cunnin e'e,
Shoo rubs th' doll maath, an says, " yo see,
        It gets its share."

Sometimes aw'm rayther cross, aw fear!
Then starts a little tremblin tear,
'At, like a drop o' glitt'rin dew
Swimmin within a wild flaar blue,
　　　Falls fro ther e'e;
But as the sun in April shaars
Revives the little droopin flaars,
A kind word brings ther sweet smile back:
Aw raylee think mi brain ud crack
　　　If they'd ta dee.

Then if aw love my bairns soa weel,
May net a skylark's bosom feel
As mich consarn for th' little things
'At snooze i'th' shelter which her wings
　　　Soa weel affoards?
If fowk wod nobbut bear i' mind
How mich is gained by bein kind;
Ther's fewer breasts wi' grief ud swell,
An fewer fowk 'ud thowtless mell
　　　Even o'th' burds.

QUEEN OV SKIRCOIT GREEN.

HAVE yo seen mi bonny Mary,
　　　Shoo lives at Skircoit Green;
　　An old fowk say a fairer lass
　　　Nor her wor nivver seen.
An th' young ens say shoo's th' sweetest flaar,
　'At's bloomin thear to-day;
An one an all are scared to deeath,
　Lest shoo should flee away.

Shoo's health an strength an beauty too,
　Shoo's grace an style as weel:
An what's moor precious far nor all,
　Her heart is true as steel.
Shoo's full ov tenderness an love,
　For onny in distress;
Whearivver sorrows heaviest prove,
　Shoo's thear to cheer an bless.

Her fayther's growin old an gray,
  Her mother's wellny done;
But in ther child they find a stay,
  As life's sands quickly run.
Her smilin face like sunshine comes,
  To chase away ther cares,
An peeace an comfort allus dwells,
  In that dear hooam ov theirs.

Each Sundy morn shoo's off to schooil,
  To taich her Bible class;
An meets a smilin welcome,
  From ivvery lad an lass;
An when they sing some old psalm tune,
  Her voice rings sweet an clear,
It saands as if an angel's tongue,
  Had joined in worship thear.

Aw sometimes see her safely hooam,
  An oft aw've tried to tell,
That precious saycret ov a hooap
  'At in mi heart does dwell.
But when aw've seen the childlike trust,
  'At glances throo her e'e,
To spaik ov love aw nivver durst;—
  Shoo's far too gooid for me.

But to grow worthy ov her love,
  Is what aw meean to try;
An time may my affection prove,—
  An win her bye-an-bye.
Then aw shall be the happiest chap
  'At Yorksher's ivver seen,
An some fine day aw'll bear away,
  The Queen ov Skircoit Green.

TH' LITTLE BLACK HAND.

THER'S a spark just o'th' tip o' mi pen,
  An it may be poetical fire:
  An suppoase 'at it is'nt—what then?
  Wod yo bawk a chap ov his desire?

Aw'm detarmined to scribble away—
Soa's them 'at's a fancy con read;
An tho' aw turn neet into day,
If aw'm suitin an odd en, ne'er heed!

Aw own ther's mich pleasur i' life;
But then ther's abundance o' care,
An them 'at's contented wi' strife
May allus mak sure o' ther share.

But aw'll laff wol mi galluses braik,—
Tho mi bed's net as soft as spun silk;
An if butter be aght o' mi raik,
Aw'll ma' th' best ov a drop o' churn milk.

It's nooan them 'at's getten all th' brass
'At's getten all th' pleasure, net it!
When aw'm smookin a pipe wi' th' owd lass,
Aw con thoil 'em whativver they get.

But sometimes when aw'm walkin throo th'
    street,
An aw see fowk hawf-clam'd, an i' rags,
Wi' noa bed to lig daan on at neet
But i'th' warkus, or th' cold-lukkin flags;

Then aw think, if rich fowk nobbut knew
What ther brothers i' poverty feel,
They'd a trifle moor charity show,
An help 'em sometimes to a meal.

But we're all far too fond of ussen,
To bother wi' things aght o'th' seet;
An we leeav to ther fate sich as them
'At's noa bed nor noa supper at neet.

But ther's monny a honest heart throbs,
Tho' it throbs under rags an i' pains,
'At wod'nt disgrace one o'th' nobs,
'At booasts better blooid in his veins.

See that child thear! 'at's workin away,
An sweepin that crossin i'th' street:
He's been thear ivver sin it coom day,
An yo'll find him thear far into th' neet.

See what hundreds goa thowtlessly by,
An ne'er think o' that child wi' his broom !
What care they tho' he smothered a sigh,
Or wiped off a tear as they coom?

But luk! thear's a man wi' a heart!
He's gien th' poor child summat at last:
Ha his e'en seem to twinkle an start,
As he watches th' kind gentleman past!

An thear in his little black hand
He sees a gold sovereign shine !
He thinks he ne'er saw owt soa grand,
An he says, "Sure it connot be mine!"

An all th' lads cluther raand him i' glee,
An tell him to cut aght o'th' seet;
But he clutches it fast,—an nah see
Ha he's threedin his way along th' street.

Till he comes to that varry same man,
An he touches him gently o'th' back,
An he tells him as weel as he can,
'At he fancies he's made a mistak.

An th' chap luks at that poor honest lad,
With his little nak'd feet, as he stands,
An his heart oppens wide—he's soa glad
Wol he taks one o'th' little black hands,

An he begs him to tell him his name:
But th' child glances timidly raand—
Poor craytur! he connot forshame
To lift up his e'en off o'th' graand.

But at last he finds courage to spaik,
An he tells him they call him poor Joa;
'At his mother is sickly an' waik;
An his fayther went deead long ago;

An he's th' only one able to work
Aght o' four; an he does what he can,
Throo early at morn till it's dark:
An he hopes 'at he'll sooin be a man.

An he tells him his mother's last word,
As he starts for his labor for th' day,
Is to put all his trust in the Lord,
An He'll net send him empty away.—

See that man! nah he's wipin his e'en,
An he gives him that bright piece o' gowd;
An th' lad sees i' that image o'th' Queen
What'll keep his poor mother throo th' cowd.

An monny a time too, after then,
Did that gentleman tak up his stand
At that crossin an watch for hissen
The work ov that little black hand.

An when years had gooan by, he expressed
'At i'th' spite ov all th' taichin he'd had,
An all th' lessons he'd leearn'd, that wor th'
　　　best
'At wor towt by that poor little lad.

Tho' the proud an the wealthy may prate,
An booast o' ther riches and land,
Some o'th' laadest 'ul sink second-rate
To that lad with his little black hand.

MY NATIVE TWANG.

THEY tell me aw'm a vulgar chap,
　An ow't to goa to th' schooil
　To leearn to tawk like other fowk,
　An net be sich a fooil;
But aw've a nooashun, do yo see,
Although it may be wrang,
The sweetest music is to me,
Mi own, mi native twang.

An when away throo all mi friends,
I' other taans aw rooam,
Aw find ther's nowt con mak amends
For what aw've left at hooam;

But as aw hurry throo ther streets
Noa matter tho' aw'm thrang,
Ha welcome if mi ear but greets
Mi own, mi native twang.

Why some despise it, aw can't tell,
It's plain to understand;
An sure aw am it saands as weel,
Tho' happen net soa grand.
Tell fowk they're courtin, they're enraged,
They call that vulgar slang;
But if aw tell 'em they're engaged,
That's net mi native twang.

Mi father, tho' he may be poor,
Aw'm net ashamed o' him;
Aw love mi mother tho' shoo's deeaf,
An tho' her e'en are dim;
Aw love th' owd taan; aw love to walk
Its crucken'd streets amang;
For thear it is aw hear fowk tawk
Mi own, mi native twang.

Aw like to hear hard-workin fowk
Say boldly what they meean;
For tho' ther hands are smeared wi' muck,
May be ther hearts are cleean.
An them 'at country fowk despise,
Aw say, " Why, let 'em hang;"
They'll nivver rob mi sympathies
Throo thee, mi native twang.

Aw like to see grand ladies,
When they're donn'd i' silks soa fine;
Aw like to see ther dazzlin e'en
Throo th' carriage winders shine;
Mi mother wor a woman,
An tho' it may be wrang,
Aw love 'em all, but mooastly them
'At tawk mi native twang.

Aw wish gooid luck to ivvery one;
Gooid luck to them 'at's brass;
Gooid luck an better times to come
To them 'ats poor—alas!

An may health, wealth, an sweet content
For ivver dwell amang
True, honest-hearted, Yorkshire fowk,
'At tawk mi native twang.

————

SING ON.

SING on, tha bonny burd, sing on, sing on;
        Aw connot sing;
    A claad hings ovver me, do what aw con
        Fresh troubles spring.
Aw wish aw could, like thee, fly far away,
Aw'd leeav mi cares an be a burd to-day.

Mi heart wor once as full o' joy as thine,
        But nah it's sad;
Aw thowt all th' happiness i'th' world wor mine,
        Sich faith aw had;—
But he who promised aw should be his wife
Has robb'd me o' mi ivvery joy i' life.

Sing on! tha cannot cheer me wi' thi song;
        Yet, when aw hear
Thi warblin voice, 'at rings soa sweet an strong,
        Aw feel a tear
Roll daan mi cheek, 'at gives mi heart relief,
A gleam o' comfort, but it's varry brief.

This little darlin, cuddled to mi breast,
        It little knows,
When snoozlin' soa quietly at rest,
        'At all mi woes
Are smothered thear, an mi poor heart ud braik
But just aw live for my wee laddie's sake.

Sing on; an if tha e'er should chonce to see
        That faithless swain,
Whose falsehood has caused all mi misery,
        Strike up thy strain,
An if his heart yet answers to thy trill
Fly back to me, an we will love him still.

But if he heeds thee not, then shall aw feel
          All hope is o'er,
An he that aw believed an loved soa weel
          Be loved noa more;
For that hard heart, bird music cannot move,
Is far too cold a dwellin-place for love.

SHOO'S THI SISTER.

*(Written on seeing a wealthy Townsman rudely push a poor little
girl off the pavement.)*

GENTLY, gently, shoo's thi sister,
    Tho' her clooas are nowt but rags;
On her feet ther's monny a blister:
    See ha painfully shoo drags
Her tired limbs to some quiet corner:
Shoo's thi sister—dunnot scorn her.

Daan her cheeks noa tears are runnin,
    Shoo's been shov'd aside befoor;
Used to scoffs, an sneers, an shunnin—
    Shoo expects it, 'coss shoo's poor;
Schooil'd for years her grief to smother,
Still shoo's human—tha'rt her brother.

Tho' tha'rt donn'd i' fine black cloathin,
    A kid glove o' awther hand,
Dunnot touch her roughly, loathin—
    Shoo's thi sister, understand:
Th' wind maks merry wi' her tatters,
Poor lost pilgrim!—but what matters?

Luk ha sharp her elbow's growin,
    An ha pale her little face;
An her hair neglected, showin
    Her's has been a sorry case;
O, mi heart felt sad at th' sect,
When tha shov'd her into th' street.

Ther wor once a " Man," mich greater
　Nor thisen wi' all thi brass ;
Him, awr blessed Mediator,—
　Wod He scorn that little lass ?
Noa, He called 'em, an He blessed 'em,
An His hands divine caress'd 'em.

Goa thi ways ! an if tha bears net
　Some regret for what tha's done,
If tha con pass on, an cares net
　For that sufferin little one ;
Then ha'ivver poor shoo be,
Yet shoo's rich compared wi' thee.

Oh ! 'at this breet gold should blind us,
　To awr duties here below !
For we're forced to leeav behind us
　All awr pomp, an all awr show ;
Why then should we slight another ?
Shoo's thi sister, unkind brother.

ANOTHER BABBY.

ANOTHER !—well, my bonny lad,
　Aw wodn't send thee back ;
　Altho' we thowt we hadn't raam,
　Tha's fun some in a crack.

It maks me feel as pleased as punch
　To see thi pratty face ;
Ther's net another child i'th' bunch
　Moor welcome to a place.

Aw'st ha to fit a peark for thee,
　I' some nook o' mi cage ;
But if another comes, raylee !
　Aw'st want a bigger wage.

But aw'm noan feard tha'll ha to want—
　We'll try to pool thee throo,
For Him who has mi laddie sent,
　He'll send his baggin too.

He hears the little sparrows chirp,
  An answers th' raven's call;
He'll nivver see one want for owt,
  'At's worth aboon 'em all.

But if one on us mun goa short,
  (Altho' it's hard to pine,)
Thy little belly shall be fill'd
  Whativver comes o' mine.

A chap con nobbut do his best,
  An that aw'll do for thee,
Leavin to providence all th' rest,
  An we'st get help'd, tha'll see.

An if thi lot's as bright an fair
  As aw could wish it, lad,
Tha'll come in for a better share
  Nor ivver blessed thi dad.

Aw think aw'st net ha lived for nowt,
  If, when deeath comes, aw find
Aw leeav some virtuous lasses
  An some honest lads behind.

An tho' noa coat ov arms may grace
  For me, a sculptor'd stooan,
Aw hooap to leeav a noble race,
  Wi' arms o' flesh an booan.

Then cheer up, lad, tho' things luk black,
  Wi' health, we'll persevere,
An try to find a brighter track—
  We'll conquer, nivver fear!

An may God shield thee wi' his wing,
  Along life's stormy way,
An keep thi heart as free throo sin,
  As what it is to-day.

TO A ROADSIDE FLOWER.

THA bonny little pooasy! aw'm inclined
    To tak thee wi' me:
But yet aw think if tha could spaik thi mind,
    Tha'd ne'er forgie me;
For i' mi jacket button-hoil tha'd quickly dee,
An life is short enuff, booath for mi-sen an thee.

Here, if aw leeav thee bi th' rooadside to flourish,
    Whear scoors may pass thee;
Some heart 'at has few other joys to cherish
    May stop an bless thee:
Then bloom, mi little pooasy! Tha'rt a beauty!
Sent here to bless: Smile on—tha does thi duty.

Aw wod'nt rob another of a joy
    Sich as tha's gien me;
For aw felt varry sad, mi little doy
    Until aw'd seen thee.
An may each passin, careworn, lowly brother,
Feel cheered like me, an leeav thee for another.

AN OLD MAN'S CHRISTMAS MORNING.

IT'S a long time sin thee an me have met befoor, owd
    lad,—
    Soa pull up thi cheer, an sit daan, for ther's noabdy
      moor welcome nor thee:
Thi toppin's grown whiter nor once,—yet mi heart feels
    glad,
    To see ther's a rooas o' thi cheek, an a bit ov a leet i'
      thi e'e.

Thi limbs seem to totter an shake, like a crazy owd fence,
    'At th' wind maks to tremel an creak; but tha still fills
      thi place;
An it shows 'at tha'rt bless'd wi' a bit o' gradely gooid
    sense,
    'At i' spite o' thi years an thi cares, tha still wears a
      smile o' thi face.

Come fill up thi pipe—for aw knaw tha'rt reight fond ov a
    rick,—
  An tha'll find a drop o' hooam-brew'd i' that pint up
    o'th' hob, aw dar say;
An nah, wol tha'rt tooastin thi shins, just scale th' foir,
    an aw'll side thi owd stick,
  Then aw'll tell thi some things 'at's happen'd sin tha
    went away.

An first of all tha mun knaw 'at aw havn't been spar'd,
  For trials an troubles have come, an mi heart has felt
    well nigh to braik;
An mi wife, 'at tha knaws wor mi pride, an mi fortuns has
    shared,
  Shoo bent under her griefs, an shoo's flown far, far
    away aght o' ther raik.

My life's like an owd gate 'at's nobbut one hinge for
    support,
  An sometimes aw wish—aw'm soa lonely—at tother 'ud
    drop off wi' rust;
But it hasn't to be, for it seems Life maks me his spooart,
  An Deeath connot even spare time, to turn sich an owd
    man into dust.

Last neet as aw sat an watched th' yule log aw'd put on
    to th' fire,
  As it crackled, an sparkled, an flared up wi sich gusto
    an spirit,
An when it wor touched it shone breeter, an flared up still
    higher,
  Till at last aw'd to shift th' cheer further back for aw
    couldn't bide near it;

Th' dull saand o'th' church bells coom to tell me one moor
    Christmas mornin,
  Had come, for its welcome—but ha could aw welcome
    it when all alooan?
For th' snow wor fallin soa thickly, an th' cold wind wor
    mooanin,
  An them 'at aw lov'd wor asleep i' that cold church
    yard, under a stooan.

Soa aw went to bed, an aw slept, an then began dreamin,
　'At mi wife stood by mi side, an smiled, an mi heart
　　　　left off its beatin,
An aw put aght mi hand, an awoke, an mornin wor
　　　　gleamin;
　An its made me feel sorrowful, an aw connot give ovver
　　　　freatin.

For aw think what a glorious Christmas day 'twod ha'
　　　　been,
　If awd gooan to that place, where ther's noa moor cares,
　　　　nor partin, nor sorrow,
For aw know shoo's thear, or that dream aw sud nivver
　　　　ha seen,
　But aw'll try to be patient, an maybe shoo'll come fotch
　　　　me to-morrow.

It's forty long summers an winters, sin tha bade "gooid
　　　　bye,"
　An as fine a young fella tha wor, as ivver aw met i' mi
　　　　life;
When tha went to some far away land, thi fortune to try,
　An aw stopt at hooam to toil on, becoss it wor th' wish
　　　　o' my wife.

An shoo wor a bonny young wench, an better nor
　　　　bonny,—
　Aw seem nah as if aw can see her, wi' th' first little
　　　　bairn on her knee;
An we called it Ann, for aw liked that name best ov
　　　　onny,
　An fowk said it wor th' pictur o'th' mother, wi' just a
　　　　strinklin o' me.

An th' next wor a lad, an th' next wor a lad, then a lass
　　　　came,—
　That made us caant six,—an six happier fowk nivver
　　　　sat to a meal,
An they grew like hop plants—full o' life—but waikly i'th'
　　　　frame,
　An at last one drooped, an Deeath coom an marked her
　　　　with his seal.

A year or two moor an another seemed longin to goa,
  An all we could do wor to smooth his deeath bed, 'at he
      might sleep sweeter—
Then th' third seemed to sicken an pine, an we couldn't
      say " noa,"
  For he sed his sister had called, an he wor most anxious
      to meet her—

An how we watched th' youngest, noa mortal can tell but
      misen,
  For we prized it moor, becoss it wor th' only one left us
      to cherish ;
At last her call came, an shoo luked sich a luk at us then,
  Which aw ne'er shall forget, tho' mi mem'ry ov all other
      things perish.

A few years moor, when awr griefs wor beginnin to
      lighten,
  Mi friends began askin my wife, if shoo felt hersen
      hearty an strong ?
An aw nivver saw at her face wor beginnin to whiten,
  Till shoo grew like a shadow, an aw could'nt even guess
      wrong.

Then aw stood beside th' grave when th' saxton wor
      shovin in th' gravel,
  An he sed, " this last maks five, an aw think ther's just
      room for another,"
An aw went an left him, lonely an heartsick to travel,
  Till th' time comes when aw may lig daan beside them
      four bairns an ther mother.

An aw think what a glorious Christmas day 'twod ha
      been
  If aw'd gooan to that place where ther's noa moor
      cares, nor partin, nor sorrow ;
An aw knaw they're thear, or that dream aw should nivver
      ha seen,
  But aw'll try to be patient, an maybe shoo'll come fotch
      me to-morrow.

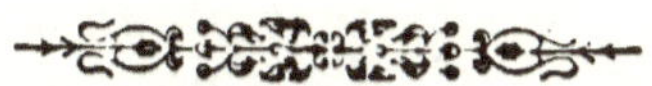

SETTIN OFF.

IT isn't 'at aw want to rooam
　　An leeav thi bi thisen:
　　For aw'm content enuff at hooam,
　　Aw'n net like other men.
But then ther's thee an childer three,
　　To care for an protect,
It's reight 'at yo should luk to me,
　　An wrang should aw neglect.

Aw'm growin older ivvery day,
　　My race is ommost run,
Time's growin varry precious, lass,
　　An lots remains undone.
If aw wor called away, maybe,
　　Tha'd find some other man,
But tha cannot find a father,
　　For them lads,—do th' best tha can.

Another husband might'nt prove
　　As kind as aw have been;
An wedded life's a weary thing,
　　When love's shut aght o'th' scene.
Aw know aw've faults, aw'll own a lot,—
　　But then, tha must agree,
Aw've allus kept a tender spot
　　Within mi heart for thee.

An if aw've spokken nowty words
　　At's made thee cry an freeat;
Aw've allus suffered twice as mich,
　　An beg'd thi to forget.
Tha'rt th' only woman maks me mad,
　　Then soothes me wi' a smile,
Then maks mi fancy aw'm a king,
　　An snubs me all the while.

Nay,—nay,—old lass! it isn't fun
　　Nor frolics that allure,—
Aw'm strivin for thisen an bairns,
　　To mak yor futur sure.

It's duty at aw think aw owe
  To them young things an thee,
The thowts o' which may cheer mi heart,
  When aw lay daan to dee.

TO TH' SWALLOW.

BONNY burd! aw'm fain to see thee,
  For tha tells ov breeter weather;
But aw connot quite forgie thee,—
  Connot love thee altogether.

Tisn't thee aw fondly welcome—
  'Tis the cheerin news tha brings,
Tellin us fine weather will come,
  When we see thi dappled wings.

But aw'd rayther have a sparrow,—
  Rayther hear a robin twitter;—
Tho' they may net be thi marrow,
  May net fly wi' sich a glitter;

But they nivver leeav us, nivver—
  Storms may come, but still they stay;
But th' first wind 'at ma's thee shivver,
  Up tha mounts an flies away.

Ther's too monny like thee, swallow,
  'At when fortun's sun shines breet,
Like a silly buzzard follow,
  Doncin raand a bit o' leet.

But ther's few like Robin redbreast,
  Cling throo days o' gloom an care;
Soa aw love mi old tried friends best—
  Fickle hearts aw'll freely spare.

A WIFE.

WOD yo leead a happy life ?
  Aw can show yo ha,—
    Get a true an lovin wife,—
      (Yo may have one nah.)
If yo have, remember this,
  Be a true man to her,
An whativver gooas amiss,
  Keep noa secrets throo her.

Some chaps think a wife's a toy,
  Just for ther caressin ;
But sichlike can ne'er enjoy,
  This world's richest blessin.
Some ther are who think 'em slaves,
  Fit for nowt but drudgin,
An if owt ther fancy craves,
  Give it to 'em grudgin.

Dooant forget yor patient wife,
  Like yorsen is human,
For yo owe yor precious life,
  To another woman.
Mak her equal wi' yorsen,
  (Ten to one shoo's better,)
Tell her all yor plans, an then
  If shoo'll help yo, let her.

Oft yo'll find her ready wit,
  An her keen perception,
Help yo're slower brains a bit
  Wi' some new conception.
Dooant expect 'at wives should be
  Like dumb breedin cattle,
Spendin life contentedly
  Wi' ther babby's prattle.

If yo happen to be sick,
  Then they nurse an tend yo,
An when trubbles gether thick,
  They can best befriend yo.

An if sympathy yo need,
  Thear yo'll sure receive it,
Yo accept it, but indeed,
  Yo but seldom give it.

If life's journey yo'd have breet,
  Mak yor wife yor treasure,
Trustin her booath day an neet,
  Sharin grief an pleasure.
Then yo'll find her smilin face,
  Ivver thear to cheer yo,
An yo'll run a nobler race,
  Knowin 'at shoo's near yo.

HEART BROKKEN.

HE wor a poor hard workin lad,
    An shoo a workin lass,
  An hard they tew'd throo day to day,
    For varry little brass.
An oft they tawk'd o'th' weddin day,
  An lang'd for th' happy time,
When poverty noa moor should part,
  Two lovers i' ther prime.

But wark wor scarce, an wages low,
  An mait an drink wor dear,
They did ther best to struggle on,
  As year crept after year.
But they wor little better off,
  Nor what they'd been befoor;
It tuk 'em all ther time to keep
  Grim Want aghtside o'th' door.

Soa things went on, wol Hope at last,
  Gave place to dark despair;
They felt they'd nowt but lovin hearts,
  An want an toil to share.
At length he screw'd his courage up
  To leeav his native shore;
An goa whear wealth wor worshipped less,
  An men wor valued moor.

I

He towld his tale;—poor lass!—a tear
　Just glistened in her e'e;
Then soft shoo whispered, "please thisen,
　But think sometimes o' me:
An whether tha's gooid luck or ill,
　Tha knows aw shall be glad
To see thee safe at hooam agean,
　An welcome back mi lad."

"Aw'll labor on, an do mi best;
　Tho' lonely aw must feel,
But aw'st be happy an content
　If tha be dooin weel.
But ne'er forget tho' waves may roll,
　An keep us far apart;
Tha's left a poor, poor lass behind,
　An taen away her heart."

"Dost think 'at aw can e'er forget,
　Whearivver aw may rooam,
That bonny face an lovin heart,
　Aw've prized soa dear at hooam?
Nay, lass, nooan soa, be sure o' this,
　'At till next time we meet
Tha'll bi mi furst thowt ivvery morn,
　An last thowt ivvery neet."

He went away an years flew by,
　But tidins seldom came;
Shoo couldn't help, at times, a sigh,
　But breathed noa word o' blame;
When one fine day a letter came,
　'Twor browt to her at th' mill,
Shoo read it, an her tremblin hands,
　An beating heart stood still.

Her fellow workers gethered raand
　An caught her as shoo fell,
An as her heead droop'd o' ther arms,
　Shoo sighed a sad "farewell."
Poor lass! his love had proved untrue,
　He'd play'd a traitor's part,
He'd taen another for his bride,
　An broke a trustin heart.

Her doleful stooary sooin wor known,
　An monny a tear wor shed;
They took her hooam an had her laid,
　Upon her humble bed;
Shoo'd nawther kith nor kin, to come
　Her burial fees to pay;
But some poor comrades undertuk,
　To see her put away.

Each gave what little helps they could,
　From aght ther scanty stooar;
I' hooaps 'at some at roll'd i' wealth
　Wod give a trifle moor.
But th' maisters ordered 'em away,
　Abaat ther business, sharp!
For shoo'd deed withaat a nooatice,
　An shoo hadn't fell'd her warp.

LINES,

ON FINDING A BUTTERFLY IN A WEAVING SHED.

NAY surelee tha's made a mistak;
　Tha'rt aght o' thi element here;
Tha may weel goa an peark up o'th' thack,
　Thi bonny wings shakin wi' fear.

Aw should think 'at theease rattlin looms
　Saand queer sooart o' music to thee;
An tha'll hardly quite relish th' perfumes
　O' miln-grecase,—what th' quality be.

Maybe tha'rt disgusted wi' us,
　An thinks we're a low offald set,
But tha'rt sadly mistaen if tha does,
　For ther's hooap an ther's pride in us yet.

Tha wor nobbut a worm once thisen,
　An as humble as humble could be;
An tho' we nah are like tha wor then,
　We may yet be as nobby as thee.

Tha'd to seek thi own livin when young,
   An when tha grew up tha'd to spin ;
An if labor like that wornt wrong,
   Tha con hardly call wayvin 'a sin.'

But tha longs to be off aw con tell:
   For tha shows 'at tha ar'nt content ;
Soa aw'll oppen thee th' window—farewell
   Off tha goas, bonny fly !—An it went.

REJECTED.

GOOID bye, lass, aw dunnot blame,
      Tho' mi loss is hard to bide !
   For it wod ha' been a shame,
      Had tha ivver been the bride
Of a workin chap like me ;
One 'at's nowt but love to gie.

Hard hoof'd neives like thease o' mine,
   Surely ne'er wor made to press
Hands so lily-white as thine ;
   Nor should arms like thease caress
One so slender, fair, an pure,
'Twor unlikely, lass, aw'm sure.

But thease tears aw connot stay,—
   Drops o' sorrow fallin fast,
Hopes once held aw've put away
   As a dream, an think its past ;
But mi poor heart loves thi still,
An wol life is mine it will.

When aw'm seated, lone and sad,
   Wi' mi scanty, hard won meal,
One thowt still shall mak me glad,
   Thankful that alone aw feel
What it is to tew an strive
Just to keep a soul alive.

Th' whin-bush rears o'th' moor its form,
   An wild winds rush madly raand,
But it whistles to the storm,
   In the barren home it's faand ;

Natur fits it to be poor,
An 'twor vain to strive for moor.

If it for a lily sighed,
  An a lily chonced to grow,
When it found the fair one died,
  Powerless to brave the blow
Of the first rude gust o' wind,
Which had left its wreck behind;

Then 'twod own 'twor better fate
  Nivver to ha held the prize;
Whins an lilies connot mate,
  Sich is not ther destinies;
Then 'twor wrang for one like me,
One soa poor, to sigh for thee.

Then gooid bye, aw dunnot blame,
  Tho' mi loss it's hard to bide,
For it wod ha been a shame
  Had tha ivver been mi bride;
Content aw'll wear mi lonely lot,
Tho' mi poor heart forgets thee not.

PERSEVERE.

WHAT tho' th' claads aboon luk dark,
  Th' sun's just waitin to peep throo;
  Let us buckle to awr wark,
  For ther's lots o' jobs to do:
Tho' all th' world luks dark an drear,
Let's ha faith, an persevere.

He's a fooil 'at sits an mumps
  'Coss some troubles hem him raand!
Man mud allus be i'th' dumps,
  If he sulk'd 'coss fortun fraand;
Th' time 'll come for th' sky to clear:—
Let's ha faith, an persevere.

If we think awr lot is hard,
  Nivver let us mak a fuss;
Lukkin raand, at ivvery yard,
  We'st find others war nor us;
We have still noa cause to fear!
  Let's ha faith, an persevere.

A faint heart, aw've heeard 'em say,
  Nivver won a lady fair:
Have a will! yo'll find a way!
  Honest men ne'er need despair.
Better days are drawin near:—
Then ha faith, an persevere.

Workin men,—nah we've a voice,
  An con help to mak new laws;
Let us ivver show awr choice
  Lains to strengthen virtue's cause.
Wrangs to reighten,—griefs to cheer;
This awr motto—' Persevere.'

Let us show to foreign empires
  Loyalty's noa empty booast;
We can scorn the thirsty vampires
  If they dar molest awr cooast:
To awr Queen an country dear
Still we'll cling an persevere.

A POINTER.

JUST listen to mi stooary lads,
    It's one will mak yo grieve;
    It's full ov sich strange incidents;
    Yo hardly can believe.
That lass aw cooarted, went one neet
  Aght walkin wi' a swell;
They ovvertuk me on mi way,
  An this is what befell.

    They tuk me for a finger pooast;
      Aw stood soa varry still;
    An daan they set beside me,
      Just at top o' Beacon Hill.

He sed shoo wor his deary;
  Shoo sed he wor her pet;
'Twor an awkward sittiwation
  Which aw shall'nt sooin forget.

Aw stood straight up at top o'th' hill,—
  They set daan at mi feet;
He hugged her up soa varry cloise,
  Aw thowt ther lips must meet.
He sed he loved wi' all his heart,
  Shoo fainted reight away;
Aw darsn't luk,—aw darsn't start,
  But aw wished misen away.
           They tuk me for, &c.

He bathed her temples from the brook;
  He sed shoo wor his life,
It made me queer, becoss aw'd sworn
  To mak that lass mi wife.
Shoo coom araand, an ligg'd her heead,
  Upon his heavin breast;
An then shoo skriked, an off aw ran,
  But aw cannot tell the rest.
           They tuk me for, &c.

They wedded wor, sooin after that,
  Aw thowt mi heart wod braik;—
It didn't,—soa aw'm livin on,
  An freeatin for her sake.
But sweet revenge,—it coom at last,
  For childer shoo had three,
An they're all marked wi' a finger pooast
  Whear it didn't owt to be.
           They tuk me for, &c.

AN ACROSTIC.

H a! if yo'd nobbut known that lass,
A w'm sure yo'd call her bonny;
N oa other could her charms surpass,
N oa other had as monny.
A n ha aw lost mi peace o' mind,
H ark! an aw'll tell if yor inclined.

Cawered in a nook one day aw set,
 Raand which wild flaars wor growin;
O, that sweet time aw'st ne'er forget,
 Soa long as aw've mi knowin.
Thear aw first saw this lovely lass;
 In thowtful mood shoo tarried.
"Come be mi bride, sweet maid!" aw cried:
 "Keep off!" shoo skriked, "aw'm married!"

HELP THISEN.

"COME, help thisen, lad,—help thisen!"
 Wor what mi uncle sed.
 We'd just come in throo makkin hay,
  To get some cheese an breead.
An help misen aw did,—yo bet!
 Aw wor a growin lad;
Aw thowt then, an aw fancy yet,
 'Twor th' grandest feed aw'd had.

When aw grew up aw fell i' love,—
 Shoo wor a bonny lass!
But bein varry young an shy,
 Aw let mi chonces pass.
Aw could'nt for mi life contrive
 A thing to do or say,
For fear aw should offend her, soa
 Aw let her walk away.

But what aw suffered nooan can tell;—
 Aw loved her as mi life!
But dursn't ax her for the world
 To be mi darlin wife.
Aw desperate grew,—we met,—aw ax'd
 For just one kuss,—an then,
Shoo blushed, an shook her bonny curls,
 But let me help misen.

It's varry monny years sin then,—
 Mi hair's nah growin gray;
But oft throo life aw've thowt aw've heeard
 That same owd farmer say,—

When in some fix aw've vainly sowt
  For aid from other men,—
" Tha'rt wastin time,—if tha wants help
  Pluck up, an help thisen."

If th' prize yo long for seems too heigh,
  Dooant let yor spirits drop;
Ther may be lots o' thrustin, but
  Yo'll find ther's room at th' top.
Yo connot tell what yo can do
  Until yo've had a try;
It may be a hard struggle, but
  Yo'll get thear, by-an-bye.

Nah, young fowk, bear this in yor mind
  An let it be yor creed,
For sooin yo'll find fowk's promises
  Are but a rotten reed.
Feight yor own battles bravely throo,
  Yo'll sewerly win, an then
Yo'll find ther's lots will help yo,
  When yo con help yorsen.

BLESS 'EM!

O, THE lasses, the lasses, God bless 'em!
  His heart must be hard as a stooan
'At could willingly goa an distress 'em,
  For withaat 'em man's lot 'ud be looan.

Tho' th' pooasies i' paradise growin
For Adam, wor scented soa sweet,
He ne'er thank'd 'em for odour bestowin,
He trampled 'em under his feet.

He long'd to some sweet one to whisper;
An wol sleepin Eve came to his home;
He wakken'd, an saw her, an kuss'd her,
An ne'er ax'd her a word ha shoo'd come.

An tho' shoo, like her sex, discontented,
An anxious fowk's saycrets to know,
Pluck'd an apple,—noa daat shoo repented
When shoo saw at it made sich a row.

Tho' aw know shoo did wrang, aw forgie her;
For aw'm fairly convinced an declare,
'At aw'd rayther ha sin an be wi' her,
Nor all th' world an noa woman to share.

Then let us be kind to all th' wimmin,
Throo th' poorest to th' Queen up oth' throne,
For if, Eve-like, they sometimes goa sinnin,
It's moor for th' chaps' sakes nor ther own.

ACT SQUARE.

" ANOTHER day will follow this,"
      Ah,—that shall sewerly be,
      But th' day 'at dawns to-morn, my lad,
      May nivver dawn for thee.
This day is thine, soa use it weel,
    For fear when it has passed,
Some duty has been left undone
    On th' day at proved thy last.

What's passed an gooan's beyond recall,
    An th' futer's all unknown;
Dooant specilate on what's to be,
    Neglectin what's thi own.
When mornin comes thank God tha'rt spared
    To see another day;
An when tha goas to bed at neet,
    Life's burdens on Him lay.

Although thy station may be low,
    Thy life's conditions hard,
Mak th' best o' what falls to thi lot,
    An tha shall win reward.
Man's days ov toil on earth are few
    Compared to that long rest
'At stretches throo Eternity,
    For them 'at's done ther best.

Though monny rough hills tha's to climb,
    An bogs an becks to wade;
Though thorns an brambles chooak thi path,
    Yet, push on undismayed.

Detarmination, back'd wi' Faith,
  An Hope to cheer thi on,
Shall gie thi strugglin efforts strength,
  Until thi journey's done.

Let thi religion be thi life,—
  Let ivvery word an deed
Be prompted bi a love for all,
  Whativver be ther creed.
Let wranglin praichers twist an twine,
  Ther doctrines new an old;
Act square,—an ther is One will see
  Tha'rt net left aght i'th' cold.

HIS DOWTER GATE WED.

HE'D had his share ov ups an daans,
    His sprees an troubles too;
    Ov country joys an life i' taans,
      He'd run th' whoal gamut throo.
  He labored hard to mak ends meet,
    An keep things all ship-shap:
  An th' naybor's sed, 'at lived i'th' street,
    " He's a varry daycent chap."

  He paid his rent an gave his wife
    Enuff for clooas an grub,
  To pleas her he'd insured his life,
    An joined a burial club.
  His childer,—grander nivver ran
    To climb a father's knee;
  Noa better wife had onny man,—
    Noa praader chap could be.

  He tuk noa stock i' fleetin time,
    He nivver caanted th' years;
  For he wor hale, just in his prime,
    An nowt to cause him fears.
  He nivver dreamt ov growin old,
    Sich thowts ne'er made him freat,
  He sed,—" Why aw'm as gooid as gold,
    Aw'm but a youngster yet!"

His childer thrave like willow wands,
　An made fine maids an men,
But th' thowt ne'er entered in his nut,
　'At he grew old hissen.
His e'en wor oppened one fine day,
　His dreams o' youth all fled;
An th' reason on it wor, they say,—
　His dowter,—shoo gate wed.

" E'a, gow!" he sed, " but this licks me!
　Shoo's but a child hersen,—
Ov all things!—why,—it connot be
　Her thowts should turn to men!"
" Whisht!" sed his wife, " we wed as young,
　An shoo's moor sense bi far,—
An then tha knows shoo's th' grandest lass
　'At lives at Batley Carr."

He gave a grooan, for on his lass
　He'd set a deal o' stooar.
He lit his pipe an filled his glass,
　Then fixed his e'en o'th' flooar.
" By gum!" he sed, " but this is rough,
　Aw ne'er knew owt as bad,
If shoo's a wife, its plain enuff
　Aw connot be a lad."

" Aw must be old,—aw say,—old lass,—
　Does't think aw'm growin grey?
Gooid gracious! but ha time does pass!
　But tha doesn't age a day.
Tha'rt just as buxum nah as then,
　Aw'st think tha must feel shamed,
Tha luks as young as her thisen,—
　Or could do, if tha framed."

" Aw'st ha to alter all mi ways,—
　Noa moor aw'st ha to rooam;—
Just sattle daan an end mi days
　Cronkt up bith' hob at hooam.
An 'fore owts long, as like as net,
　Wol crooidled up i'th' nook,
Ther'll be some youngster browt, aw'll bet,
　To watch his grondad smook."

" Do stop! aw wonder ha tha dar,
   Behave thi soa unkind!
Does't think 'at th' lads i' Batley Carr
   Are all booath dumb an blind?
Shoo's wed a steady, honest chap,
   An shoo's booath gooid an fair,
Ther's net another fit to swap,—
   They mak a gradely pair."

" ' Man worn't made to live alooan,'
   Tha tell'd me that thisen :—
Tha needn't shak thi heead an grooan ;—
   Tha's happen changed sin then.
But if ther ivver wor a crank,
   It's been my luck to see,
It wor my childer's father
   When he furst coom coortin me."

" But rest content, its all for th' best ;—
   An then tha must ha known,—
Shoo thowt it time at shoo possest
   A nice hooam ov her own."
" Well—may they prosper! That's my
      prayer,—
   They'st nivver want a friend
Wol aw'm alive,—but aw'st beware,
   An watch theas younger end."

ALL WE HAD.

IT worn't for her winnin ways,
   Nor for her bonny face,
But shoo wor th' only lass we had,
   An that quite alters th' case.

We'd two fine lads as yo need see,
   An weel we love 'em still;
But shoo wor th' only lass we had,
   An we could spare her ill.

We call'd her bi mi mother's name,
  It saanded sweet to me;
We little thowt ha varry sooin
  Awr pet wod have to dee.

Aw used to watch her ivvery day,
  Just like a oppean bud;
An if aw couldn't see her change,
  Aw fancied 'at aw could.

Throo morn to neet her little tongue
  Wor allus on a stir;
Aw've heeard a deeal o' childer lisp,
  But nooan at lispt like her.

Shoo used to play all sooarts o' tricks,
  'At childer shouldn't play;
But then, they wor soa nicely done,
  We let her have her way.

But bit bi bit her spirits fell,
  Her face grew pale an thin;
For all her little fav'rite toys
  Shoo didn't care a pin.

Aw saw th' old wimmin shak ther heeads,
  Wi' monny a doleful nod;
Aw knew they thowt shoo'd goa, but still
  Aw couldn't think shoo wod.

Day after day my wife an me,
  Bent o'er that suff'rin child,
Shoo luk'd at mammy, an at me,
  Then shut her een an smiled.

At last her spirit pass'd away;
  Her once breet een wor dim;
Shoo'd heeard her Maker whisper ' come,'
  An hurried off to Him.

Fowk tell'd us 'twor a sin to grieve,
  For God's will must be best;
But when yo've lost a child yo've loved,
  It puts yor Faith to th' test.

We pick'd a little bit o' graand,
  Whear grass an daisies grew,
An trees wi' spreeadin boughs aboon
  Ther solemn shadows threw.

We saw her laid to rest, within
  That deep grave newly made;
Wol th' sexton let a tear drop fall,
  On th' handle ov his spade.

It troubled us to walk away,
  An leeav her bi hersen;
Th' full weight o' what we'd had to bide,
  We'd nivver felt till then.

But th' hardest task wor yet to come,
  That pang can ne'er be towld;
'Twor when aw feszend th' door at neet,
  An locked her aght i'th' cowld.

'Twor then hot tears roll'd daan mi cheek,
  'Twor then aw felt mooast sad;
For shoo'd been sich a tender plant,
  An th' only lass we had.

But nah we're growin moor resign'd,
  Altho' her face we miss:
For He's blest us wi' another,
  An we've hopes o' rearin this.

TH' FIRST O'TH' SOOART.

I HEEARD a funny tale last neet,
  I couldn't howd fro' laffin,
  'Twor at th' Bull's Heead we chonced to meet
  An spent an haar i' chaffin;—
Some sang a song, some cracked a joake,
An all seem'd full o' larkin,
An th' raam wor blue wi' bacca smook,
An ivvery ee 'd a spark in.

Long " Joa" 'at comes throo th' Jumples cluff
Wor gettin rayther mazy;
An " Waarkus Ned" had supped enuff
To turn they're Betty crazy;—
An " Bob" at lives at th' Bogeggs farm,
Wi' " Nan" throo th' Buttress Bottom,
Wor treatin her to summat warm,
(It's just his way,—" odd drot 'em.")

An " Jack o'th' Slade" wor thear as weel,
An " Joa o' Abe's" throo Waerley,
An " Lijah" off o'th' Lavver Hill,
Wor passin th' ale raand rarely.
Throo raand an square they seem'd to meet,
To hear or tell a stooary,
But th' gem o' all I heeard last nect
Wor one bi " Dooad o'th' gloory:"—

He bet his booits at it wor true,
An all seem'd to believe him,
(Tho' if he'd lost he needn't rue,
But 't wodn't done to grieve him.)
His uncle lived i' Pudsey taan
An practised local praichin,
An if he 're lucky he wor baan
To start a schooil for taichin;—

But he wor takken varry ill,
He felt his time wor comin,
(They say he browt it on hissel
Wi' studdyin his summin.)
He call'd his wife an naybors in
To hear his deein sarmon,
An tell'd 'em if they lived i' sin
Ther lot ud be a warm en.

Then turnin raand unto his wife,
Sed,—" Mal,—tha knows owd craytur,
If awd been blessed wi' longer life
Aw might ha left things straighter;—
Joa Sooitill owes me eighteen pence,
Aw lent it him last lovefeast;"—
Says Mal, " he hasn't lost his sense,
Thank God for that at least."

" An Ben o'th' top o'th' bank tha knows,
We owe him one paand ten ;"—
" Just hark," says Mally ;—" thear he goas,
He's ramellin agean ;—
Dooant tak a bit o' nooatice folk,
Yo see poor thing he's ravin,
It cuts me up to hear sich talk,
He's spent his life i' savin."

"An Mally lass," he sed agean,
" Tak heed o' my direction,
Th' schooil owes us hauf a craan,—I mean
My share o'th' last collection.—
Tha'll see to that, an have what's fair
When my poor life is past ;"—
Says Mally, " listen, aw declare
He's sensible to th' last."—

He shut his een an sank to rest,
Deeath seldom claimed a better,
They put him by,—but what wor th' best
He sent 'em back a letter,
To tell 'em all ha he'd gooan on,
An ha he gate to enter,
An gave 'em rules to act upon
If ivver they should ventur.

Thear Peter stood wi' keys i' hand,
Says he " what do you want, sir ?
If to goa in—yo understand
Unknown to me yo cant, sir.—
Pray what's your name ? where are yo throo ?
Just mak your business clear ;"
Says he " they call me Parson Drew,
Aw've come throo Pudsey here."

" Yo've come throo Pudsey do yo say ?
Dooant try sich jokes o' me, sir,
Aw've kept thease doors too long a day,
Aw can't be fooiled by thee, sir."
Says Drew, " aw wodn't tell a lie,
For th' sake o' all ther's in it,
If yo've a map o' England by,
Aw'll show yo in a minnit "

Soa "Peter" gate a time table,
They gloored o'er th' map together,
"Drew" did all at he wor able,
But couldn't find a stiver.
At last says he, "thear's Leeds Taan Hall,
An thear stands Bradford mission,
Its just between them two—that's all—
Your map's an old edition;

But thear it is, Aw'll lay a craan,
An if yo've nivver known it,
Yo've miss'd a bonny Yorksher taan,
Though monny be 'at scorn it."
He oppen'd th' gate,—says he "its time
Somebody coom—aw'll trust thi,—
Tha'll find inside noa friends o' thine,
Tha'rt th' furst 'at's come throo Pudsey."

POOR OLD HAT.

POOR old hat! poor old hat! like misen tha's grown
    grey,
    An fowk call us old fashioned an odd;
    But monny's the storm we have met sin that day,
When aw bowt thee all shiny an snod.
As aw walked along th' street wi thee peearkt o' mi broo,
    Fowk's manners wor cappin to see;
An aw thowt it wor me they bade ' ha do yo do,'
    But aw know nah they nodded at thee.

Poor old hat! poor old hat! aw mun cast thee aside,
    For awr friendship has lasted too long;
Tho' tha still art mi comfort, an once wor mi pride,
    Tha'rt despised i' this world's giddy throng.
Dooant think me ungrateful, or call me unkind,
    If another aw put i' thi place;
For aw think tha'll admit if tha'll oppen thi mind,
    Tha can bring me nowt moor but disgrace.

Poor old hat! poor old hat! varry sooin it may be,
    Aw'st be scorned an cast off like thisen;
An be shoved aght o'th gate wi less kindness nor thee
    An have nubdy to care for me then.

But one thing aw'll contrive as tha's sarved me soa weel,
  An tha gave thi best days to mi use;
Noa war degradation aw'll cause thee to feel,
  For aw'll screen thi throo scorn an abuse.

Poor old hat! poor old hat! if thart thrown aght o' door,
  Tha may happen be punced abaat th' street,
For like moor things i'th world, if thart shabby an poor,
  It wor best tha should keep aght o'th seet.
Wine mellows wi age, an old pots fotch big brass,
  An fowk rave ov antique this an that,
An they worship grey stooans, an old booans, but alas!
  Ther's nubdy respects an old hat.

Poor old hat! poor old hat! awm reight fast what to do,
  To burn thi aw havnt the heart,
If aw stow thi away tha'll be moth etten throo,
  An thart seedy enuff as tha art.
Tha's long been a comfort when worn o' mi heead,
  Soa dooant freeat, for to pairt we're net gooin,
For aw'll mak on thi soils for mi poor feet asteead,
  An aw'll wear thi once moor i' mi shooin.

Poor old hat! poor old hat! ne'er repine at thi lot,
  If thart useful what moor can ta be?
Better wear cleean away nor be idle an rot,
  An remember thart useful to me.
Though its hard to give up what wor once dearly prized,
  Tha but does what all earthly things must,
For though we live honored, or perish despised,—
  We're at last but a handful o' dust.

DONE AGEAN.

AW'VE a rare lump o' beef on a dish,
  We've some bacon 'at's hung up o' th' thack,
  We've as mich gooid spice-cake as we wish,
    An wi' currens its varry near black;
We've a barrel o' gooid hooam brewed drink,
  We've a pack o' flaar reared agean th' clock,
We've a load o' puttates under th' sink,
  So we're pretty weel off as to jock.

Aw'm soa fain aw can't tell whear to bide,
　But the cause aw dar hardly let aat;
It suits me moor nor all else beside:
　Aw've a paand at th' wife knows nowt abaat.

Aw can nah have a spree to misel;
　Aw can treat mi old mates wi' a glass;
An' aw sha'nt ha' to come home an tell
　My old lass, ha' aw've shut all mi brass.
Some fowk say, when a chap's getten wed,
　He should nivver keep owt thro' his wife;
If he does awve oft heeard 'at it's sed,
　'At it's sure to breed trouble an strife;
If it does aw'm net baan to throw up,
　Though awd mich rayther get on withaat;
But who wodn't risk a blow up,
　For a paand 'at th' wife knows nowt abaat.

Aw hid it i' th' coil hoil last neet,
　For fear it dropt aat o' mi fob,
Coss aw knew, if shoo happened to see 't,
　'At mi frolic wod prove a done job.
But aw'll gladden mi e'en wi' its face,
　To mak sure at its safe in its nick ;—
But aw'm blest if ther's owt left i' th' place!
　Why, its hook'd it as sure as aw'm wick.
Whear its gooan to's a puzzle to me,
　An' who's taen it aw connot mak aat,
For it connot be th' wife, coss you see
　It's a paand 'at shoo knew nowt abaat.

But thear shoo is, peepin' off th' side,
　An' aw see 'at shoo's all on a grin;
To chait her aw've monny a time tried,
　But I think it's nah time to give in,
A chap may be deep as a well,
　But a woman's his maister when done;
He may chuckle and flatter hissel,
　But he'll wakken to find at shoo's won.
It's a rayther unpleasant affair,
　Yet it's better it's happened noa daat;
Aw'st be fain to come in for a share
　O' that paand at th' wife knows all abaat.

WHAT IT IS TO BE A MOTHER.

A, dear! what a life has a mother!
    At leeast, if they're hamper'd like me;
    Thro' mornin' to neet ther's some bother,
    An ther will be, aw guess, wol aw dee.

Ther's mi chap, an misen, an six childer,
    Six o'th roughest, aw think, under th' sun;
Aw'm sartin sometimes they'd bewilder
    Old Joab, wol his patience wor done.

They're i' mischief i' ivvery corner,
    An' ther tongues they seem nivver at rest;
Ther's one shaatin' " Little Jack Horner,"
    An another " The realms o' the blest."

Aw'm sure if a body's to watch 'em,
    They mun have een at th' back o' ther yed;
For quiet yo nivver can catch 'em
    Unless they're asleep an i' bed.

For ther's somdy comes runnin to tell us
    'At one on em's takken wi' fits;
Or ther's two on 'em feightin for th' bellus,
    An rivin ther clooas all i' bits.

In a mornin they're all weshed an tidy'd,
    But bi nooin they're as black as mi shoe;
To keep a lot cleean, if yo've tried it,
    Yo know 'at ther's summat to do.

When my felly comes hooam to his drinkin,
    Aw try to be gradely an straight;
For when all's nice an cleean, to mi thinkin,
    He enjoys better what ther's to ait.

If aw tell him aw'm varry near finished
    Wi' allus been kept in a fuss,
He says, as he looks up astonished,
    " Why, aw nivver see owt 'at tha does."

But aw wonder who does all ther mendin,
    Weshes th' clooas, an cleeans th' winders an flags?
But for me they'd have noa spot to stand in—
    They'd be lost i' ther filth an' ther rags.

But it allus wor soa, an' it will be,
  A chap thinks 'at a woman does nowt;
But it ne'er bothers me what they tell me,
  For men havn't a morsel o' thowt.

But just harken to me wol aw'm tellin
  Ha aw tew to keep ivvery thing straight;
An aw'll have yo for th' judge if yor willin,
  For aw want nowt but what aw think's reight.

Ov a Monday aw start o' my weshin,
  An if th' day's fine aw get 'em all dried;
Ov a Tuesday aw fettle mi kitchen,
  An' mangle, an iron beside.

Ov a Wednesday, then aw've mi bakin;
  Ov a Thursday aw reckon to brew;
Ov a Friday all th' carpets want shakin,
  An aw've th' bedrooms to cleean an dust throo.

Then o'th Setterday, after mi markets,
  Stitch on buttons, an th' stockins to mend;
Then aw've all th' Sunday clooas to luk ovver,
  An that brings a week's wark to its end.

Then o'th Sunday ther's cookin 'em th' dinner,
  It's ther only warm meal in a wick;
Tho' ther's some say aw must be a sinner,
  For it's pavin mi way to Old Nick.

But a chap mun be like to ha' summat,
  An aw can't think it's varry far wrang;
Just to cook him an th' childer a dinner,
  Tho' it may mak me rayther too thrang.

But if yor a wife an a mother,
  Yo've yor wark an yor duties to mind;
Yo mun leearn to tak nowt as a bother,
  An to yor own comforts be blind.

But still, just to see all ther places,
  When they're gethered raand th' harston at neet,
Fill'd wi' six roosy-red, smilin faces;
  It's nooan a despisable seet.

An, aw connot help thinkin an sayin,
  (Though yo may wonder what aw can mean,)
'At if single, aw sooin should be playin
  Coortin tricks, an be weddin agean.

WHAT THEY SAY.

THEY say 'at its a waste o' brass—a nasty habit too,—
  A thing 'at noa reight-minded chap wod ivver think
      to do;
      Maybe they're reight;
They say it puts one's brains to sleep, an maks a felly
      daft,—
Aw've hearken'd to ther doctrins, then aw've lit mi pipe
      an laft,
      At ther consait.

At morn when startin for mi wark, a bit o' bacca's sweet,
An aw raillee should'nt like to be withaat mi pipe at
      neet,
      It comforts me.
An if awm worritted an vext, wi' bothers durin th' day,
Aw tak a wiff, an in a claad, aw puff 'em all away,
      An off they flee.

They tell me its a poison, an its bad effects they show;
Aw nivver contradict 'em but aw think its varry slow,
      An bad to tell;
They say it leeads to drinkin, an drink leeads to summat
      war;
But aw know some at nivver smook 'at's getten wrang as
      far
      As me misel.

They say its an example 'at we did'nt owt to set,—
For owt 'at's nowt young fowk sooin leearn, but dooant
      soa sooin forget,
      That's varry true.
But aw shall be contented, if when comes mi time to dee,
To smook a pipe o' bacca is th' warst thing they've lent
      throo me:
      Aw'st manage throo.

They say it maks one lazy, an time slips by unawares,—
It may be soa, an if it is, that's noa consarn o' theirs;
      Aw work mi share.
If it prevents fowk meddlin wi' th' affairs ov other men,
'Twod happen be as weel, aw think, if they'd to smook
      thersen;—
      They've time to spare.

But what they say ne'er matters, for aw act upon a plan,
If th' world affooards a pleasure aw'll enjoy it if aw can,
      At morn or neet;
They may praich agean mi bacca, an may looad it wi'
      abuse,
But aw think its a gooid crayter if its put to a gooid use.
      Pass me a leet.

YOUNG JOCKEY.

YOUNG Jockey he bowt him a pair o' new shooin,
      Ooin, ooin, ry diddle dooin!
      Young Jockey he bowt him a pair o' new shooin,
      For he'd made up his mind he'd be wed varry
      sooin;
An he went to ax Jenny his wife for to be,
But shoo sed, " Nay, aw'll ne'er wed a hawbuck like thee,
      Thi legs luk too lanky,
      Thi heead is too cranky,
Its better bi th' hawf an old maid aw should dee!"

Young Jockey then went an he bowt him a gun,
      Un, un, ry diddle dun!
Young Jockey then went an he bowt him a gun,
For his ivvery hooap i' this wide world wor done;
An he went an tell'd Jenny, to end all his pains,
He'd made up his mind 'at he'd blow aght his brains,
      But shoo cared net a pin,
      An shoo sed wi' a grin,—
" Befoor they're blown aght tha mun get some put in."

MISSED HIS MARK.

AW like fowk to succeed i' life if they've an honest
    aim,
    An even if they chonce to trip awm varry loath to
      blame;
Its sich a simple thing sometimes maks failure or success,
Th' prize oft slips by strugglin men to them 'at's striven
    less.
Aw envy nubdy Fortun's smiles, aw lang for 'em misen,—
But them at win her favors should dispense 'em nah an
    then.
An them 'at's blest wi' sunshine let 'em think o' those i'th'
    dark,
An nivver grudge a helpin hand to him 'at's missed his
    mark.

We connot allus hit it,—an ther's monny a toilin brain,
Has struggled for a lifetime, but its efforts proved in vain ;
An monny a hardy son ov toil has worn his life away,
An all his efforts proved in vain to keep poverty at bay ;
Wol others, bi a lucky stroke, have carved ther way to
    fame,
An ivvery thing they've tackled on has proved a winnin'
    game;
Let those who've met wi' fav'rin winds to waft-life's little
    bark,
Just spare a thowt, an gie a lift, to him 'at's missed his
    mark.

Aw hate to hear a purse-praad chap keep booastin of his
    gains,—
Sneerin at humble workin fowk who're richer far i'
    brains!
Aw hate all meean hard graspin slaves, who mak ther
    gold ther god,—
For if they could grab all ther is, awm pratty sewer they
    wod.
Aw hate fowk sanctimonious, whose humility is pride,
Who, when they see a chap distressed, pass by on tother
    side!

Aw hate those drones 'at share earth's hive, but shirk ther
    share o' wark,
Yet curl ther nooas at some poor soul, who's toiled, yet
    missed his mark.

Give me that man whose heart can feel for others griefs
    an woes ;—
Who loves his friends an nivver bears a grudge ageean
    his foes ;
Tho' kindly words an cheerin smiles are all he can
    bestow,—
If he gives that wi' willin heart, he does some gooid
    below.
An when th' time comes, as come it will, when th' race
    is at an end,
He'll dee noa poorer for what gooid he's ivver done a
    friend.
An when they gently put him by,—unconscious, stiff an
    stark,
His epetaph shall be, 'Here's one 'at didn't miss his
    mark.'

WHEN LOST

IF at hooam yo have to tew,
    Though yor comforts may be few,
      An yo think yore lot is hard, and yor pros-
        pects bad ;
    Yo may swear ther's nowt gooas reight,
    Wi' yor friends an wi' yor meyt,
But yo'll nivver know ther vally till yo've lost em, lad.

    Though yo've but a humble cot,
    An yore share's a seedy lot ;
Though yo goa to bed i'th dumps, an get up i'th mornin
    mad,
    Yet yo'll find its mich moor wise,
    What yo have to fondly prize,
For yo'll nivver know ther vally till yo've lost em, lad.

MAK A GOOID START.

LET'S mak a gooid start, nivver fear
    What grum'lers an growlers may say;
    That nivver need cause yo a tear,
      For whear ther's a will ther's a way.
If yo've plenty to ait an to drink,
    Nivver heed, though yor wark may be rough;
If yo'll nobbut keep hooapful, aw think,
    Yo'll find th' way to mend plain enuff.

If yor temper gets saar'd an cross,
    An yor mind is disturbed an perplext;
Or if troubled wi' sickness an loss,
    An yor poverty maks yo feel vext;—
Nivver heed! for its fooilish to freeat
    Abaat things at yo connot prevent;
An i'th futer ther may be a treeat,
    'At'll pay for all th' sad days you've spent.

I' this new life beginnin,—who knows
    What for each on us may be i' stoor?
For th' river o' Time as it flows,
    Weshes th' threshold o' ivvery man's door.
At some it leeavs little, may be,
    An at others deposits a prize;
But if yo be watchful yo'll see
    Ther's a trifle for each one 'at tries.

Ther's a time booath to wish an decide;—
    For a chap at ne'er langs nivver tews;—
If yo snuff aght ambition an pride,
    Yo sink a chap's heart in his shoes,
Wish for summat 'at's honest an reight,
    An detarmine yo'll win it or dee!
Yo'll find obstacles slink aght o'th gate,
    An th' black claads o' daat quickly flee.

Young men should seek labor an gains,
    Old men wish for rest an repose;—
Young lasses want brave, lovin swains,
    An hanker for th' finest o' clooas.

Old wimmin,—a cosy foirside,
　An a drop o' gooid rum i' ther teah;
Little childer, a horse they can ride,
　Or a dolly to nurse o' ther knee.

One thing a chap cant do withaat,
　Is a woman to share his estate;
An mooast wimmen, ther isn't a daat,
　Think life a dull thing baght a mate.
Ther's a sayin booath ancient an wise,
　An its one at should be acted upon;—
Yo'll do weel, to accept its advice,—
　To, " Begin as yo mean to goa on."

————

STOP AT HOOAM.

" THA wodn't goa an leave me, Jim,
　　All lonely by mysel?
　My een at th' varry thowts grow dim—
　　Aw connot say farewell.

Tha vow'd tha couldn't live unless
　Tha saw me ivvery day,
An said tha knew noa happiness
　When aw wor foorced away.

An th' tales tha towld, I know full weel,
　Wor true as gospel then;
What is it, lad, at ma's thee feel
　Soa strange—unlike thisen?

Ther's raam enuff, aw think tha'll find,
　I'th taan whear tha wor born,
To mak a livin, if tha'll mind
　To ha faith i' to-morn.

Aw've monny a time goan to mi wark
　Throo claads o' rain and sleet;
All's seem'd soa dull, so drear, an dark,
　It ommust mud be neet;

But then, when braikfast time's come raand,
  Aw've seen th' sun's cheerin ray,
An th' heavy lukkin claads have slunk
  Like skulkin lads away.

An then bi nooin it's shooan soa breet
  Aw've sowt some shade to rest;
An as aw've paddled hooam at neet,
  Glorious it's sunk i'th west.

An tho' a claad hangs ovver thee,
  (An trouble's hard to bide),
Have patience, lad, an wait an see
  What's hid o'th' tother side.

If aw wor free to pleease mi mind,
  Aw'st nivver mak this stur;
But aw've a mother ommust blind,
  What mud become o' her?

Tha knows shoo cared for me, when waik
  An helpless ivvery limb;
Aw'm feeard her poor owd heart ud braik
  If aw'd to leave her, Jim.

Aw like to hear thee talk o'th' trees
  At tower up to th' sky,
An th' burds at flutterin i'th' breeze,
  Like glitterin jewels fly.

Woll th' music of a shepherd's reed
  May gently float along,
Lendin its tender notes to lead
  Some fair maid's simple song;

An flaars at grow o' ivvery side,
  Such as we nivver see;
But here at hooam, at ivvery stride,
  There's flaars for thee an me.

Aw care net for ther suns soa breet,
  Nor warblin melody;
Th' clink o' thi clogs o' th' flags at neet
  Saands sweeter, lad, to me.

An tho' aw wear a gingham gaan,
    A claat is noa disgrace;
Tha'll nivver find a heart moor warm
    Beat under silk or lace.

Then settle daan, tak my advice,
    Give up this wish to rooam!
An if tha luks, tha'll find lots nice
    Worth stoppin for at hooam."

"God bless thee, Jenny! dry that ee,
    An gie us howd thi hand!
For words like thoase, throo sich as thee,
    What mortal could withstand!

It isn't mich o'th' world aw know,
    But aw con truly say,
A faithful heart's too rich a gem
    To thowtless throw away.

So here aw'll stay, an should fate fraan,
    Aw'll tew for thine and thee,
An seek for comfort when cast daan,
    I'th' sunleet o' thi ee."

ADVICE TO JENNY.

JENNY, Jenny, dry thi ee,
    An dunnot luk soa sad;
It grieves me varry mich to see
    Tha freeats abaat yon lad;
For weel tha knows, withaat a daat,
    Whearivver he may be,
Tho' fond o' rammellin abaat,
    He's allus true to thee.

Tha'll learn mooar sense, lass, in a while,
    For wisdom comes wi' time,
An if tha lives tha'll leearn to smile
    At troubles sich as thine;

A faithful chap is better far,
  Altho' he likes to rooam,
Nor one 'at does what isn't reight,
  An sits o'th' hearth at hooam.

Tha needn't think 'at wedded life
  Noa disappointment brings;
Tha munnot think to keep a chap
  Teed to thi apron strings.
Soa dry thi een, they're varry wet,
  An let thi heart be glad,
For tho' tha's wed a rooamer, yet,
  Tha's wed a honest lad.

Ther's monny a lady, rich an great,
  'At's sarvents at her call,
Wod freely change her grand estate
  For thine tha thinks soa small:
For riches connot buy content,
  Soa tho' thi joys be few,
Tha's one ther's nowt con stand anent,—
  A heart 'at's kind an true.

Soa when he comes luk breet an gay,
  An meet him wi' a kiss;
Tha'll find him mooar inclined to stay
  Wi' treatment sich as this;
But if thi een luk red like that,
  He'll see all's wrang at once,
He'll leet his pipe, an don his hat,
  An bolt if he's a chonce.

JOCKEY AN DOLLY.

TH' sun shone breet at early morn,
    Burds sang sweetly on the trees;
  Larks wor springin from the corn,
    Tender blossoms sowt the breeze.
Jockey whistled as he went
  O'er rich meadows wet wi' dew;
In his breast wor sweet content,
  For his wants an cares were few.

Dolly passed him on his way,
　　Fresh an sweet an fair wor she;
Jockey lost his heart that day,
　　To the maid ov Salterlee.
　　　　Jockey an Dolly
　　　　Had allus been jolly,
Till Love shot his arrow an wounded the twain;
　　　　Their days then pass sadly,
　　　　Yet man an maid madly,
In spite ov the torture, they nursed the sweet pain.

Since that day did Jockey pine,
　　Dolly shyly kept apart;
Still shoo milk'd her willin kine,
　　Tho' shoo nursed a braikin heart.
But one neet they met i'th' fold,
　　When a silv'ry mooin did shine;
Jockey then his true love told,
　　An he axt, " will't thou be mine?"
Tears ov joy filled Dolly's een,
　　As shoo answered modestly;
Dolly nah is Jockey's queen,
　　Th' bonniest wife i' Salterlee.
　　　　Jockey an Dolly,
　　　　Are livin an jolly,
May blessins for ivver attend i' ther train;
　　　　Ther days they pass gladly,
　　　　Noa moor they feel sadly,
For two hearts are for ivver bound fast i' Love's chain.

DOOANT FORGET THE OLD FOWKS.

DOOANT forget the old fowks,—
　　They've done a lot for thee;
Remember tha'd a mother once,
　　Who nursed thi on her knee.
A father too, who tew'd all day
　　To mak thi what tha art,
An dooant forget tha owes a debt,
　　An strive to pay a part.

Just think ha helpless once tha wor,—
  A tiny little tot;
But tha wor given th' cosiest nook
  I' all that little cot.
Thy ivvery want wor tended to,
  An soothed thy ivvery pain,
They didn't spare love, toil or care,
  An they'd do it o'er ageean.
An all they crave for what they gave,
  Is just a kindly word;—
A fond "God bless yo parents,"
    Wod be th' sweetest saand they've heard.
        Then dooant forget the old fowks, &c.

Tha's entered into business nah,—
  Tha'rt dooin pratty weel;
Tha's won an tha desarves success,—
  Aw know tha'rt true as steel.
Tha'rt growin rich, an lives i' style,
  Tha's sarvents at thi call;
But dooant forget thi mother, lad,
  To her tha owes it all.
Thi father totters in his walk,
  His hair is growin grey;
He cannot work as once he did,
  He's ommost had his day.
But th' heart 'at loved thi when a child,
  Is still as warm an true;
His pride is in his lad's success,—
  He hopes tha loves him too.
But what they long for mooast ov all,
  Is just that kindly word,
"God bless yo, my dear parents!"
    Wod be th' sweetest saand they've heard.
        Then dooant forget the old fowks, &c.

K

SOA BONNY.

AW'VE travell'd o'er land, an aw've travell'd o'er sea,
    An aw've seen th' grandest lasses 'at ivver can be;
    But aw've nivver met one 'at could mak mi heart
        glad,
Like her,—for oh! shoo wor bonny mi lad.

Shoo wornt too gooid, for her temper wor hot,
An when her tongue started, shoo wag'd it a lot;
An it worn't all pleasant, an some on it bad,
But oh! shoo wor bonny!—soa bonny mi lad.

Consaited and cocky, an full o' what's nowt,
An shoo'd say nasty things withaat ivver a thowt;
An shood try ivvery way, just to mak me get mad;—
For shoo knew shoo wor bonny,—soa bonny mi lad.

Fowk called me a fooil to keep hingin araand,
But whear shoo'd once stept aw could worship the
        graand;
For th' seet ov her face cheer'd mi heart when 'twor sad,
For shoo wor soa bonny,—soa bonny mi lad.

But shoo wor like th' rest,—false,—false in her heart;
Shoo made me to love her,—an Cupid's sharp dart
Wor nobbut her fun,—wi' decait it wor clad;—
But then, shoo wor bonny;—soa bonny mi lad.

Shoo sooin wed another,—noa better nor me,
An aw hooap shoo'll be happy, though my life is dree;
An aw'll try to submit, though shoo treated me bad,
But oh! mi poor heart is nigh brokken mi lad.

Ther may come a time when her passion has cooiled,
Shoo may think ov a chap shoo unfeelingly fooiled;
Shoo may seek me agean;—if shoo does,—well, by gad!
Aw'll welcome her back. Shoo's soa bonny mi lad.

THE LINNET.

LITTLE linnet,—stop a minnit,—
  Let me have a tawk with thee:
  Tell me what this life has in it,
    Maks thee seem so full o' glee?
Why is pleasure i' full measure,
  Thine throo rooasy morn to neet,
Has ta fun some wondrous treasure,
  Maks thi be for ivver breet?

———

Sang the linnet,—"wait a minnit,
  Let me whisper in thine ear;
Life has lots o' pleasure in it,
  Though a shadow's oftimes near.
Ivvery shoolder has its burden,
  Ivvery heart its weight o' care;
But if bravely yo accept it,
  Duty finds some pleasure thear.
Lazy louts dooant know what rest is,—
  Those who labor find rest sweet;
Grumling souls ne'er know what best is,—
  Blessins wither 'neath ther feet.
Sorrow needs noa invitation,—
  Joy is shy an must be sowt;
Grief seeks onny sitiwation,—
  Willin to accept for nowt.
All pure pleasure is retirin,
  Allus modest,—shrinkin,—shy,—
Like a violet,—but goa seek it,
  An yo'll find it by-an-bye.
Birds an blossoms,—shaars an sunshine,
  Strive to cheer man on his way;
An its nobbut them 'at willn't,
  'At cant taste some joy each day.
Awm a teeny little songster,—
  All mi feathers plainly grave;
But aw wish noa breeter plumage,
  Awm content wi' what aw have.
An mi mate is just as lovin,
  An he sings as sweet to me,—

An his message nivver varies,—
  ' Love me love, as aw love thee.'
An together, o'er awr nestlins,
  We keep watch, i' hooaps to see,
They may sooin share in awr gladness
  Full ov love,—from envy free.
Grumbler,—cast a look araand thi;—
  Is this world or thee to blame?
Joys an blessins all surraand thi,—
  Dar to grummel?—fie,—for shame!"

————

An that linnet, in a minnit,
  Flitted off, the trees among;
An those joys its heart had in it,
  Ovverflowed i' limpid song.
An it left me sittin, blinkin,
  As it trill'd its nooats wi glee;—
An truly,—to my way o' thinkin,
  Th' linnet's far moor sense nor me.

————

MARY JANE.

ONE Easter Mundy, for a spree,
  To Bradforth, Mary Jane an me,
  Decided we wod tak a jaunt,
  An have a dinner wi mi hont;
For Mary Jane, aw'd have yo know,
Had promised me, some time ago,
To be mi wife,—an soa aw thowt
Aw'd introduce her, as aw owt.
Mi hont wor pleeased to see us booath,—
To mak fowk welcome nivver looath,—
An th' table grooaned wi richest fare,
An one an all wor pressed to share.
Mi sweetheart made noa moor to do.
Shoo buckled on an sooin gate throo;
Mi hont sed, as shoo filled her glass,—
" Well, God bless thi belly, lass!"

Mi Mary Jane is quite genteel,
Shoo's fair an slim, an dresses weel;
Shoo luks soa delicate an fair,
Yo'd fancy shoo could live on air.
But thear yo'd find yor judgment missed,
For shoo's a mooast uncommon twist;
Whear once shoo's called to get a snack,
It's seldom at they've axt her back.
To a cookshop we went one neet,
An th' stuff at vanished aght o'th' seet,
Made th' chap at sarved us gape an grin,
But shoo went on an tuckt it in;
An when aw axt ha mich we'd had,
He sed, " It's worth five shillin, lad."
Aw sighed as aw put daan mi brass,—
" Well, God bless thi belly lass!"

But when a lass's een shine bright,
Yo ne'er think ov her appetite;
Her love wor what aw lang'd to gain,
Nor did mi efforts prove in vain,
For we wor wed on Leeds Fair Day,
An started life on little pay.
But aw've noa reason to regret,
Her appetite shoo keeps up yet.
Eight years have passed sin shoo wor mine,
An nah awr family numbers nine.
A chap when wedded life begins,
Seldom expects a brace o' twins;
But Mary Jane's browt that for me,—
Shoo's nursin th' last pair on her knee;
An as aw th' bowls o' porrige pass,
Aw say, " God bless thi belly lass!"

We have noa wealth i' gold or lands,
But cheerful hearts, an willin hands;
Altho soa monny maaths to fill,
We live i' hooaps an labor still.
Ther little limbs when stronger grown,
Will be a fortun we shall own.
We're in a mooild thro morn to neet,
But rest comes to us doubly sweet,
An fowk learn patience, yo can bet,

When they've to care for sich a set.
But we can honestly declare,
Ther isn't one at we can spare.
Ther little tricks cause monny a smile,
An help to leeten days o' toil.
An joyfully aw say, " Bith' mass!
Well, God bless thi childer, lass."

AW DOOANT CARE.

HOWK find fault wi' mi tawk an mi ways,
  An they say aw should do this an that,
An aw harken to what each one says,
  But ther's nooan on 'em tells me what's what.
It's easy to find a waik spot,
  In a coit 'at's been worn ommost throo,—
But ther praichin aw put daan as rot,
  An yo can't blame me mich if aw do.

Ther's some goa to church once a wick,
  An ther's some goa to prayer meetins too;
But they cannot get th' best ov old Nick,
  For he sees ther hypocrisy throo.
If a chap lays aght one day i' seven
  To be honest, an thinks he'll pool throo,
Aw should say, if he's lukkin for heaven,
  He'll be suckt,—aw dooant care if aw do.

Aw think Sundy's should come ivvery day,
  For all things 'at's honest an square;
What's wrang on a Mondy, aw say
  A Sundy can hardly mak fair.
If a man wod be honest an straight,
  Let him carry his practice reight throo,
Or he'll nivver mak me think he's reight,—
  He may;—but aw'm deng'd if aw do.

Aw'm willin to luk ovver faults,
  For failins are easy to find;
An th' chap 'at sees nooan in hissen,
  Is a marvel, or else he's stooan blind.

If ther is onny fowk aw despise
  It's him 'at's done nowt he need rue,
His place is away up i'th' skies
  He may think,—but aw'm deng'd if aw do.

Ther isn't a chap amang th' lot,
  'At hasn't some things to regret,
Some promises made an forgot,—
  Some favor for which he's i' debt.
Let Charity spreead her brooad wing,
  Ovver all as we tramp this world throo,
Let us crooidle i'th' shadow an sing
  Varry small,—That's what we mun do.

MY LASS.

FAIREST lass amang the monny,
      Hair as black as raven, O,
    Net another lass as bonny,
      Lives i'th' dales ov Craven, O.
City lasses may be fairer,
  May be donned i' silks an laces,
But ther's nooan whose charms are rarer,
  Nooan can show sich bonny faces.
Yorksher minstrel tune thy lyre,
  Show thou art no craven, O;
In thy strains 'at mooast inspire,
  Sing the praise ov Craven, O.

Purest breezes toss their tresses,
  Tint ther cheeks wi' rooases, O,
An old Sol wi' warm caresses,
  Mak 'em bloom like pooasies, O.
Others may booast birth an riches,
  May have studied grace ov motion,
But they lack what mooast bewitches,—
  Hearts 'at love wi' pure devotion.
Perfect limbs an round full bosoms,
  Sich as set men ravin, O,
Only can be faand i' blossoms,
  Sich as bloom i' Craven, O.

An amang the fairest,—sweetest,
 Ther's net sich a brave en, O ;
For her beauty's the completest,
 Yo can find i' Craven, O.
Ivvery charm 'at mother Nature
 Had to give, shoo placed upon her,—
Modest ways, an comely feature—
 Health ov body,—soul ov honor
Isn't shoo a prize worth winnin ?
 An a gem worth savin, O ?
Smile on,—sooin yo'll stop yor grinnin,
 When my lass leeaves Craven, O.

A GOOID KURSMISS DAY.

IT wor Kursmiss day,—we wor ready for fun,
 Th' puddin wor boil'd an th' rooast beef wor done ;
 Th' ale wor i'th' cellar, an th' spice-cake i'th' bin,
 An th' cheese wor just lively enuff to walk in.
Th' lads wor all donned i' ther hallidy clooas,
An th' lasses,—they each luckt as sweet as a rooas ;
An th' old wife an me, set at each end o'th' hob,
An th' foir wor splutterin raand a big cob,
  An aw sed, " Nah, old lass,
  Tho we havn't mich brass,
 We shall celebrate Kursmiss to-day."

Th' young fowk couldn't rest, they kept lukkin at th'
  clock,
Yo'd a thowt 'twor a wick sin they'd had any jock,
But we winkt one at tother as mich as to say,
They mun wait for th' reight time, for ther mother has
  th' kay.
Then they all went to th' weshus at stood just aghtside,
An they couldn't ha made mich moor din if they'd tried,
For they skriked an they giggled an shaated like mad,
An th' wife sed, " They're happy," an aw sed, " Awm
  glad,
  An be thankful old lass,
  Tho we havn't mich brass,
 We shall celebrate Kursmiss to-day."

When twelve o'clock struck, th' wife says " aw'll prepare,
An ov ivvery gooid thing they shall all have a share ;
But aw think some o'th' lasses should help me for once,"
An aw answered, " ov coorse,—they'll be glad ov a
      chonce."
Soa aw went to call em, but nivver a sign
Could aw find o' them strackle-brained childer o' mine ;
An when th' wife went ith' cellar for th' puddin an th' beef,
An saw th' oppen winder, it filled her wi grief,
      An shoo sed, " nay old lad,
      This is rayther too bad,
We can't celebrate Kursmiss to-day."

Aw went huntin raand, an ith' weshus aw faand,
Some bits o' cold puddin, beef, spicecake an cheese ;
Then aw heard a big shaat, an when aw lukt aght,
Them taistrels wor laffin as hard as yo pleeas.
Aw felt rayther mad,—but ov coorse awm ther dad,
An as it wor Kursmiss aw tuk it as fun ;
But what made me capt, wor th' ale worn't tapt,
Soa mi old wife an me stuck to that wol 'twor done.
      An aw railly did feel
      We enjoyed ussen weel,
An we had a gooid Kursmiss that day.

MI LOVE'S COME BACK.

LET us have a jolly spree,
    An wi' joy an harmonie,
    Let the merry moments flee,
      For mi love's come back.
O, the days did slowly pass,
When awd lost mi little lass,
But nah we'll have a glass,
      For mi love's come back.

O, shoo left me in a hig,
An shoo didn't care a fig,
But nah aw'll donce a jig,
      For mi love's come back,

An aw know though far away,
'At her heart ne'er went astray,
An awst ivver bless the day,
　　For mi love's come back.

When shoo axt me yesterneet,
What made mi een soa breet?
Aw says, " Why cant ta see'ts
　　　'Coss mi love's come back,"
Then aw gave her sich a kiss,
An shoo tuk it nooan amiss;—
An awm fecard awst brust wi bliss,
　　For mi love's come back.

Nah, awm gooin to buy a ring,
An a creddle an a swing,
Ther's noa tellin what may spring,
　　　Nah, mi love's come back;
O, aw nivver thowt befooar,
'At sich joy could be i' stooar,
But nah aw'll grieve noa moor,
　　For mi love's come back.

A WIFE.

WHO is it, when one starts for th' day
　A cheerin word is apt to say,
　'At sends yo lecter on yor way?
　　A wife.

An who, when th' wark is done at neet,
Sits harknin for yor clogs i'th' street,
An sets warm slippers for yor feet?
　　A wife.

An who, when yo goa weary in,
Bids th' childer mak a little din,
An smiles throo th' top o'th' heead to th' chin?
　　A wife.

An who, when troubled, vext an tried,
Comes creepin softly to yor side,
An soothes a grief 'at's hard to bide?
     A wife.

An when yor ommost driven mad,
Who quiets yo daan, an calls yo "lad,"
An shows yo things are nooan soa bad?
     A wife.

Who nivver once forgets that day,
When yo've to draw yor bit o' pay,
But comes to meet yo hawf o'th' way?
     A wife.

Who is it, when yo hooamward crawl,
Taks all yo have, an thinks it small;
Twice caants it, an says, "Is this all?"
     A wife.

ALL TAWK.

SOME tawk becoss they think they're born
 Wi' sich a lot o' wit;
Some seem to tawk to let fowk know
 They're born withaat a bit.
Some tawk i' hooaps 'at what they say
 May help ther fellow men;
But th' mooast 'at tawk just tawk becoss
 They like to hear thersen.

AW CAN'T TELL.

AW nivver rammel mich abaat,
 Aw've summat else to do;
But yet aw think, withaat a daat,
 Aw've seen a thing or two.

One needn't leeav his native shoor,
   An visit foreign lands,—
At hooam he'll find a gooid deeal moor
   Nor what he understands.

Aw can't tell why a empty heead
   Should be held up soa heigh,
Or why a suit o' clooas should leead
   Soa monny fowk astray.

Aw can't tell why a child 'at's born
   To lord or lady that,
Should be soa worship'd, wol they scorn
   A poor man's little brat.

Aw can't tell why a workin man
   Should wear his life away,
Wol maisters grasp at all they can,
   An grudge a chap his pay.

Aw can't tell why a lot o' things
   Are as they seem to be;
But if its nowt to nubdy else,
   Ov coorse its nowt to me.

HAPPEN THINE.

THEN its O! for a wife, sich a wife as aw know!
Who's thowts an desires are pure as the snow,
Who nivver thinks virtue a reason for praise,
An who shudders when tell'd ov this world's
wicked ways.

Shoo isn't a gossip, shoo keeps to her hooam,
Shoo's a welcome for friends if they happen to come;
Shoo's tidy an cleean, let yo call when yo may,
Shoo's nivver upset or put aght ov her way.

At morn when her husband sets off to his wark,
Shoo starts him off whistlin, as gay as a lark;
An at neet if he's weary he hurries straight back,
An if worried forgets all his cares in a crack.

If onny poor naybor is sick or distressed,
Shoo sends what shoo can, an its allus her best;
An if onny young fowk chonce to fall i' disgrace,
They fly straight to her and they tell her ther case.

Shoo harkens,—an then in a motherly tone,
Sympathises as tho they were bairns ov her own;
Shoo shows 'em ther faults, an points aght th' best way,
To return to th' reight rooad, if they've wandered astray.

Soa kindly shoo tries to set tangled things straight,
Yo'd ommost goa wrang to let her set yo reight.
Shoo helps and consoles the poor, weary an worn,—
Shoo's an angel baght wings if one ivver wor born.

Shoo can join a mild frolic if fun's to be had,
For her principal joy is to see others glad;
Shoo's a jewel, an th' chap who can call her his own,
Has noa 'cashion to hunt for th' philosopher's stooan.

If failins shoo has, they're unknown unto me,—
Shoo's as near to perfection as mortal can be;—
To know shoo's net mine, does sometimes mak me sad;—
If shoo's thine,—then tha owt to be thankful, owd lad.

CONTRASTS.

IF yo've a fancy for a spree,
 Goa up to Lundun, same as me,
 Yo'll find ther's lots o' things to see,
   To pleeas yo weel.
If seein isn't quite enuff,
Yo needn't tew an waste yor puff,
To find some awkard sooarts o' stuff
   At yo can feel.

Yo'll nobbut need to set yor shoe
On some poleeceman's tender toa,—
A varry simple thing to do,—
   An wi a crack

Enuff to mak a deead man jump,
Daan comes his staff, an leeaves a lump,
An then he'll fling yo wi a bump,
　　　Flat o' yor back.

If signs o' riches suit yo best,
Yer een can easily be blest;
Or if yo seek for fowk distrest,
　　　They're easy fun,
Wi faces ommost worn to nowt,
An clooas at arn't worth a thowt,
Yet show ha long wi want they've fowt,
　　　Till fairly done.

Like a big ball it rolls along,
A nivver ending, changing throng,
Mixt up together, waik an strong,—
　　　An gooid an bad.
Virtues an vices side bi side,—
Poverty slinkin after pride,—
Wealth's waste, an want at's hard to bide,
　　　Some gay, some sad.

It ommost maks one have a daat,
(To see some strut, some crawl abaat,
One in a robe, one in a claat,)
　　　If all's just square.
It may be better soa to be,
But to a simpleton like me,
It's hard to mak sich things agree;
　　　It isn't fair.

TO MALLY.

IT'S long sin th' parson made us one,
　　　An yet it seems to me,
　　As we've gooan thrustin, toilin on,
　　　Time's made noa change i' thee.
Tha grummeld o' thi weddin day,—
　　Tha's nivver stopt it yet;
An aw expect tha'll growl away
　　Th' last bit o' breeath tha'll get.

Growl on, old lass, an ease thi mind!
　　It nivver troubles me;
Aw've proved 'at tha'rt booath true an kind,—
　　Ther's lots 'at's war nor thee.
An if tha's but a hooamly face,
　　Framed in a white starched cap,
Ther's nooan wod suit as weel i'th' place,—
　　Ther's nooan aw'd like to swap.

Soa aw'll contented jog along,—
　　It's th' wisest thing to do;
Aw've seldom need to use mi tongue,
　　Tha tawks enuff for two.
Tha cooks mi vittals, maks mi bed,
　　An finds me clooas to don;
An if to-day aw worn't wed,
　　Aw'd say to thee,—"Come on."

TH' STATE O' TH' POLL.

A NOP TICKLE ILLUSION.

SAL Sanguine wor a bonny lass,
　　Ov that yo may be sewer;
　Shoo had her trubbles tho', alas!
　　An th' biggest wor her yure.
Noa lass shoo knew as mich could spooart,
　　But oft shoo'd heeard it sed,
They thank'd ther stars they'd nowt o'th sooart,
　　It wor soa varry red.

Young fowk we know are seldom wise,—
　　Experience taiches wit;—
Some freeat 'coss th' color o' ther eyes
　　Is net as black as jet.
Wol others seem quite in a stew,
　　An can't tell whear to bide,
'Coss they've black een asteead o' blue,—
　　An twenty things beside.

Aw'm foorced to own Sal Sanguine's nop,
  It had a ruddy cast;
An once shoo heeard a silly fop,
  Say as he hurried past—
"There goes the girl I'd like to wed,—
  'Twould grant my heart's desire;
In spring pull carrots from her head,—
  In winter 'twould save fire."

Her cheeks wi' passion fairly burned,—
  Shoo made a fearful vow,
To have to some fresh color turned
  That yure upon her brow.
Shoo knew a chap 'at kept a shop,
  An dyed all sooarts o' things;
An off shoo went withaat a stop,
  As if shoo'd flown wi' wings.

Shoo fan him in, an tell'd her tale,
  An tears stood in her ee;
"Why, Sal," he sed, "few chap's wod fail
  If axt, to dye for thee.
What color could ta like it done?
  Aw'll pleeas thi if aw can;
We'st ha some bother aw'll be bun,
  But aw think aw know a plan."

"Why mak it black, lad, if tha can;
  Black's sewer to suit me best;
Aw dooant care if its black an tan,—
  Mi life's been sich a pest.
For tho' aw say 'at should'nt say't,
  Ther's lots noa better bred,
Curl up ther nooas an cut me straight,
  Becoss mi yure's soa red."

"Come on ageean to-morn at neet,
  Aw'll have all ready, lass;
An if aw connot do it reight
  Aw'll ax thi for noa brass."
Soa Sally skuttered hooam agean,
  An into bed shoo popt,
Her fowk wor capt what it could meean,
  For thear th' next day shoo stopt.

When th' evenin coom shoo up an dress'd,
  An off shoo went to th' place;
Shoo seem'd like some poor soul possess'd,
  Or one i' dire disgrace.
" Come here," sed th' chap, " all's ready nah,
  It's stewin here i'th' pan;
Aw'll dip thi heead,—hold,—steady nah!
  Just bide it if tha can."

Poor Sally skriked wi' all her might,
  But as all th' doors wor shut,
He nobbut sed, " nah lass, keep quiet,
  It weant do baght its wut.
To leearn mi trade, for twenty year,
  Throo morn to neet aw've toiled,
An know at nawther hanks nor heeads,
  Are weel dyed unless boiled.

But as tha'rt varry tender,
  An aw've takken th' job i' hand,
Aw'll try it rayther cooiler,—
  But then, th' color might'nt stand."
An for a while he swilled an slopt,
  Wol shoo wor ommost smoor'd;
An when he wrung it aght an stopt,
  He varry near wor floored.

For wol thrang workin wi' her yure,
  He'd been soa taen wi' th' case,
He'd nivver gein a thowt befooar,
  Abaat her neck an face.
But nah he saw his sad mistak,
  Yet net a word he sed;
Her skin wor all a deep blue black,
  Her yure, a dark braan red.

He gate her hooam sooin as he could,
  Shoo slyly slipt up stairs;
An chuckled to think ha shoo should
  Tak all th' fowk unawares.
Shoo slept that neet just like a top,
  Next morn shoo rose content,
Shoo rubb'd some tutty on her nop,
  An then daan stairs shoo went.

L

All th' childer screamed as if they'd fits,—
    Th' old fowk they stared like mad;—
"Nay, Sally! has ta lost thi wits?
    Or has ta seen th' Old Lad?"
Shoo smil'd an sed, "Well, what's to do?"
    "Gooid gracious! whear's ta been?
Thi face has turned a breet sky blue,
    Thi yure's a bottle green!"

Shoo flew to th' lukkin glass to see,
    An then her heart stood still;
"That villan sed 'he'd dee for me,'
    Aw'll swing for him, aw will!"
An then shoo set her daan o'th' flooar,
    As if her heart wod braik;
An th' childer gethered raand to rooar,
    But th' old fowk nivver spaik.

I' time her grief grew less, ov course,
    Shoo raased hersen at last;
Shoo weshed, an swill'd, but things lukt worse,
    For th' color still proved fast.
They sent a bobby after th' chap,
    He browt him in a crack;
Says he, "It's been a slight mishap,
    Aw've made a small mistak.

But just to prove aw meant noa ill,
    Mi offer, friends, is this;
If shoo'll consent to say ' I will,'
    Aw'll tak her as shoo is.
Tho' shoo luks black befooar we're wed,
    That's sewer to wear away;
Aw'd like to own her yure soa red,
    Until time turns it grey."

Says shoo, "awm feeard tha nobbut mocks,
    Tha'rt strivin to misleead."
"Nay lass," he sed, "aw've turned thy locks,
    But tha's fair turned my heead."
"Aw think yo'd better far agree,"
    Sed th' old fowk in a breeath;
"Will ta ha me?" "Will ta ha me?"
    "An nah we'll stick till deeath."

Sooin after that th' law made 'em one,
  An sin that time awm sewer;
He ne'er regretted th' job he'd done,
  Nor shoo her ruddy yure.
An when fowk ax'd her ha to get
  Sich joy as hers, shoo sed,
"If anxious for some gradely wit,
  Just goa an boil thi heead."

TRY A SMILE.

THIS world's full o' trubbles fowk say, but aw daat it,
    Yo'll find as mich pleasure as pain;
  Some grummel at times when they might do
      withaat it,
An oft withaat reason complain.
A fraan on a face nivver adds to its beauty,
  Then let us forget for a while
Theas small disappointments, an mak it a duty,
  To try the effect ov a smile.

Though the sun may be claaded he'll shine aght agean,
  If we nobbut have patience an wait,
An its sewer to luk breeter for th' shadda ther's been;
  Then let's banish all fooilish consait,
If we'd nivver noa sorrow joys on us wod pall,
  Soa awr hearts let us all reconcile
To tak things as they come, makkin th' best on 'em all,
  An cheer up a faint heart wi' a smile.

GROWIN OLD.

OLD age, aw can feel's creepin on,
    Aw've noa taste for what once made me glad;
  Mi love ov wild marlocks is gooan,
    An aw know awm noa longer a lad.
When aw luk back at th' mile stooans aw've pass'd,
  As aw've thowtlessly stroll'd o'er life's track,
Awm foorced to acknowledge at last,
  'At its mooastly been all a mistak.

Aw know aw can ne'er start agean,—
    An what's done aw can nivver undo,
All aw've gained has been simply to leearn
    Ha mi hooaps, one bi one's fallen throo.
When a lad, wi' moor follies nor brains,
    Aw thowt what awd do as a man;
An aw caanted mi profits an gains,
    As a lad full ov hooap only can.

An aw thowt when mi beard 'gan to grow,
    Aw could leead all this world in a string,
Yet it tuk but a few years to show
    'At aw couldn't do onny sich thing.
But aw tewd an aw fowt neet an day,
    An detarmined awd nivver give in,
Hooap still cheered me on wi' her ray,
    An awd faith 'at i'th' long run awst win.

A fortun aw felt wor for me,
    An joy seem'd i'th' grasp o' mi fist;
An aw laff'd as aw clutched it wi' glee,
    But someha or other it miss'd.
Still, aw pluckt up mi courage once moor,
    An aw struggled wi' might an wi' main,
But awd noa better luck nor befooar,
    An mi harvest wor sorrow an pain.

An nah, when mi best days are passed,
    An mi courage an strength are all spent;
Aw've to stand o' one side an at last,
    Wi' mi failures an falls rest content,
In this world some pleasures to win,
    Aw've been trubbled an tried an perplext,
An aw've thowtlessly rushed into sin,
    An ne'er cared for a treasure i'th' next.

As mi limbs get moor feeble an waik,
    An aw know sooin mi race will be run;
Mi heart ommost feels fit to braik,
    When aw think what aw've left all undone.
Nah, aw've nobbut th' fag end o' mi days
    To prepare for a world withaat end;
Soa its time aw wor changin mi ways,
    For ther's noa time like th' present to mend.

GOOID BYE, OLD LAD.

GE me thi hand, mi trusty friend,
  Mi own is all aw ha to gie thi;
Let friendship simmer on to th' end;—
  God bless thi! an gooid luck be wi' thi!

Aw prize thee just for what tha art;—
  Net for thi brass, thi clooas, or station;
But just becoss aw know thi heart,
  Finds honest worth an habitation.

Ther's monny a suit ov glossy black,
  Worn bi a chap 'at's nowt to back it:
Wol monny a true, kind heart may rack,
  Lapt in a tattered fushten jacket.

Ther's monny a smilin simperin knave,
  Wi' oppen hand will wish 'gooid morrow,'
'At wodn't gie a meg to save
  A luckless mate, or ease his sorrow.

Praichers an taichers seem to swarm,
  But sad to tell,—th' plain honest fact is,
They'd rayther bid yo shun all harm,
  Nor put ther taichin into practice.

But thee,—aw read thee like a book,—
  Aw judge thi booath bi word an action;
An th' mooar aw know, an th' mooar aw look,
  An th' mooar awm fill'd wi' satisfaction.

Soa once agean, Gooid bye, old lad!
  An till we meet agean, God bless thi!
May smilin fortun mak thi glad,
  An may noa ills o' life distress thi.

THAT DRABBLED BRAT.

GOA hooam,—tha little drabbled brat,
   Tha'll get thi deeath o' cold;
Whear does ta live? Just tell me that,
   Befooar aw start to scold.

Thart sypin weet,—dooant come near me!
   Tha luks hawf pined to deeath;
An what a cough tha has! dear me!
   It ommost taks thi breeath.

Them een's too big for thy wee face,—
   Thi curls are sad neglected;
Poor child! thine seems a woeful case,
   Noa wonder tha 'rt dejected.

Nah, can't ta tell me who tha art?
   Tha needn't think aw'll harm thi;
Here, tak this sixpence for a start,
   An find some place to warm thi.

Tha connot spaik;—thi een poor thing,
   Are filled wi' tears already;
Tha connot even start to sing,
   Thi voice is soa unsteady.

It isn't long tha'll ha to rooam,
   An sing thi simple ditty;
Tha doesn't seem to be at hooam,
   I' this big bustlin city.

It's hard to tell what's best to be
   When seets are soa distressin;
For to sich helpless bairns as thee,
   Deeath seems to be a blessin.

Some hear thi voice an pass thi by,
   An feel noa touch o' sorrow;
An, maybe, them at heave a sigh,
   Laff it away to-morrow.

For tha may sing, or sigh, or cry;
  Nay,—tha may dee if needs be;
An th' busy craads 'at hurries by,
  Streeams on an nivver heeds thee.

But ther is One, hears ivvery grooan,
  We needn't to remind Him;
An He'll net leeav thi all alooan;
  God give thee grace to find Him!

An may be send His angels daan,
  Thi feet throo dangers guidin;
Until He sets thee in His craan,—
  A gem, in light abidin.

SONG FOR TH' HARD TIMES, (1879.)

NAH chaps, pray dooant think it's a sarmon awm
            praichin,
      If aw tell yo some nooations at's entered mi
            pate;
For ther's nubdy should turn a cold shoulder to taichin,
  If th' moral be whoalsum an th' matter be reight.
We're goin throo a time o' bad trade an depression,
  An scoors o' poor crayturs we meet ivvery day,
'At show bi ther faces they've had a hard lesson:—
  That's a nooation aw had as aw went on mi way.

Aw couldn't but think as throo th' streets aw wor walkin,
  An lukt i' shop winders whear fin'ry's displayed,
If they're able to sell it we're fooils to keep tawkin,
  An liggin all th' blame on this slackness o' trade.
Tho times may be hard, yet ther's wealth, aye, an plenty,
  An if fowk do ther duty aw'll venter to say,
Ther's noa reason a honest man's plate should be
            empty:—
  That's a nooation aw had as aw went on mi way.

When it's freezin an snowin, an cold winds are blowin,
  Aw see childer hawf covered wi two or three rags;
As they huddle together to shelter throo th' weather,
  An think thersen lucky to find some dry flags;

Wol others i' carriages, gay wi fine paintin,
  Lapt up i' warm furs, they goa dashin away;
Do they think o' them poor little childer at's faintin ?—
  That's a nooation aw had as aw went on mi way.

All honor to them who have proved thersen willin,
  To help the unfortunate ones from their stooar;
An if freely bestowed, be it pence, pound, or shillin,
  They shall nivver regret what they've given to th' poor.
An if we all do what we can for our naybor,
  We shall sooin drive this bitter starvation away;
Till th' time when gooid wages reward honest labor :—
  That's a nooation aw had as aw went on mi way.

But theas trubbles an trials may yet prove a blessin,
  If when th' sun shines agean we all strive to mak hay;
An be careful to waste nowt o' drinkin an dressin,
  But aght ov fair wages put summat away.
When adversity's claad agean hangs o'er the nation,
  We can wait for th' return ov prosperity's ray;
An noa mooar find awr land i' this sad situation :—
  That's a nooation aw had as aw went on mi way.

An ther's one matter mooar, at aw cannot but mention,
  For it points aght a moral at shouldn't be missed;
Can't yo see ha they use ivvery aid an invention,
  To grind daan yor wage when yo cannot resist.
If yo strike, they dooant care, for yor foorced to knock
      under,
  Yor net able to live if they stop off yer pay;
Will it bring workin men to ther senses aw wonder ?—
  That's a nooation aw had as aw went on mi way.

Some are lukkin for help from this chap or tother,
  An pinnin ther faith on pet parliament men;
But to feight ther own battles finds them lots o' bother,
  An if help's what yo want yo mun luk to yorsen.
If we're blessed wi gooid health, an have brains, booans,
      an muscle,
  An keep a brave heart, we shall yet win the fray;
An be wiser an stronger for havin this tussle :—
  That's a nooation held then, an it holds to this day.

———

STIR THI LASS!

COME lassie be stirrin, for th' lark's up ith' lift,
    An th' dew drops are hastin away;
    An th' mist oth' hillside is beginnin to shift,
        An th' flaars have all wakkened for th' day.
Tha promised to meet me beside this thorn tree,
An darlin, thi sweet face awm langing to see;
When tha arn't here ther's noa beauty for me;
        Soa stir thi lass, stir thi,
        Or else awst come for thi,
For tha knows what tha tell'd me last neet tha wod be.

Come lassie be stirrin, awm here all alooan;
    Tha'rt sewerly net slumb'rin still;
Th' lark's finished his tune an th' dewdrops have gooan,
    An th' mist's rolled away ovver th' hill.
Net a wink have aw slept sin aw ieft thee last neet,
Lukkin forrad to th' time when tha sed we should meet;
But it's past, an mi sweetheart is still aght oth' seet;
        But its cappin, lass, cappin,
        'At tha should be nappin,
When tha knows what tha promised at th' end o' awr
      street.

Awm weary o' waitin, aw'll off to mi wark,
    Awst be bated a quarter,—that's flat;—
If tha's nobbut been fooilin me just for a lark,
    Tha may find thi mistak when to lat.
Aw wanted to mak thi mi wife, for aw thowt,
Tha'd prove thisen just sich a mate as aw sowt;
But it seems tha'rt a false-hearted, young good-for-nowt!
        But aw see thi, lass, see thi!
        God bless thi! forgie me!
For tha'rt truer an fairer an dearer nor owt.

TOTHER DAY.

A S awm sittin enjoyin mi pipe,
    An tooastin mi shins beside th' hob,
    Aw find ther's a harvest quite ripe,
      O' thowts stoored away i' mi nob.
An aw see things as plainly to-neet,
    'At long years ago vanished away,—
As if they'd but just left mi seet,
        Tother day.

Aw remember mi pranks when at schooil,
    When mischievous tricks kept me soa thrang;
An mi maister declared me a fooil,—
    An maybe, he wor net soa far wrang.
Ha mi lessons awd skip throo, or miss,
    To give me mooar chonces for play;
An aw fancy aw went throo all this,
        Tother day.

Aw remember mi coortin days too,—
    What a felly aw fancied misen;
An aw swore at mi sweetheart wor true,—
    For mi faith knew noa falterin then.
Aw remember ha jealous an mad,
    Aw felt, when shoo turned me away,
An left a poor heartbrokken lad,
        Tother day.

Aw remember when hung o' mi arm,
    To th' church went mi blushin' young bride;
Ha aw glooated o'er ivvery charm,
    An swell'd like a frog i' mi pride.
An th' world seem'd a fooitball to me,
    To kick when inclined for a play;
An life wor a jolly gooid spree,—
        Tother day.

Aw remember mi day dreeams o' fame,
    An aw reckoned what wealth aw should win
But alas! aw confess to mi shame,—
    Aw leeav off whear aw thowt to begin.

Mi chief joy is to dreeam o' what's pass'd,
For mi future, one hope sheds its ray,
An awm driftin along varry fast,
To that day.

HAPPY SAM'S SONG.

VARRY monny years ago, when this world wor rather
young,
A varry wicked sarpent, wi' a varry oily tongue,
Whispered summat varry nowty into Mistress
Adam's ear ;
An shoo pluckt a little apple 'at soa temptingly hung near.
Then shoo ait this dainty fruit shoo'd been tell'd shoo
mudn't touch,
An shoo gave some to her husband, but it wornt varry
much :—
But sin that fatal day, he wor tell'd, soa it wor sed,
'At henceforth wi' a sweeaty broo, he'd have to earn his
breead.
An all awr lords an princes, an ladies great an grand,
Have all sprung off that common stock a laborer i' the
land ;
Soa aw think ther airs an graces are little but a sham,
An aw wodn't change 'em places wi' hardworkin, Happy
Sam.

Awm contented wi' mi share,
Rough an ready tho' mi fare,
An aw strive to do mi duty to mi naybor ;
If yo wonder who aw am,
Well,—mi name is Happy Sam ;
Awm a member ov the multitude who labor.

When aw've worked throo morn to neet for a varry little
brass,
Yet a smilin welcome greets me from mi buxom, bonny
lass ;
An two tiny little toddles come to meet me at mi door,
An they think noa less ov daddy's kiss becoss that
daddy's poor ;

An as aw sit to smook mi pipe, mi treasures on mi knee ;
Aw think ther's net a man alive 'at's hawf as rich as me;
Aw wodn't change mi station wi' a king upon his throne,
For ivvery joy araand me, honest labor's made mi own.
An we owe noa man a penny 'at we're net prepared to
      pay,
An we're tryin hard to save a bit agean a rainy day.
Soa aw cry a fig for care! Awm contented as aw am,—
An bless the fate 'at made me plain, hardworkin, Happy
      Sam.

Awm contented wi' mi share,
Rough an ready tho' mi fare,
An aw strive to do mi duty to mi naybor ;
If yo wonder who aw am,
Well, mi name is Happy Sam,
Awm a member ov the multitude who labor.

GRADELY WEEL OFF.

DRAW thi cheer nigher th' foir, put th' knittin away,
    Put thi tooas up o'th' fender to warm :
      We've booath wrought enuff, aw should think, for
      a day,
An a rest willn't do us mich harm.
Awr lot's been a rough en, an tho' we've grown old,
    We shall have to toil on to its end ;
An altho' we can booast nawther silver nor gold,
    Yet we ne'er stood i'th' want ov a Friend.

Soa cheer up, old lass,
Altho' we've grown grey,
An we havn't mich brass,
Still awr hearts can be gay:
For we've health an contentment an soa we can say,
'At we're gradely weel off after all.

As aw coom ovver th' moor, a fine carriage went by,
    An th' young squire wor sittin inside ;
An wol makkin mi manners aw smothered a sigh,
    As for th' furst time aw saw his young bride.

Shoo wor white as a sheet, an soa sickly an sad,
  Wol aw could'nt but pity his lot;
Thinks aw, old an grey, yet awm richer to-day,
  For aw've health an content i' mi cot.
         Soa cheer up, old lass, &c.

Gie me th' pipe off o'th' hob, an aw'll tak an odd whiff,
  For aw raillee feel thankful to-neet;
An altho' mi booans wark, an mi joints are all stiff,
  Yet awm able to keep mi heart leet.
If we've had a fair share ov th' world's trubble an care,
  We mun nivver forget i' times past,
Ther wor allus one Friend, His help ready to lend,
  An He'll nivver forsake us at last.
         Soa cheer up, old lass, &c.

Tho' we've noa pew at th' church, an we sit whear we
       can,
. An th' sarmon we dooant understand;
An th' sarvice is all ov a new fangled plan,
  An th' mewsic's suppooased to be grand,—
We can lift up awr hearts when we come hooam at neet,
  As we sing th' old psalms ovver agean;
An tho' old crackt voices dooant saand varry sweet,
  He knows varry weel what we mean.

      Soa cheer up, old lass,
        Altho' we've grown grey,
     An we havn't mich brass,
        Still awr hearts can be gay;
For we've health an contentment, an soa we can say,
    'At we're gradely weel off after all.

IS IT REIGHT?

AWM noa radical, liberal nor toory,
    Awm a plain spokken, hard-workin man;
  Aw cooart nawther fame, wealth nor glory,
    But try to do th' best 'at aw can.
  But when them who hold lofty positions,
    Are unmindful of all but thersen,—

An aw know under what hard conditions,
   Thaasands struggle to prove thersen men,
It sets me a thinkin an thinkin,
   Ther's summat 'at wants setting reight;
An wol th' wealthy all seem to be winkin,
   Leeavin poor fowk to wonder an wait,—
Is it cappin to find one's hooap sickens?
   Or at workers should join in a strike?
When they see at distress daily thickens,
   Till despairin turns into dislike?
Is it strange they should feel discontented,
   An repine at ther comfortless lot,
When they see lux'ry rife in the mansion,
   An starvation at th' door ov the cot?
Is it reight 'at theas hard-handed workers
   Should wear aght ther life day bi day,
An find 'at th' reward for ther labors
   Is ten per cent knockt off ther pay?
But we're tell'd 'at we owt to be thankful
   If we've plenty to ait an to drink;
An its sinful to question one's betters,—
   We wor sent here to work, net to think.
Then lets try to appear quite contented,
   For this maathful o' summat to ait;
Its for what us poor fowk wor invented,—
   But awm blowed if aw think at its reight.

A YORKSHER BITE.

BLESS all them bonny lasses,
   I' Yorksher born an bred!
Ther beauty nooan surpasses,
   Complete i'th' heart an th' heead.
An th' lads,—tho aw've seen monny lands,
   Ther equal aw ne'er met;
For honest hearts an willin hands,
   They nivver can be bet.
Aw nivver hold mi heead soa heigh,
   Or feel sich true delight,
As when fowk point me aght an say,
   "Thear gooas a Yorksher Bite."

LILY'S GOOAN.

"WELL, Robert! what's th' matter? nah mun,
Aw see 'at ther's summat nooan swect;
Thi een luk as red as a sun—
Aw saw that across th' width of a street.
Aw hooap 'at yor Lily's noa war—
Surelee—th' little thing isn't deead?
Tha wod rooar, aw think, if tha dar—
What means ta bi shakin thi heead?
Well, aw see bi thi sorrowful e'e
'At shoo's gooan, an aw'm sooary, but yet,
When youngens like her hap to dee,
They miss troubles 'at some live to hit.
Tha mun try an put up wi' thi loss,
Tha's been praad o' that child, aw mun say;
But give ovver freeatin, becoss
It's for th' best if shoo's been taen away."
"A'a! Daniel, it's easy for thee
To talk soa, becoss th' loss is'nt thine;
But its ommost a deeath-blow to me,
Shoo wor prized moor nor owt else 'at's mine.
An when aw bethink me shoo's gooan,
Mi feelins noa mortal can tell;
Mi heart sinks wi' th' weight ov a stooan,
An aw'm capped 'at aw'm livin misel.
Aw shall think on it wor aw to live
To be th' age o' Methusla or mooar;
Tho' shoo sed 'at aw had'nt to grieve,
We should booath meet agean, shoo wor sure.
An when shoo'd been dreamin one day,
Shoo sed shoo could hear th' angels call,
But shoo could'nt for th' life goa away
Till they call'd for her daddy an all.
An as sooin as aw coom throo mi wark,
Shoo'd ha me to sit bi her bed;
An thear aw've watched haars i'th' dark,
An listened to all 'at shoo's sed;
Shoo's repeated all th' pieces shoo's learnt,
When shoo's been ov a Sundy to th' schooil,
An ax'd me what diff'rent things meant,
Wol aw felt aw wor nobbut a fooil.
An when aw've been gloomy an sad,

Shoo's smiled an taen hold o' mi hand,
An whispered, 'yo munnot freeat, dad;
Aw'm gooin to a happier land;
An aw'll tell Jesus when aw get thear,
'At aw've left yo here waitin His call;
An He'll find yo a place, nivver fear,
For ther's room up i' heaven for all.'
An this mornin, when watchin th' sun rise,
Shoo sed, 'daddy, come nearer to me,
Ther's a mist comin ovver mi eyes,
An aw find at aw hardly can see.—
Gooid bye!—kiss yor Lily agean,—
Let me pillow mi heead o' yor breast!
Aw feel nah aw'm freed throo mi pain;'
Then Lily shoo went to her rest."

LOST LOVE.

SHOO wor a bonny, bonny lass,
    Her een as black as sloas;
    Her hair a flyin thunner claad,
    Her cheeks a blowin rooas;
Her smile coom like a sunny gleam
    Her cherry lips to curl;
Her voice wor like a murm'rin stream
    'At flowed through banks o' pearl.

        Aw long'd to claim her for mi own,
            But nah mi love is crost;
        An aw mun wander on alooan,
            An mourn for her aw've lost.

Aw couldn't ax her to be mine,
    Wi poverty at th' door:
Aw nivver thowt breet een could shine
    Wi love for one soa poor;
But nah ther's summat i' mi breast,
    Tells me aw miss'd mi way:
An lost that lass aw loved the best
    Throo fear shoo'd say me nay.
        Aw long'd to claim her for, &c.

Aw saunter'd raand her cot at morn,
  An oft i'th' dark o'th' neet;
Aw've knelt mi daan i'th' loin to find
  Prints ov her tiny feet:
An under th' winder, like a thief,
  Aw've crept to hear her spaik,
An then aw've hurried hooam agean
  For fear mi heart ud braik.
        Aw long'd to claim her for, &c.

Another bolder nor misen,
  Has robb'd me o' mi dear;
An nah aw ne'er may share her joy,
  An ne'er may dry her tear.
But though aw'm heartsick, lone, an sad,
  An though hope's star is set,
To know shoo's lov'd as aw'd ha lov'd
  Wod mak me happy yet.
        Aw long'd to claim her for mi own, &c.

WHAT AW WANT.

GIE me a little humble cot,
    A bit o' garden graand,
  Set in some quiet an sheltered spot,
    Wi hills an trees all raand;

An if besides mi hooam ther flows
    A little murmurin rill,
  'At sings sweet music as it gooas,
    Awst like it better still.

Gie me a wife 'at loves me weel,
    An childer two or three;
  Wi health to sweeten ivvery meal,
    An hearts brimful o' glee.

Gie me a chonce, wi honest toil
    Mi efforts to engage;
  Gie me a maister who can smile
    When forkin aght mi wage.

M

Gie me a friend at aw can trust,
  An tell mi saycrets to;
One tender-hearted, firm an just,
  Who sticks to what is true.

Gie me a pipe to smook at neet,—
  A pint o' hooam-brew'd ale,—
A faithful dog at runs to meet
  Me, wi a waggin tail.

A cat to purr o'th' fender rims,
  To freeten th' mice away;
A cosy bed to rest mi limbs
  Throo neet to commin day.

Gie me all this, an aw shall be
  Content, withaat a daat;
But if denied, then let me be
  Content to live withaat.

For 'tisn't th' wealth one may possess
  Can purchase pleasures true;
For he's th' best chonce o' happiness,
  Whose wants are small an few.

LATTER WIT.

AWM sittin o' that old stooan seeat,
  Wheear last aw set wi' thee;
It seems long years sin' last we met,
  Awm sure it must be three.

Awm wond'rin what aw sed or did,
  Or what aw left undone:
'At made thi hook it, an get wed,
  To one tha used to shun.

Aw dooant say awm a handsom chap,
  Becoss aw know awm net;
But if aw wor i'th' mind to change,
  He isn't th' chap, aw'll bet.

Awm net a scoller, but aw know
  A long chawk mooar ner him;
It couldn't be his knowledge box
  'At made thi change thi whim.

He doesn't haddle as mich brass
  As aw do ivvery wick:
An if he gets a gradely shop,
  It's seldom he can stick.

An then agean,—he goes on th' rant;
  Nah, that aw nivver do;—
Aw allus mak misen content,
  Wi' an odd pint or two.

His brother is a lazy lout,—
  His sister's nooan too gooid,—
Ther's net a daycent 'en i'th' bunch,—
  Vice seems to run i'th' blooid.

An yet th'art happy,—soa they say,
  That caps me mooar ner owt!
Tha taks a deal less suitin, lass,
  Nor ivver awst ha' thowt.

Aw saw yo walkin aat one nect,
  Befooar yo'd getten wed;
Aw guess'd what he wor tawkin, tho'
  Aw dooant know what he sed.

But he'd his arm araand thi waist,
  And tho' thi face wor hid,
Aw'll swear aw saw him kuss thi:—
  That's what *aw* nivver did.

Aw thowt tha'd order him away,
  An mak a fearful row;
But tha nivver tuk noa nooatice,
  Just as if tha didn't know.

Awm hawf inclined to think sometimes,
  Aw've been a trifle soft;
Aw happen should a' dun't misen?
  Aw've lang'd to do it oft.

Tha'rt lost to me, but if a chonce
  Should turn up by-an-by;
If aw get seck'd aw'll bet me booits,
  That isn't t' reason why.

A MILLIONAIRE.

AW wodn't gie a penny piece
    To be a millionaire,
  For him 'at's little cattle, is
    The chap wi' little care.
Jewels may flash o'er achin broos,
  An silken robes may hide
Bosoms all fair to look upon,
  Whear braikin hearts abide.

Gie me enuff for daily needs,
  An just a bit to spend;
Enuff to pay mi honest way,
  An help a strugglin friend.
Aw'll be contented if aw keep
  The wolf from off mi door;
Aw'll envy nubdy o' ther brass,
  An nivver dream awm poor.

Dewdrops 'at shine i'th' early morn
  Are diamons for me.
An jewels glint i' ivvery tint,
  On th' hill or daan i'th' lea.
My sweet musicianers are burds
  At tune their joyous lay,
Araand mi cottage winder,
  An nivver strike for pay.

Aw lang for noa fine carriages
  To drag me raand about!
Shanks galloway my purpose fits
  Far better, beyond daat.
An when at times aw weary grow,
  An fain wod have a rest;
Aw toddle hooam an goa to bed,—
  That allus answers best.

"Insomnia;" ne'er bothers me,—
  It's tother way abaght;
Aw sleep throo tummelin into bed,
  Wol th' time to tummel aght.
Aw nivver want a "pick-me-up,"
  To tempt mi appetite;
Aw ait what's set anent me,
  An aw relish ivvery bite.

What pleasure has a millionaire
  'At aw've net one to match?
Awd show 'em awm best off o'th' two,
  If they'd come up to th' scratch.
Ov one thing aw feel sartin sewer,
  They've mooar nor me to bear;
Yo bet! its net all "Lavender,"
  To be a millionaire.

MI FAYTHER'S PIPE.

AW'VE a treasure yo'd laff if yo saw,
  But its mem'ries are dear to mi heart;
For aw've oft seen it stuck in a jaw,
  Whear it seem'd to form ommost a part.
Its net worth a hawpny, aw know,
  But its given mooar pleasure maybe,
Nor some things at mak far mooar show,
  An yo can't guess its vally to me.

Mi fayther wor fond ov his pipe,
  An this wor his favorite clay;
An if mi ideas wor ripe,
  Awd enshrine it ith' folds ov a lay;
But words allus fail to express
  What aw think when aw see its old face;
For aw know th' world holds one friend the less,
  An mi hearth has one mooar vacant place.

Ov trubbles his life had its share,
  But he kept all his griefs to hissen;
Tho aw've oft seen his brow knit wi care,
  Wol he tried to crack jooaks nah an then.
But one comfort he'd ivver i' stooar,
  An he'd creep to his favorite nook,
An seizin his old pipe once mooar,
  All his trubbles would vanish i' smook.

If his fare should be roughish or scant,
  He nivver repined at his lot;
He seem'd to have all he could want,
  If he knew he'd some bacca ith' pot.
An he'd fill up this little black clay,
  An as th' reek curled away o'er his heead,
Ivvery trace ov his sorrow gave way,
  An a smile used to dwell thear asteead.

He grew waiker as years rolled along,
  An his e'esect an hearin gave way;
An his limbs at had once been soa strong,
  Grew shakier day after day.
Yet his heart nivver seem'd to grow old,
  Tho life's harvest had long been past ripe
For his ailments wor allus consoled,
  When he'd getten a whiff ov his pipe.

Aw'll keep it as long as aw can,
  For its all aw've been able to save,
To bind mi heart still to th' old man,
  At's moulderin away in his grave.
He'd noa strikin virtues to booast,
  Noa vices for th' world to condemn;
To be upright an honest an just,
  In his lifetime he ne'er forgate them.

As a fayther, kind, patient and true,
  His mem'ry will allus be dear;
For he acted soa far as he knew,
  For th' best to all th' fowk he coom near.
An aw ne'er see this blackened old clay,
  But aw find mi een dimmed wi a tear;
An aw ne'er put th' old relic away
  But aw wish mi old fayther wor here.

LET TH' LASSES ALOOAN!

WHAT a lot ov advice ther is wasted;—
  What praichin is all thrown away;—
  Young fowk lang for pleasures untasted,
  An its little they'll heed what yo say.
Old fowk may have wisdom i' plenty,
  But they're apt to forget just one thing;
What suits sixty will hardly fit twenty,
  An youth ivver will have its fling.

———

Old Jenny sat silently freeatin,—
  Sed Alec, "Pray lass, what's to do?"
But his old wife went on wi her knittin,
  As if shoo'd a task to get throo.
Then shoo tuk off her specs, and sed sadly,
  "Awm capt ha blind some fowk can be;
Ther's reason for me lukkin badly,
  But nowt maks a difference to thee.

Ther's awr Reuben, he's hardly turned twenty,
  An awr Jim isn't nineteen wol May;—
Aw provide for em gooid things i plenty,
  An ne'er a wrang word to em say;
But they've noa sooiner swoller'd ther drinkin,
  Nor they're don'd, an away off they've gooan,
An awm feared,—for aw connot help thinkin,
  At they dunnot let th' lasses alooan.

Ther's that forrad young hussy, Sal Sankey,
  Awm thankful shoo's noa child o' mine:—
When awr Reuben's abaat shoo's fair cranky;—
  An shoo's don'd like some grand lady fine.
An Reuben's soa soft he can't see it,
  An aw mud as weel praich to a stooan,
He does nowt but grin when aw tell him,
  To mind, an let th' lasses alooan.

Awr Jim follers Reuben's example,
  He hasn't a morsel o' wit!
An yond lass o' Braans,—shoo's a sample
  Ov a gigglin, young impitent chit.

An he'd cheek to tell me shoo wor bonny,—
    One like her!!—Why, shoo's just skin an booan;—
Awd have better nor her if awd onny,
    But he'd better let th' lasses alooan.

All th' four went to th' meetin last Sundy,—
    Aw dursn't think what they'll do next;
An ther wornt one on em at Mundy
    Could tell what th' chap tuk for his text.
Tha may laff, like a child at a bubble,
    But thi laff may yet end in a grooan;
For they're sartin to get into trubble,
    If they dunnot let th' lasses alooan."

"Aw connot help laffin, old beauty!
    Tho' aw know at tha meeans to do reight;
Tha's nivver neglected thi duty,
    An tha's kept thi lads honest an straight.
Just think ha ther father behaved when
    He met thee i'th' days at are gooan;
Tha knows ha aw beg'd, an aw slaved, then
    To win th' lass at aw ne'er let alooan.

Aw've nivver regretted that mornin,
    When aw made thi mi bonny young bride,
An although we're nah past life's turnin,
    We still jog along, side bi side.
We've shared i' booath pleasures an bothers,
    An ther's noa reason why we should mooan;
An its folly to try to stop others,
    For lads willn't let th' lasses alooan."

A BREET PROSPECT.

AS aw passed Wit'orth chapel 'twor just five o'clock,
　Aw'd mi can full o' teah, an a bundle o' jock;
　An aw thowt th' bit o' bacca aw puffed on mi way
　Wor sweeter nor ivver aw'd known it that day.
　　　An th' burds sang soa sweetly,
　　　An th' sun shone soa breetly,
An th' trees lukt soa green;—it wor th' furst day i' May.

Aw wor lazy that mornin, an could'nt help thinkin,
As aw'd getten booath braikfast, an dinner, an drinkin,
An bacca, an matches,—'at just a odd day
For a stroll, could'nt braik monny squares onnyway,
　　　But it tuk me noa little,
　　　To screw up mi mettle,
For if th' wife gate to know aw'd a guess what shoo'd say.

Soa aw thowt aw'll let wark goa to pot for a bit,
Its net once i'th' year 'at aw get sich a treeat;
But aw'll have a day aght just bi th' way ov a change,
For aw've moped i' yond miln wol aw raylee feel strange:
　　　For mi heead's full o'th' whirlin,
　　　O'th' twistin an twirlin;—
Mun aw'm feeard aw'st goa crackt if aw've nivver a
　change.

Then aw thowt o' mi wife an mi childer at hooam,
An says aw, aw shall loise a day's wage if aw rooam;
Green fields an wild flaars wor ne'er meant for me,
Aw mun tew ivvery day wol mi time comes to dee;
　　　An then fowk 'll mutter,
　　　As aw'm tossed into th' gutter,
" It's nobbut a wayver;—oh, fiddle-de-dee!"

MISSIN YOR WAY.

IT wor dark an mi way wor across a wild mooar,
   An noa signs could aw find ov a track,
'Twor a place whear aw nivver had rambled befooar;
   An aw eearnestly wished misen back.
As aw went on an on mooar uneven it grew,
   An farther mi feet seem'd to stray,
When a chap made me start, as he shaated " Halloa!
   Maister, yor missin yor way!"

Wi' his help aw contrived to land safely back hooam,
   An aw thowt as o'th' hearthstun aw set,
What a blessin 'twod be if when other fowk rooam,
   They should meet sich a friend as aw'd met.
An aw sat daan to write just theas words ov advice,
   Soa read 'em young Yorksher fowk, pray;
An aw'st think for mi trubble aw'm paid a rare price,
   If aw've saved one throo missin ther way.

Yo lads 'at's but latly begun to wear hats,
   An fancy yor varry big men;
Yo may fancy yor sharps when yor nowt nobbut flats,—
   Be advised an tak care o' yorsen.
Shun that gin palace door as yo'd shun a wild beast,
   Nivver heed what yor comrades may say,
Tho' they call yo a fooil, an they mak yo ther jest,
   Stand stedfast,—they're missin ther way.

Shun them lasses, (God help 'em!) 'at wander throo th'
      streets,
   An cut sich a dash an a swell,—
Who simper an smirk at each chap 'at they meet,
   Flingin baits to drag victims to Hell.
They may laff, they may shaat, they may join in a dance,
   They may spooart ther fine clooas an seem gay;
But ther's sorrow within,—yo may see at a glance,—
   Poor crayturs! they're missin ther way.

Luk at yond,—but a child,—what's shoo dooin thear?
   Shoo sewerly is innocent yet?
Her face isn't brazen,—an see, ther's a tear
   In her ee an her cheeks are booath wet.

They are tears ov despair, for altho' shoo's soa young,
  Shoo has sunk deep i' sin to obtain
Fine feathers an trinkets, an nah her heart's wrung
  Wi' remorse, an shoo weeps wi' her pain.

But shoo's gooin away,—let us follo an see
  Whear her journey soa hurried can tend;
Some danger it may be shoo's tryin to flee,
  Or maybe shoo's i' search ov a friend.
Her hooam, once soa happy, shoo durs'nt goa thear,
  For shoo's fill'd it wi' sorrow an grief;
An shoo turns her een upward, as if wi' a fear,
  Even Heaven can give noa relief.

Nah shoo's takken a turn, an we've lost her,—but Hark!
  What's that cry?   It's a cry o' distress!
An o'th' bridge we discover when gropin i'th' dark,
  A crushed bonnet, a mantle an dress.
An thear shines the river, soa quiet an still,
  O'er its bed soa uncertain an deep;
Can it be? sich a thowt maks one's blooid to run chill,—
  Has that lass gooan for ivver to sleep?

Alas! soa it is.   For shoo's takken a bound,
  An rashly Life's river shoo's crost ;
An th' wind seems to whisper wi' sorrowful sound,
  " Lost,—lost,—another one lost !"
O, lads, an O, lasses! tak warnin i' time,
  Shun theas traps set bi Satan, whose bait
May seem temptin; beware! they're but first steps to
      crime,
  Act to-day,—lest to-morrow's too late.

HEATHER BELLS.

YE little flowrets, wild an free,
    Yo're welcome, aye as onny!
  Ther's but few seets 'at meet mi ee
    'At ivver seem as bonny.

Th' furst gift 'at Lizzie gave to me,
　Wor a bunch o' bloomin heather,
Shoo pluckt it off o'th' edge o'th' lea,
　Whear we'd been set together.

An when shoo put it i' mi hand,
　A silent tear wor wellin
Within her ee;—it fell to th' graand,
　A doleful stooary tellin.
"It is a little gift," shoo sed,
　"An sooin will fade an wither,
Yet, still, befooar its bloom is shed,
　We two mun pairt for ivver."

I tried to cheer her trubbled mind,
　Wi' tender words endearin;
An raand her neck mi arms entwined,
　But grief her breast wor tearin.
"Why should mi parents sell for gold,
　Ther dowter's life-long pleasure?
Noa charm 'at riches can unfold,
　Can match a true love's treasure."

"But still, aw mun obey ther will,—
　It isn't reight to thwart it;
But mi heart's love clings to thee still,
　An nowt but deeath can part it,
Forgie me if aw cause a pang,—
　Aw'll love thee as a brother,—
Mi heart is thine, an oh! its wrang,
　Mi hand to give another."

"Think on me when theas fields grow bare,
　An cold winds kill the flowers,
Ov bitterness they have a share;
　Their lot is like to awrs.
An if aw'm doomed to pine away,
　Wi' pleasure's cup untasted,
Just drop a tear aboon the clay,
　'At hides a young life wasted."

"Why should awr lot soa bitter be,
　Theas burds 'at sing together,
When storms are commin off they flee,
　To lands ov sunny weather?

An nah, when trubbles threaten thee
  What should prevent thee gooin,
An linkin on thi fate wi' me,
  Withaat thi parents knowin ?"

Tha knows my love is soa sincere,
  Noa risk can mak it falter,
Soa put aside all daat an fear,
  An goa wi' me to th' altar
I' one month's time my wife tha'll be,—
  Or less if tha'll but shorten it."
" Well then," says Lizzy, " aw'll agree,
  Tha'st have me in a fortnit."

Shoo laft an cried,—aw laft as weel,
  Aw feear'd shoo did'nt meean it ;
But Lizzie proved as true as steel,—
  Her fowk sed nowt ageean it.
An who that wealthy chap could be,
  Aw nivver shall detarmin,
For if aw ax shoo glints wi' glee,
  An says, " Thee mind thi farmin."

An soa aw till mi bit o' graand,
  An oft when aght together,
I'th' cooil o'th' day we saunter raand
  An pluck a sprig o' heather.
Soa sweethearts nooat theas simple facts,
  An trust i' one another ;
A lass i' love ne'er stops to ax,
  Her fayther or her mother.

A LUCKY DOG.

THA'RT a rough en ;—aye tha art,—an aw'll bet
  Just as ready. Tha ne'er lived as a pet,
      Aw can tell.
  Ther's noa mistress weshed thi skin, cooam'd thi
      heead ;
Net mich pettin ; kicks an cuffins oft asteead,
      Like mysel.

Tha'rt noa beauty;—nivver wor;—nivver will;
Ther's lots like thee amang men,—but then still,
    Sich is fate;
An its fooilish for to be discontent
At a thing we've noa paar to prevent,
    That's true mate.

Why tha's foller'd one like me aw cant tell;
If tha'rt seekin better luck,—its a sell,
    As tha'll find;
Nay, tha needn't twitch thi tail aght o' seet,
Aw'll nooan hurt thi, tho' aw own tha'rt a freet.
    Nivver mind.

Here's mi supper, an aw'll spare thee a part,—
Gently, pincher! Tak thi time. Here tha art;
    That's thy share.
Are ta chooakin? Sarve thi reight! Tak thi time!
Why it's wasted, owt 'at's gien thee 'at's prime.
    Aw declare.

Are ta lukkin for some mooar? Tha's a cheek
Tha mud nivver had a taste for a week,
    Tha'rt soa small;
Aw've net tasted sin this nooin,—soa tha knows!
Thi maath watters,—awm a fooil,—but here gooas,
    Tak it all.

Tha luks hungry even yet,—aw believe
Tha'd caar thear as long as awd owt to give,
    But it's done.
Are ta lost? Aw'll tell thi what tha'd best do
Draand thisen! or let's toss up which o'th' two,
    Just for fun.

Come, heead or tail? If its heead then its thee,
But net furst time,—we'll have two aght o' three,—
    One to me.
Nah, it's tail,—one an one,—fairly tost,—
If its tail a second time, then aw've lost;
    Two to thee.

Soa it's sattled, an tha's won;—aw've to dee,
But aw think it weant meean mich to thee
    If aw duff;
For if awm poor, life is still sweet to all,
Deeath's walkin raand, he's pratty sewer to call,
    Sooin enuff.

Aw'll toss noa moor, awm aght o' luck to neet,
Aw'll goa to bed, an tha can sleep baght leet
    Aw expect.
If tha'd ha lost, as sewer as here's a clog,
Tha'd had to draand, but thart a lucky dog,
    Recollect.

MY DOCTRINE.

AW wodn't care to live at all,
    Unless aw could be jolly!
Let sanctimonious skinflints call
    All recreation folly.

Aw still believe this world wor made
    For fowk to have some fun in;
An net for everlastin trade,
    An avarice an cunnin.

Aw dooant believe a chap should be
    At th' grinnel stooan for ivver;
Ther's sewerly sometime for a spree,
    An better lat nor nivver.

It's weel enuff for fowk to praich
    An praise up self denial;
But them 'at's forradest to praich,
    Dooant put it oft to trial.

They'd rayther show a thaasand fowk
    A way, an point 'em to it;
Nor act as guides an stop ther tawk,
    An try thersens to do it.

Aw think this world wor made for me,
  Net me for th' world's enjoyment;
An to mak th' best ov all aw see
  Will find me full employment.

" My race," they say, " is nearly run,
  It mightn't last a minnit;"
But if ther's pleasure to be fun,
  Yo bet yor booits awm in it.

Aw wodn't care to live at all,
  Weighed daan wi' melancholy;
My doctrine is, goa in for all,
  'At helps to mak life jolly.

THAT LASS.

AWM nobbut a poor workin man,
  An mi wage leeavs me little to spare;
But aw strive to do th' best 'at aw can,
  An tho' poor, yet aw nivver despair.
'At aw live bi hard wark is mi booast,
  Tho' mi clooas may be shabby an meean;
But th' one thing awm langin for mooast,
  Is that grand Yorksher lass 'at aw've seen.

They may call me a fooil or a ass,
  To tawk abaat wantin a wife;
But there's nowt like a true hearted lass,
  To sweeten a workinman's life.
An love is a feelin as pure
  In a peasant as 'tis in a queen,
An happy aw could be awm sewer,
  Wi' that grand Yorksher lass 'at aw've seen.

Aw dreeam ov her ivvery neet,
  An aw think o' nowt else durin th' day;
An aw lissen for th' saand ov her feet,
  But its melted i'th' distance away.

At mi lot aw cant help but repine,
  When aw think ov her bonny black een,
For awm feeard shoo can nivver be mine;
  That grand Yorksher lass 'at aw've seen.

MI OLD UMBEREL.

WHAT matters if some fowk deride,
    An point wi' a finger o' scorn?
  Th' time wor tha wor lukt on wi' pride,
    Befooar mooast o'th' scoffers wor born.
But aw'll ne'er turn mi back on a friend,
  Tho' old-fashioned an grey like thisen;
But aw'll try to cling to thi to th' end,
  Tho' thart nobbut an old umberel.

Whear wod th' young ens 'at laff be to-day,
  But for th' old ens they turn into fun?
Who wor wearin thersen bent an grey,
  When *their* days had hardly begun.
Ther own youth will quickly glide past;
  If they live they'll all grow old thersel;
An they'll long for a true friend at last,
  Tho' its nobbut an old umberel.

Tha's grown budgey, an faded, an worn,
  Yet thi inside is honest an strong;
But thi coverin's tattered an torn,
  An awm feeard 'at tha cannot last long.
But when th' few years 'at's left us have run,
  An to th' world we have whispered farewells;
May they say at my duty wor done,
  As weel as mi old umberel's.

WHAT IT COMES TO.

"That's my notation too, - but aw thowt tha should try,
  What a wife as a laikon could be,
Nor daat tha's tan livin o' love rather dry,
  For aw'll own aw'd grown sickened o' thee."

HOLD UP YER HEEADS.

HOLD up yer heeads, tho' at poor workin men
  Simple rich ens may laff an may sneer;
Maybe they ne'er baddled ther riches theirsen,
  Somdy else lived betar they wer born.
As noble a heart may be fun in a man,
  Who's a poor ragged suit to his best,
(An who knows he mun work or else he mun clam,)
  As we'll find i' one much better drest.
Soa here's to all th' workers wheariver they be,
  I'th' land or i'th' loom or i'th' saddle,
An the duce tak all those who want mak us less free,
  Or rob us o' th' wages we haddle!

A QUIET DAY.

"It's grand to have to place to rest,
  To get th' [illegible] tou'd [illegible] i' th' way!
There's all o' [illegible] a cup up i' th' [illegible],
  An aw're th' [illegible] to [illegible] by a day.

If aw'd mi life to [illegible] ower again,
  aw'd be bothered no [illegible] o' that [illegible],
What then be [illegible] by an [illegible] [illegible] [illegible],
  Except to [illegible] [illegible] o' that [illegible]?

Net, aw'll have a [illegible] [illegible] [illegible] to [illegible],
  An be [illegible] [illegible] to think [illegible] that be [illegible],
An the [illegible] a [illegible] but a [illegible]:—
  Wheer the dickens has th' [illegible] [illegible]?'

Well, nah then, aw've th' foir to leet,—
  It will'nt tak long will'nt that,
An as sooin as its getten burned breet,
  Aw'll fry some puttates up i' fat.

Aw know aw'm a stunner to cook,—
  Guys-hang-it! this kinlin's damp!
It does nowt but splutter an smook,
  An this flue's ov a varry poor stamp.

It's lukkin confaandedly black,—
  Its as dismal an dull as mi hat;
Nah, Sal leets a foir in a crack,—
  Aw will give her credit for that.

Ther's nowt nicer nor taties when fried,—
  Aw could ait em to ivvery meal;
Aw can't get 'em, altho' aw've oft tried,—
  Its some trouble aw know varry weel.

Th' foirs aght! an it stops aght for me!
  Aw'll bother noa mooar wi' th' old freet!
Next time they set off for a spree,
  They'st net leeav me th' foir to leet.

Aw dooant care mich for coffee an teah,
  Aw can do wi' some milk an a cake;
An fried taties they ne'er seem to me,
  Worth th' bother an stink 'at they make.

Whear's th' milk? Oh, its thear, an aw'm blest,
  That cat has its heead reight i'th' pot;
S'cat! witta! A'a, hang it aw've missed!
  If aw hav'nt aw owt to be shot!

An th' pooaker's flown cleean throo a pane;
  It wor fooilish to throw it, that's true;
Them 'at keep sich like cats are insane,
  For aw ne'er see noa gooid 'at they do.

Aw think aw'll walk aght for a while,
  But, bless us! mi shooin isn't blackt!
Aw'm net used to be sarved i' this style,
  An aw think at ther's somdy gooan crackt.

It doesn't show varry mich thowt,
  When aw'm left wi' all th' haasewark to do,
For fowk to set off an do nowt,
  Net soa mich as to blacken a shoe.

It'll be dinner time nah varry sooin,—
  An ther's beefsteaks i'th' cubbord aw know;
But aw can't leet that foir bi nooin,
  An aw can't ait beefsteak when its raw.

Aw tell'd Sal this morn 'at shoo'd find,
  A rare appetite up i' that Glen;
An aw think if aw dooant change mi mind,
  Aw shall manage to find one misen.

Aw wor fooilish to send 'em away,
  But they'll ha to do th' best at they can;
But aw'st feel reight uneasy all th' day,—
  Wimmen's net fit to goa baght a man.

They've noa nooation what prices to pay,
  An they dooant know th' best places to call;
Aw'll be bun it'll cost 'em to-day,
  What wod pay my expences an all.

It luks better, aw fancy, beside,
  When a chap taks his family raand;
Nah, suppooas they should goa for a ride,
  An be pitched ovver th' brig an be draand.

Aw ne'er should feel happy ageean,
  If owt happen'd when aw wor away;
An to leeav 'em i' danger luks meean,
  Just for th' sake o' mi own quiet day.

Aw could catch th' train at leeavs abaat nooin;
  E'e, gow! that'll be a gooid trick!
An aw'st get a gooid dinner for gooin,
  An th' foir can goa to old Nick.

Its a pity to miss mi quiet day,
  But its better to do that 'at's reight;
An it matters nowt what fowk may say,
  But a chap mun ha summat to ait.

LASS O'TH' HALEY HILL.

O WINDS 'at blow, an flaars 'at grow,
　　O sun, an stars an mooin!
　Aw've loved yo long, as weel yo know,
　　An watched yo neet an nooin.
But nah, yor paars to charm all flee,
　Altho' yor bonny still,
But th' only beauty i' mi e'e,
　Is th' lass o'th Haley Hill.

Her een's my stars,—her smile's my sun,
　Her cheeks are rooases bonny;
Her teeth like pearls all even run,
　Her brow's as fair as onny.
Her swan-like neck,—her snowy breast,—
　Her hands, soa seldom still;
Awm fain to own aw love her best,—
　Sweet lass o'th' Haley Hill.

Aw axt her i' mi kindest tone,
　To grant mi heart's desire;
A tear upon her eyelid shone,—
　It set mi heart o' foir.
Wi' whispers low aw told mi love,
　Shoo'd raised her droopin heead;
Says shoo, " Awm sooary for thi lad,
　But awm already wed;
An if awr Isaac finds thee here,—
　As like enuff he will,—
Tha'll wish 'at tha wor onnywhear,
　Away throo th' Haley Hill.

DITHERUM DUMP.

DITHERUM DUMP lived i'th' haase behund th'
    pump,
  An he grummel'd throo mornin to neet,
On his rig he'd a varry respectable hump,
  An his nooas end wor ruddy an breet.
His een wor askew an his legs knock-a-kneed,
  An his clooas he could don at a jump ;
An th' queerest old covey 'at ivver yo seed,
  Wor mi naybor old Ditherum Dump.

        Ditherum Dump he lived behund th' pump,
          An he grummel'd throo mornin to neet ;
        An he sed fowk neglect one they owt to respect,
          An blow me, if aw think 'at its reet !

Yo mun know this old Ditherum lived bi hissen,
  For he nivver had met wi' a wife ;
An th' lasses all sed they'd have nooan sich like men,
  For he'd worrit 'em aght o' ther life.
But he grinned as he caanted his guineas o' gold,
  An he called hissen " Jolly old trump !"
An he sed, " tho' awm ugly, an twazzy, an old,
  Still ther's lots wod bi Mistress Dump."

        Ditherum Dump,—Jolly old trump !
          Tho' tha'rt net varry hansum to th' seet,
        Yet ther's monny a lass wod be fain o' mi brass,
          For mi guineas are bonny an breet.

Soa he gethered his gold till he grew varry old,
  Wi' noa woman to sweeten his life ;
Till one day a smart lass chonced his winder to pass,
  An he cried, " That's the wench for my wife !"
Soa he show'd her his bags runnin ovver wi' gold,
  An he axt her this question reight plump ;
" Tho' awm ugly an waspish, an getten soa old,
  Will ta come an be my Mistress Dump ?"

"For Mistress Dump shall have gold in a lump,
    If tha'll tak me for better or worse ;"
Soa shoo says, "Awm yor lass, if yo'll leeav me
            yor brass,
    An aw'll promise to mak a gooid nurse.

Soa Ditherum Dump an this young lass gate wed,
    An th' naybors cried, "Shame!   Fie,—for—shame !'
But shoo cared net a button for all at they sed,
    For shoo fancied shoo'd played a safe game.
Then Ditherum sickened an varry sooin deed,
    An he left her as rich as a Jew,
An shoo had a big tombstun put ovver his heead,
    An shoo went into black for him too.

Nah, Mistress Dump, soa rooasy an plump,
    In a carriage gooas ridin up th' street ;
An th' lasses sin then all luk aght for old men,
    An they're crazy to wed an old freet.

———

MY POLLY.

**Y** Polly's varry bonny,
        Her een are black an breet ;
    They shine under her raven locks,
        Like stars i'th' dark o'th' neet.

Her little cheeks are like a peach,
    'At th' sun has woo'd an missed ;
Her lips like cherries, red an sweet,
    Seem moulded to be kissed.

Her breast is like a drift o' snow,
    Her little waist's soa thin,
To clasp it wi' a careless arm
    Wod ommost be a sin.

Her little hands an tiny feet,
    Wod mak yo think shoo'd been
Browt up wi' little fairy fowk
    To be a fairy queen.

An when shoo laffs, it saands as if
  A little crystal spring,
Wor bubblin up throo silver rocks,
  Screened by an angel's wing.

It saands soa sweet, an yet soa low,
  One feels it forms a part
Ov what yo love, an yo can hear
  Its echoes in yor heart.

It isn't likely aw shall win,
  An wed soa rich a prize;
But ther's noa tellin what strange things
  Man may do, if he tries.

LOVE ONE ANOTHER.

LET'S love one another, it's better bi far;
  Mak peace wi yor Brother—it's better nor war!
  Life's rooad's rough enuff,—let's mak it mooar
      smooth,
Let's sprinkle awr pathway wi kindness an love.
Ther's hearts at are heavy, and een at are dim,
Ther's deep cups o' sorrow at's full up to th' brim;
Ther's want an misfortun,—ther's crime an ther's sin;
Let's feight 'em wi Love,—for Love's sarten to win.

Give yor hand,—a kind hand,—to yor brother i' need,
Dooant question his conduct, or ax him his creed,—
Nor despise him becoss yo may think he's nooan reight,
For, maybe, some daat whether yo're walkin straight.
Dooant set up as judge,—it's a dangerous plan,
Luk ovver his failins,—he's nobbut a man;
Suppooas at he's one at yo'd call 'a hard case,'
What might yo ha been if yo'd been in his place?

Fowk praich abaat 'Charity,'—'pity the poor,'
But turn away th' beggar at comes to ther door;—

" Indiscriminate Charity's hurtful," they say,
" We hav'nt got riches to throw em away!"
Noa! but if that Grand Book,—th' Grandest Book ivver
      writ,
(An if ther's a true Book aw think at that's it,)
Says " What yo have done to th' leeast one o' theas
Yo did unto Me ;"—Reckon that if yo pleeas.

Awm nooan findin fault,—yet aw cant help but see
Ha some roll i' wealth, wol ther's some, starvin, dee ;
They grooan " it's a pity ;—Poverty is a curse !"
But they button ther pockets, an shut up ther purse.
Ther's few fowk soa poor, but they could if they wod,
Do summat for mankind.—Do summat for God.
It wor Jesus commanded ' To love one another,'
Ther's no man soa lost but can claim thee as Brother.

Then let us each one, do what little we can,
To help on to comfort a less lucky man ;
Remember, some day it may fall to thy lot
To feel poverty's grip, spite o' all at tha's got.
But dooant help another i' hooaps at some day.
Tha'll get it all back.—Nay, a thaasand times Nay !
Be generous an just and wi th' futer ne'er bother ;—
Tha'll nivver regret bein a friend to thi Brother.

DICK AN ME.

TWO old fogies,—Dick an me,—
    Old, an grey as grey can be.
    A'a,—but monny a jolly spree
      We have had ;—
An tha ne'er went back o' me ;—
    Bonny lad !

All thi life, sin puppy days
We've been chums :—tha knows mi ways ;—
An noa matter what fowk says,
    On we jog.
'Spite what tricks dame Fortun plays,—
    Tha'rt my dog.

Th' world wod seem a dreary spot,—
All mi joys wod goa to pot ;—
Looansum be mi little cot,
    Withaat thee ;
A'a, tha knows awst freeat a lot
    If tha'd to dee.

Once on a time we rammeld far
O'er hills an dales, an rugged scar ;
Whear fowk, less ventersum, ne'er dar
    To set ther feet ;
An nowt wor thear awr peace to mar ;—
    Oh, it wor sweet !

But nah, old chap, thi limbs are stiff ;—
Tha connot run an climb ;—but if
Tha wags thi tail,—why, that's eniff
    To cheer me yet ;
An th' fun we've had o'er plain an cliff,
    Awst ne'er forget.

If aw, like Burns, could sing thi praise ;
Could touch the strings to tune sich lays—
Tha'd be enshrined for endless days
    I' deathless song ;
But Fate has will'd it otherways.
    Yet, love is strong.

Blest be that heart 'at finds i' me
What nubdy else could ivver see ;—
Summat to love.—Aye ! even thee,
    Tha knows its true ;
We've shared booath wealth an poverty,
    An meean to do.

When fowk wi kindly hearts aglow,
Say, "Poor old fogies," they dooant know
'At all they own is far below
    Thy worth to me ;
An all the wealth at they could show
    Wod ne'er tempt thee.

Time's creepin on,—we wait a chonce,
When we shall quit life's mazy donce;
But, please God!   Tak us booath at once,
     Old Dick an me;
When's time to quit,—why—that announce
     When best suits Thee.

BRIGGATE AT SETTERDY NEET.

IN Leeds wor a city it puts on grand airs,
     An aw've noa wish to bother wi' others' affairs;
     'At they've mich to be praad on aw freely admit,
     But aw think ther's some things they mud alter a
          bit.
They've raised some fine buildings 'at's worth lookin at,—
They're a credit to th' city, ther's noa daat o' that;
But ther's nowt strikes a stranger soa mich as a sect
O'th' craad 'at's i' Briggate at Setterdy neet.

Aw've travelled a bit i' booath cities an taans,
An aw've oft seen big craads when they've stept aght o'
          baands;—
Well,—excitement sometimes will lead fowk astray,
When they dooant meean owt wrang, but just rollikin
          play,
But Leeds is a licker,—for tumult an din,—
For bullies an rowdies an brazzen-faced sin.
Aw defy yo to find me another sich street,—
As disgraceful, as Briggate at Setterdy neet.

Polcecemen are standin i' twos an i' threes,
But they must be stooan blinnd to what other fowk sees;
It must be for ornaments they've been put thear,—
It cant be nowt else, for they dooant interfere.
Young lads who imagine it maks 'em seem men
If they hustle an shaat and mak fooils o' thersen.
Daycent fowk mun leeav th' cawsey for th' middle o'th'
          street
For its th' roughs at own Briggate at Setterdy neet.

An if yo've a heart 'at can feel, it must ache
When yo hear ther faal oaths an what coorse jests they
      make;
Yet once they wor daycent an wod be soa still,
But they've takken th' wrang turnin,—they're gooin daan
      hill.
Them lasses, soa bonny, just aght o' ther teens,
Wi' faces an figures 'at's fit for a queen's.
What is it they're dooin?   Just watch an yo'll see 't,
What they're hawkin i' Briggate at Setterdy neet.

They keep sendin praichers to th' heathen an sich,
But we've heathen at hooam at require 'em as mich :
Just luk at that craad at comes troopin along,
Some yellin aght th' chorus o'th' new comic song ;
Old an young,—men an wimmen,—some bummers, some
      swells,
Turned aght o' some drinkin an singin room hells ;—
They seek noa dark corners, they glory i'th' leet,
This is Briggate,—*their* Briggate, at Setterdy neet.

Is it axin too mich ov " the powers that be,"
For a city's main street from sich curse to be free ?
Shall Morality's claims be set all o' one side,
Sich a market for lewdness an vice to provide ?
Will that day ivver come when a virtuous lass,
Alone, withaat insult, in safety may pass ?
Its time for a change, an awm langin to see 't,—
A respectable Briggate at Setterdy neet.

Them well-meeanin parents, at hooam at ther ease,
Are oft wilfully blind to sich dangers as theas ;
Their sons an their dowters are honest an pure,—
That may be,—an pray God it may ivver endure.
But ther's noa poor lost craytur, but once on a time,
Wor as pure as ther own an wod shudder at crime.
The devil is layin his snares for ther feet,—
An they're swarmin i' Briggate at Setterdy neet.

AWR ANNIE.

SAW yo that lass wi' her wicked een?
      That's awr Annie.
Shoo's th' pet o'th' haase, we call her ' queen,'
Shoo's th' bonniest wench wor ivver seen ;
Shoo laffs an frolics all th' day throo,—
Shoo does just what shoo likes to do,—
But then shoo's loved,—an knows it too ;—
      That's awr Annie.

If ivver yo meet wi' a saucy maid,—
      That's awr Annie.
Shoo's sharp as onny Sheffield blade,
Shoo puts all others into th' shade.
At times shoo'll sing or laff or cry,
An nivver give a reason why :
Sometimes shoo's cheeky, sometimes shy ;
      That's awr Annie.

Roamin throo meadows green an sweet,
      That's awr Annie ;
Trippin away wi' fairy feet,
Noa fairer flaar yo'll ivver meet ;
Or in some trees cooil shade shoo caars
Deckin her golden curls wi' flaars ;
Singin like happy burd for haars,
      That's awr Annie.

Chock full o' mischief, aw'll admit,
      That's awr Annie ;—
But shoo'll grow steadier in a bit,
Shoo'll have mooar wisdom, an less wit.
But could aw have mi way i' this,
Aw'd keep her ivver as shoo is,—
Th' same innocent an artless miss,
      That's awr Annie.

Child ov mi old age, dearest, best !
      That's awr Annie ;
Cloise to mi weary bosom prest,
Far mooar nor others aw feel blest ;—

Jewels an gold are nowt to me,
For when shoo's sittin o' mi knee,
Ther's nubdy hawf as rich as me,
Unless it's Annie.

PETER PRIME'S PRINCIPLES.

"SUP up thi gill, owd Peter Prime,
  Tha'st have a pint wi' me;
  It's worth a bob at onny time
  To have a chat wi' thee.
Aw like to see thi snowy hair,
  An cheeks like apples ripe,—
Come squat thi daan i'th' easy cheer,
  Draw up, an leet thi pipe.
Tho' eighty years have left ther trace,
  Tha'rt hale an hearty yet,
An still tha wears a smilin face,
  As when th' furst day we met.
Pray tell me th' saycret if tha can
  What keeps thi heart soa leet,
An leeavs thi still a grand owd man,
  At we're all praad to meet?"

" Why lad, my saycret's plain to see,
  An th' system isn't hard;
Just live a quiet life same as me,
  An tha'll win th' same reward.
Be honest i' thi dealins, lad,
  That keeps a easy mind;
Shun all thi conscience says is bad,
  An nivver be unkind.
If others laff becoss tha sticks
  To what tha knows is reight,
Why, let 'em laff, dooant let their tricks
  Prevent thee keepin straight.
If blessed wi' health, an strong to work
  Dooant envy them at's rich;

If duty calls thi nivver shirk,
    Tha'rt happier far nor sich.
Contentment's better wealth nor gold,
    An labor sweetens life,—
Ther's nowt at maks a chap grow old,
    Like idleness an strife.
Dooant tawk too mich, but what tha says
    Be sewer it's allus true;
An let thi ways be honest ways,
    An that'll get thi throo.
If tha's a wife, pray dooant forget
    Shoo's flesh an blooid like thee;
Be kind an lovin, an aw'll bet
    A helpmate true shoo'll be.
Dooant waste thi brass i' rants an sprees,
    Or maybe when tha'rt old,—
Wi' body bent an tott'rin knees,
    Tha'll be left aght i'th' cold.
Luk at th' breet side o' ivverything
    An varry sooin tha'll see,
Whear providence has placed thi,
    Is whear tha owt to be.
Dooant live as if this world wor all,
    For th' time will come someday,
When that grim messenger will call,
    An tha mun goa away.
Tha'll nivver need to quake or fear,
    If tha carries aght this plan,
An them tha's left behind shall hear
    ' Thear lies an honest man.' "

CUCKOO!

CUCKOO! Cuckoo! Just a word i' thi ear,—
　　Aw hooap we shall net disagree;
But aw'm foorced to admit as aw watch thi each
　　　　year,
　　At tha seems a big humbug to me.

We know at tha brings us glad tidins ov Spring,
　　An for that art entitled to thanks;
But tha maks a poor fist when tha offers to sing,
　　An tha plays some detestable pranks.

Too lazy to build a snug hooam for thisel,
　　Tha lives but a poor vagrant life;
An thi mate is noa better aw'm sooary to tell,
　　Shoo's unfit to be onny burd's wife.

Shoo drops her egg into another burd's nest,
　　An shirks what's her duty to do;
Noa love for her offspring e'er trubbles the breast,
　　Ov this selfish, hard-hearted Cuckoo.

Some other poor burd mun attend to her young,
　　An work hard to find 'em wi' grubs,
An all her reward, is to find befooar long
　　At her foster child treeats her wi' snubs.

Tha lives throo all th' sunshine, but th' furst chilly
　　　　wind
　　'At ruffles thi feathers a bit,
Yo gather together an all i' one mind
　　Turn yor tails,—fly away, an forget.

Ther's some men just like yo, soa selfish an base,
　　They dooant care what comes or what gooas;
If they can just manage to live at ther ease,
　　Ait an drink, an be donn'd i' fine clooas.

Cuckoo, thar't a type ov a lot at aw've met,—
  Aw'm nooan sooary when th' time comes to
      part ;—
An i' spite ov all th' poets 'at's lauded thi, yet,
  Tha'rt a humbug !—That's just what tha art.

FOWK NEXT DOOR.

SAID Mistress Smith to Mistress Green,
  Aw'm feeard we'st ha to flit ;
  Twelve year i' this same haase we've been,
    An should be stoppin yet,
I'th' same old spot, we thowt to spend
  If need be twelve year mooar ;
But all awr comfort's at an end,
  Sin th' fowk moved in next door.

Yo know aw've nivver hurt a flea,
  All th' years at aw've been here ;
An fowk's affairs are nowt to me,—
  Aw nivver interfere.
We've had gooid naybors all this while,—
  All honest fowk tho' poor ;
But aw can't tolerate sich style
  As they put on next door.

Aw dooant know whear they get ther brass,
  It's little wark they do ;—
Ther's eight young bairns, an th' owdest lass
  Is gaddin raand th' day throo.
They dress as if they owned a mint,
  Throo th' owdest to th' youngest brat,
Noa skimpin an noa sign o' stint,
  But aw've nowt to do wi' that.

Ther's th' maister wears a silk top hat,
  An sometimes smooks cigars !—
An owd clay pipe or sich as that
  Is gooid enuff for awrs.

When th' mistress stirs shoo has to ride
  I' cabs or else i'th' buss;
But aw mun walk or caar inside;
  Ov coorse that's nowt to us.

Aw wonder if they've paid ther rent?
  Awr landlord's same as theirs;
If we should chonce to owe a cent,
  He'll put th' bums in he swears.
An th' butcher wodn't strap us mait,
  Noa, net if we'd to pine,
Aw daat at their accaant's nooan straight,
  But it's noa affair o' mine.

One can't help havin thowts yo know,
  When one meets sich a case;
An nivver sin we lived i'th' row
  Did such like things tak place.
Wi' business when it isn't mine,
  Aw nivver try to mell,
An if they want to cut a shine
  They're like to pleas thersel.

But stuck up fowk aw ne'er could bide,—
  An pride will have a fall.
Aw connot match 'em, tho' aw've tried,
  Aw wish aw could, that's all!
Aw dunnot envy 'em a bit,
  Aw'm quite content, tho' poor,
But one on us will ha to flit,
  Us or them fowk next door.

DAD'S LAD.

LITTLE patt'rin, clatt'rin feet,
Runnin raand throo morn to neet;
Banishin mi mornin's nap,—
Little bonny, noisy chap,—
But aw can't find fault yo see,—
For he's Dad's lad an he loves me.

He loves his mother withaat daat,
Tho' shoo gies him monny a claat;
An he says, "Aw'll tell mi Dad,"
Which ov coorse maks mother mad;
Then he snoozles on her knee,
For shoo loves him 'coss shoo loves me.

He's a bother aw'll admit,
But he'll alter in a bit;
An when older grown, maybe,
He'll a comfort prove to me,
An mi latter days mak glad,
For aw know he's Daddy's lad.

If he's aght o' seet a minnit,
Ther's some mischief, an he's in it,
When he's done it then he'll flee;
An for shelter comes to me.
What can aw do but shield my lad?
For he's my pet an aw'm his Dad.

After a day's hard toil an care,
Sittin in mi rockin chair;
Nowt mi wearied spirit charms,
Like him nestlin i' mi arms,
An noa music is as sweet,
As his patt'rin, clatt'rin feet.

WILLIE'S WEDDIN.

'A, Willie, lad, aw'm fain to hear
  Tha's won a wife at last;
  Tha'll have a happier time next year,
  Nor what tha's had i'th' past.
If owt can lend this life a charm,
  Or mak existence sweet,
It is a lovin woman's arm
  Curled raand yor neck at neet.

An if shoo's net an angel,
  Dooant grummel an find fault,
For eearth-born angels, lad, tha'll find
  Are seldom worth ther salt.
They're far too apt to flee away,
  To spreead ther bonny wings;
They'd nivver think o'th' weshin day
  Nor th' duties wifehood brings.

A wife should be a woman,
  An if tha's lucky been;
Tha'll find a honest Yorksher lass,
  Is equal to a Queen.
For if her heart is true to thee,
  An thine to her proves true,—
Tha's won th' best prize 'at's under th' skies,
  An tha need nivver rue.

Tha'll have to bite thi lip sometimes,
  When mooar inclined to sware;
But recollect, no precious things
  Bring joy unmixed wi' care.
An when her snarlin turns to smiles,
  An bitterness to bliss,
Tha'll yield fresh homage to her wiles,
  An mak up wi' a kiss.

Tha'll happen think 'at shoo's a fooil,
  An thy superior wit
Will allus win, an keepin cooil
  Tha'll triumph in a bit.

Shoo's happen thinkin th' same o' thee
  An holds thi in Love's tether,
Well, nivver heed,—they best agree
  When two fooils mate together.

NELLY O' BOB'S.

WHO is it 'at lives i' that cot on the lea?
  Joy o' mi heart, an leet o' mi ee;
  Who is that lass at's soa dear unto me?
    Nelly o' Bob's o' th' Crowtrees.

Who is it goes trippin o'er dew-spangled grass,
Singin so sweetly? Shoo smiles as aw pass;
Bonniest, rooasy-check'd, gay-hearted lass!
    Nelly o' Bob's o' th' Crowtrees.

Who is it aw see i' mi dreeams ov a neet?
Who lovinly whispers words tender an sweet
Till aw wakken to find 'at shoo's noawhear i'th' seet?
    Nelly o' Bob's o' th' Crowtrees.

Who is it 'at leeads me soa lively a donce,
Yet to tawk serious ne'er gies me a chonce,
An nivver replied when aw begged on her once?
    Nelly o' Bob's o' th' Crowtrees.

Who is it ivvery chap's hank'rin to get,
Yet tosses her heead an flies off in a pet;
As mich as to say, " yo've net getten me yet?"
    Nelly o' Bob's o' th' Crowtrees.

Who is it could mak life a long summer's day,
Whose smile wod drive sorrow an trouble away;
An mak th' hardest wark, if for her, seem like play?
    Nelly o' Bob's o' th' Crowtrees.

Who is it aw'll have if aw've ivver a wife,
An love her,—her only, to th' end o' mi life,
An nurse her i' sickness, an guard her from strife?
    Nelly o' Bob's o' th' Crowtrees.

Who is it 'at's promised, to-neet, if its fine,
To meet me at th' corner o' th' mistal at nine?
Why, its her 'at aw've langed for soa long to mak mine,
    Nelly o' Bob's o' th' Crowtrees.

SOMDY'S CHONCE.

WHAT'S a poor lass like me to do,
    'At langs for a hooam ov her own?
  Aw'm a hale an bonny wench too,
    An nubdy can say aw'm heigh-flown.
Aw want nawther riches nor style,
  Just a gradely plain felly will do;
But aw'm waitin a varry long while
    An ov sweethearts aw've getten but two.

But th' trubble's just this,—let me tell,
  What aw want an will have if aw can,
To share wedded life wi' misel,
    Is a man 'at's worth callin a man.
But Harry's as stiff as a stoop,
  An Jack, onny lass wod annoy,—
Harry's nobbut a soft nin-com-poop,
    An Jack's just a hobble-de-hoy.

If caarin at th' hob ov a neet,
  Wi' a softheeaded twaddlin fooil;
Aw should order him aght o' mi sect,
    Or be cooamin his yure wi' a stooil.
His wage,—what it wor,—couldn't bring
  Joy enuff to mak up for life's pains,
If aw fan misen teed to a thing,
    At could work, ait an live, withaat brains.

" But ther's love," yo may say,—Hi that's it !
 But aw nivver could love a machine;
An aw'll net wed a chap 'at's baat wit,
 Net if he could mak me a queen.
Aw'd like one booath hansum an strong,
 An honest, truehearted an kind,
But aw'm sewer aw could ne'er get along,
 Wi' a felly 'at had'nt a mind.

Soa Harry will ha to be seckt,
 For a nin-com-poop's nowt i' mi line;
As for Jack,—he could nivver expect
 To win sich a true heart as mine.
Ther's lasses enuff to be had,
 'At'll jump at sich chonces wi' joy,
They'll tak owt at's i'th' shape ov a lad,
 Quite content wi' a hobble-de-hoy.

Aw dooant want to spend all mi life,
 Like a saar, neglected old maid ;
Aw'd rayther bi th' hawf be a wife,
 Nor to blossom an wither i'th' shade.
Soa if onny young chap wants a mate,
 Tho' he may net be hanşum nor rich,
If he's getten some sense in his pate,
 Aw'm his chonce.—An he need'nt have
 mich.

TO A TRUE FRIEND.

HERE'S a song to mi brave old friend,
 A friend who has allus been true;
His day's drawin near to its end,
 When he'll leeav me, as all friends mun do.
His teeth have quite wasted away,
 He's grown feeble an blind o' one ee,
His hair is all sprinkled wi' gray,
 But he's just as mich thowt on bi me.

When takkin a stroll into th' taan,
  He's potterin cloise at mi heels;
Noa matter whearivver aw'm baan,
  His constancy nivver once keels.
His feyts an his frolics are o'er,
  But his love nivver offers to fail;
An altho' some may fancy us poor,
  They could'nt buy th' wag ov his tail.

If th' grub is sometimes rayther rough,
  An if prospects for better be dark;
He nivver turns surly an gruff,
  Or shows discontent in his bark.
Ther's nubdy can tice him away,—
  He owns but one maister,—that's me,
He seems to know all 'at aw say,
  An maks th' best ov his lot, what it be.

Aw've towt him a trick, nah an then,
  Just when it has suited mi whim;
But aw'm foorced to admit to misen,
  At aw've leearned far mooar lessons throo
        him.
He may have noa soul to be saved,
  An when life ends i' this world he's done;
But aw wish aw could say aw'd behaved
  Hawf as weel, when my life's journey's run.

Yo may call it a fooilish consait,—
  But to me he's soa faithful an dear,
'At whativver mi futer estate,
  Aw'st feel looansum if Dick isn't thear.
But if foorced to part, once for all,
  An his carcase to worms aw mun give,
His mem'ry aw oft shall recall,
  For he nivver can dee wol aw live.

WARMIN PAN.

THAT old warmin pan wi' it's raand, brazzen face,
    Has hung thear for monny a day;
     'Twor mi Gronny's, an th' haase wodn't luk like th'
       same place,
    If we tuk th' owd utensil away.

We ne'er use it nah,—but aw recollect th' time,
    When at neet it wor filled wi' red cowks;
An ivvery bed gate weel warmed, except mine,
    For they sed it wornt meant for young fowks.

When old Gronny deed, t'wornt mich shoo possest,
    An mi mother coom in for all th' lot;
An shoo raised up a duzzen, misen amang th' rest,
    An shoo lived wol shoo deed i'th' same cot.

Aw'm th' maister here nah, but aw see plain enuff,
    Things willn't goa long on th' old plan;
Th' young ens turn up ther nooases at old-fashioned stuff,
    An mak gam o' mi old warmin pan.

But aw luk at it oft as it glimmers i'th' leet,
    An aw seem to live ovver once mooar;
Them days when mi futer wor all seemin breet,
    An aw thowt nowt but joy wor i' stooar.

Aw'm summat like th' pan, aw've aght lasted mi day,
    An aw'st sooin get mi nooatice to flit;
But aw've this consolation,—aw think aw may say,
    Aw'st leeav some 'at aw've warmed up a bit.

IT MAY BE SOA.

THIS world's made up ov leet an shade,
But some things strange aw mark;
One class live all on th' sunny side,
Wol others dwell i'th' dark.
Wor it intended some should grooap,
Battlin with th' world o' care,
Wol others full ov joy an hooap
Have happiness to spare?

It may be soa,—aw'll net contend,
Opinions should be free;—
Aw'm nobbut spaikin as a friend,—
But it seems that way to me.

Should one class wear ther lives away,
To mak another great;
Wol all their share will hardly pay,
For grub enuff to ait?
An is it reight at some should dress
I' clooas bedeckt wi' gold,
Wol others havn't rags enuff,
To keep ther limbs throo th' cold?
It may be soa,—aw'll net contend, &c.

When gazin at th' fine palaces,
Whear live the favoured few;
Aw cant help wonderin sometimes
If th' inmates nobbut knew,
At th' buildins next to their's i' size
Are workhaases for th' poor,
An if they'd net feel some surprise
At th' misery raand ther door?
It may be soa,—aw'll net contend, &c.

Sometimes aw wonder what chaps think
When shiverin wi' th' cold,
Abaat th' brass at they've spent i' drink,
Whear th' landlords caant ther gold.

They couldn't get a shillin lent,
　　To buy a bit o' breead,
Whear all ther wages have been spent,—
　　They'd get kickt aght asteead.
　　　　It may be soa,—aw'll net contend, &c.

Aw wonder if they'll leearn some day,
　　At th' best friend they can find,
When th' shop's shut daan, an stopt ther pay,
　　Is ther own purse snugly lined?
Aw wonder, will th' time ivver come,
　　When th' darkest day is done,
When they can sing of Home Sweet Home.
　　An know they've getten one?

　　　　It may be soa, aw hooap it will,
　　　　　For then we'st all be free;
　　　　When ivvery man's his own best friend,—
　　　　　Gooid by to poverty.

A SAFE INVESTMENT.

YO fowk 'at's some brass to invest,
　　Luk sharp an mak th' best ov yor chonce!
Aw'll gie yo a tip,—one o'th' best,
　　Whear ther's profit an safety for once.
Yo needn't be feeard th' bank 'll brust,
　　Or at onny false 'Jabez' will chait,—
Depend on't its one yo can trust,
　　For th' balance sheet's sewer to be reight.

Yo've heeard on it oftimes befooar,—
　　But mooast fowk are apt to forget;—
Yet yo know if yo give to the poor,
　　At yo're gettin the Lord i' yor debt.
Its as plain as is th' nooas o' yor face,
　　An its true too,—believe it or net,—
It's a bargain God made i' this case,
　　An He'll nivver back aght on't,—yo bet.

All th' wealth yo may have can't prevent
  Grim Deeath commin to yo some day;
An yo'll have to give up ivvery cent,
  When yor time comes for gooin away.
But yo'll dee wi' a leetsomer heart,
  An for what yo leeav care net a straw,
Earth's losses will cause yo noa smart,
  If i' Heaven yo've summat to draw.

Its useless to pray an to praich,—
  Yo can't fill fowk's bellies wi' wynd;
Put summat to ait i' ther raich,
  An then lectur em all yo've a mind;
Ther's poor folk on ivvery hand,
  Yo can't shut yor ears to ther cry;—
A wail ov woe's sweepin throo th' land,
  Which may turn to a rooar by-an-bye.

Yo can't expect chaps who have wives,
  An childer at's clammin i'th' cold,
To be patient an quiet all ther lives,
  When they see others rollin i' gold.
When th' workers are beggin for jobs,
  An th' helpless are starvin to decath,
It's just abaat time some o'th' nobs
  Wor reminded they dooant own all th' cearth.

If ther duties they still will neglect,
  An ther pomps an ther pleasurs pursue,
They may find when they little expect,
  'At they've getten thersen in a stew.
Yo may trample a worm wol it turns,—
  An ther's danger i' starvin a rat;—
A man's passion inflamed wol it burns,
  Is a danger mooar fearful nor that.

But why should ther be sich distress,
  When ther's plenty for all an to spare?
Sewerly them at luck's blest can't do less
  Nor to help starvin fowk wi' a share.

Rich harvests yo'll win from the seed
  When theas welcome words fall on yor ear,—
"What yo did to th' leeast brother i' need,
  Yo did unto Me;—Come in here."

RED STOCKIN.

HOO wor shoeless, an shiverin, an weet,—
    Her hair flyin tangled an wild:
  Shoo'd just been browt in aght o'th street,
    Wi drink an mud splashes defiled.
Th' poleece sargent stood waitin to hear
  What charge agean her wod be made,
He'd scant pity for them they browt thear,
  To be surly wor pairt ov his trade.
"What name?" an he put it i'th' book,—
  An shoo hardly seemed able to stand;
As shoo tottered, he happened to luk
  An saw summat claspt in her hand.
"What's that? Bring it here right away!
  You can't take that into your cell;"
"It's nothing." "Is that what you say?
  Let me have it and then I can tell."
"Nay, nay! yo shall nivver tak this!
  It's dearer nor life is to me!
Lock me up, if aw've done owt amiss,
  But aw'll stick fast to this wol aw dee!"
"No nonsense!" he sed wi a frown,
  An two officers speedily came;
Shoo seem'd to have soberer grown,
  But shoo fowt like a fiend, just the same.
"Is it money or poison?" he sed,—
  An unfolded it quickly to see;
When summat fell aght,—soft an red,
  An it rested across ov his knee.
'Twor a wee babby's stockin,—just one,
  But his hard face grew gentle and mild,
As he sed in his kindliest tone,
  "This stockin was worn by your child?"

" Yes, sir,—an its all at aw have
  To remind me ov when aw wor pure,
For mi husband an child are i'th' grave ;—
  Yo'll net tak it throo me, aw'm sewer !"
" No, not for the world would I take
  Your treasure round which love has grown ;
Pray keep it for poor baby's sake ;—
  I once lost a child of my own."
And he folded it up wi much care
  As he lukt at her agonized face ;—
A face at had once been soa fair,
  But nah bearin th' stamp ov disgrace.
" You seem soberer now,—do you think
  You could find your way home if you tried ?"
" Oh ! yes, sir ! God help me ! It's Drink
  At has browt me to this, sir," shoo cried.
" God help you ! Be sure that He will ;
  If you seek Him, He'll come to your aid ;
He is longing and waiting there still
  To receive you ;—none need be afraid.
The mother whose heart still retains
  The love for her babe pure and bright,
May have err'd, but the hope still remains
  That she yet will return. Now, Good night."

———

With his kindly words still in her ears,
  An that little red sock in her breast ;
Shoo lukt up to Heaven through her tears ;
  An her faith, in Christ's love did the rest.

———

PLAIN JANE.

PLAIN JANE,—plain Jane ;
  This wor owd Butterworth's favourite strain :
    For wealth couldn't buy,
    Such pleasur an joy.
As he had wi his owd plain Jane.
  Ther wor women who oft,
  Maybe, thinkin him soft,

Who endeavoured to 'tice him away,
     But tho ther breet een,
     An ther red cheeks had been
Quite enuff to lead others astray,—
     All ther efforts wor lost,
     For he knew to his cost,
'At th' pleasur they promised browt pain,
     Soa he left em behind,
     Wol he went hooam to find,
Purer pleasures i'th' arms o' plain Jane.

     Plain Jane,—plain Jane,—
Owd Butterworth sed he'd noa cause to complain:
     Shoo wor hearty an strong,
     An could troll aght a song,
An trubbles shoo held i' disdain,
     He'd not sell her squint
     For all th' brass i'th' mint,
Nor pairt wi her blossomin nooas;
     He's no rival to fear,
     Soa he keeps i' gooid cheer,
An cares nowt ha th' world comes or it gooas.
     Cats are all gray at neet,
     Soa when puttin aght th' leet,
As he duckt under th' warm caanterpain,
     He sed, " Beauty breeds strife
     Oft between man an wife,
But it ne er trubbles me nor awr Jane."

     Plain Jane,—plain Jane,—
To cuddle and coddle him allus wor fain;
     Shoo wod cook, stew or bake,
     Wesh and scaar for his sake,
An could doctor his ivvery pain.
     Tho his wage wor but small
     Shoo ne'er grummeld at all,
An if th' butter should chonce to run short;
     Her cake shoo'd ait dry,
     If axt why? shoo'd reply,
Becoss aw know weel ther's nowt for't.
     But th' harstun wor cleean,
     Tho th' livin wor meean,

An her karacter hadn't a stain ;
   An owd Butterworth knows,
    As his bacca he blows,
Ther's war wimmen ith' world nor owd Jane.

CASH V. CUPID.

AW dooat on a lass wi' a bonny face,
   Wi' a twinkle ov fun in her ee;—
An aw like a lass 'at's some style an grace,
   An aw'm fond o' one winnin an shy.
An ther's one 'at's a lot o' curly hair,
   An a temptinly dimpled chin,
An one 'at's sedate an cold tho' fair,
   But shoo wod'nt be easy to win.

Ther's one 'at's a smile ivvery time we meet,
  An ther's one 'at seems allus sad ;
Yet ther's summat abaat 'em all seems sweet,—
  Just a summat aw wish aw had.
But somha aw connot mak up mi mind,
  Which one to seek for a wife ;
An its wise to be careful if love is blind,
  For a weddin oft lasts for a life.

Ther's one 'at has nawther beauty nor wit,—
  Just a plain lukkin, sensible lass ;
But shoo's one thing 'at adds to her vally a bit,—
  An that is 'at shoo's plenty o' brass.
An beauty will fade an een will grow dim,
  Ther's noa lovin care can help that ;
An th' smartest young woman, tho' stylish an slim,
  May i' time grow booath clumsy an fat.

Soa aw think aw shall let thowts o' beauty slide by,
  For a workin chap must be a crank,
'At sees mooar in a dimple or twinklin eye,
  Nor in a snug sum in a bank.

Some may say ther's noa love in a weddin like this,
    An its nowt but her brass 'at aw want,
Well, maybe they can live on a smile or a kiss,
    If they can,—why, they may,—but aw cant.

MARY'S BONNET.

HAVE yo seen awr Mary's bonnet?
    It's a stunner,—noa mistak!
Ther's a bunch o' rooasies on it,
    An a feather daan her back.
Yollo ribbons an fine laces,
    An a cock-a-doodle-doo,
An raand her bonny face is
    A string o' pooasies blue.

When shoo went to church last Sundy,
    Th' parson could'nt find his text;
An fat old Mistress Grundy
    Sed, " A'a, Mary! pray what next!"
Th' lads wink'd at one another,—
    Th' lasses snikered i' ther glee,
An th' whooal o'th' congregation
    Had her bonnet i' ther ee.

Sooin th' singers started singin,
    But they braik daan one bi one,
For th' hymn wor on "The flowers
    Of fifty summers gone."
But when they saw awr Mary,
    They made a mullock on it,
For they thowt 'at all them flaars
    Had been put on Mary's bonnet.

Then th' parson sed mooast kindly,
    "Ther wor noa offence intended;
But flaar shows wor aght o' place,
    I'th' church whear saints attended.

An if his errin sister wished
　To find her way to glory;
Shoo should'nt carry on her heead,
　A whooal consarvatory."

Nah, Mary is'nt short o' pluck,—
　Shoo jumpt up in a minnit,
Shoo lukt as if shoo'd swollo th' church,
　An ivverybody in it.
" Parson," shoo sed, " yor heead is bare,—
　Nowt in it an nowt on it;
Suppooas yo put some flaars thear,
　Like theas 'at's in my bonnet."

PRIME OCTOBER.

THER'S some fowk like watter,
　　An others like beer;
　It doesn't mich matter,
　　If ther heead is kept clear.
　But to guzzle an swill,
　　As if aitin an drinkin
　Wor all a chap lives for,
　　Is wrang to my thinkin.

Ivvery gooid thing i' life
　Should be takken i' reason;
Even takkin a wife
　Should be done i'th' reight season.
Tho' i' that case to give
　Advice is noa use,
Aw should ne'er win fowk's thanks
　But might get some abuse.

But if ther's a fault
　'At we owt to luk ovver,
It's when a chap's tempted
　Wi' "prime old October."

An to cheer up his spirits
  As nowt else on earth could,
He keeps testin its merits,
  An gets mooar nor he should.

Ov coorse he'll be blamed
  If he gets ovver th' mark;
An noa daat he'll feel shamed
  When he's throo wi' his lark.
An he'll promise " it nivver
  Shall happen agean,"
Tho' he's feelin all th' time
  Just as dry as a bean.

But who can resist,
  When it sparkles an shines;
An his nooas gets a whif
  At's mooar fragrant nor wines?
Aw'd forgie a teetotaller
  At sich times, if he fell;—
For aw know ha it is,
  'Coss aw've been thear mysel.

OLD DAVE TO TH' NEW PARSON.

SOA yo're th' new parson, are yo?
  Well, aw'm fain to see yo've come;
Yo'll feel a trifle strange at furst,
  But mak yorsen at hooam.

Aw hooap yo'll think noa war o' me,
  If aw tell what's i' mi noddle;
Remember, if we dooan't agree,
  It's but an old man's twaddle.

But aw might happen drop a hint,
  'At may start yo to thinkin;
Aw'd help yo if aw saw mi way,
  An do it too, like winkin.

Aw'm net mich up o' parsons,—
  Ther's some daycent ens aw know;
They're smart enuff at praichin,
  But at practice they're too slow.

For dooin gooid, nooan can deny,
  Ther chonces are mooast ample;
If they'd give us fewer precepts,
  An rayther mooar example.

We need a friend to help waik sheep
  O'er life's rough ruts an boulders;—
Ther's a big responsibility,
  Rests on a parson's shoulders.

But oft ther labor's all in vain,
  Noa matter ha persistent;
Becoss ther taichin an ther lives
  Are hardly quite consistent.

Ther's nowt can shake ther faith i' God,
  When bad is growin worse;
An nowt abates ther trust, unless
  It chonce to touch ther purse.

They say, " Who giveth to the poor,
  Lends to the Lord," but yet,
They all seem varry anxious,
  Net to get the Lord i' debt.

But wi' my fooilish nooations
  Mayhap yo'll net agree;
It's like enuff 'at aw'm mistaen,—
  But it seems that way to me.

If yo hear a clivver sarmon,
  Yor attention it commands,
If yo know at th' praicher's heart's as white
  As what he keeps his hands.

Ther's too mich love ov worldly ways,
  An too mich affectation;
They work i'th' vinyard a few days,
  Then hint abaat vacation.

He has to have a halliday
  Becoss he's worked soa hard;—
Well, aw allus think 'at labor,
  Is desarvin ov reward.

What matters, tho' his little flock
  A shepherd's care is wantin;
Old Nick may have his run o'th' fold,
  Wol he's off galavantin.

Aw dooan't say 'at yo're sich a one,—
  Yo seem a gradely sooart;
But if yo th' Gospel armour don,
  Yo'll find it isn't spooart.

Dooan't sell yor heavenly birthright,
  For a mess ov worldly pottage;
But spend less time i'th' Squire's hall,
  An mooar i'th' poor man's cottage.

Point aght the way, an walk in it,
  They'll follo, one bi one,
An when yo've gained yor journey's end,
  Yo'll hear them words,—" Well done."

A christian soljier has to be
  Endurin, bold an brave;
Strong in his faith, he'll sewerly win,
  As sewer as my name's Dave.

TOM GRIT.

HE'D a breet ruddy face an a laffin e'e,
    An his shoolders wer brooad as brooad need be;
    For each one he met he'd a sally o' wit,
    For a jovial soul wor this same Tom Grit.
He climb'd up to his waggon's heigh seeat wi' pride,
For he'd bowt a new horse 'at he'd nivver tried;
But he had noa fear, for he knew he could drive
As weel, if net better, nor th' best man alive.
Soa he sed, as he gethered his reins in his hand,
An prepared to start off on a journey he'd planned;
But some 'at stood by shook ther heeads an lukt grave,
For they'd daats ha that mettlesum horse might behave.
It set off wi' a jerk when Tom touched it wi' th' whip,
But his arms they wor strong, an like iron his grip,
An he sooin browt it daan to a nice steady gait,
But it tax'd all his skill to mak it run straight.
Two miles o' gooid rooad to the next taan led on,
An ov things like to scare it he knew ther wor none;
Soa he slackened his reins just to give it a spin,—
Then he faand 'at he couldn't for th' world hold it in.
It had th' bit in its teeth an its een fairly blazed,
An it plunged an reared madly,—an then as if crazed
It dashed along th' rooad like a fury let lawse,
Woll Tom tried his utmost to steady his course.
Wi' th' reins raand his hands, an feet planted tight
He strained ivvery muscle,—but saw wi' affright
'At the street o' the taan 'at he'd entered wor fill'd,
Wi' fowk fleein wildly for fear they'd be kill'd,
" Let it goa!   Let it goa!" they cried aght as it pass'd,
An Tom felt his strength givin way varry fast;
His hands wor nah helpless its mad rush to check,
But he duckt daan his heead an lapt th' reins raand his
            neck.
That jerk caused the horse to loise hold o' the bit,
An new hooap an new strength seem'd to come to Tom
            Grit,
An tho' blooid throo his ears an his nooas 'gan to spurt,
Th' horse wor browt to a stand, an ther'd nubdy been
            hurt.
Then chaps went to hold it, an help poor Tom daan,

For Tom's wor a favorite face i' that taan;
"Tha should ha let goa," they all sed, "an jumpt aght,
Thy life's worth a thaasand sich horses baght daat !"
But Tom wiped his face an he sed as he smiled,
" I'th' back o' that waggon yo'll find ther's a child,
An aw couldn't goa back to its mother alooan,
For he's all th' lad we have. Have yo nooan o' yer
      own ?"

TH' DEMON O' DEBT.

WE read ov a man once possessed ov a devil,
    An pity his sorrowful case;
But at this day we fancy we're free from sich
      evil,
An noa mooar have that trubble to face.
But dooan't be deceived, for yo're nooan aght o' danger,
    Ther's a trap for yor feet ready set,
An if to sich sorrow yo'd still be a stranger,
    Be careful to keep aght o' debt.

For debt is a demon 'at nivver shows pity,
    An when once yor fast in his grip,
Yo may try to luk wise or appear to be witty,
    But he'll drive yo to wreck wi' his whip.
He tempts yo to start wi' a little at furst,
    An then deeper an deeper yo get,
Till at last yo find aght 'at yor life is accurst,
    An yo grooan under th' burden o' debt.

Then sweet sleep forsakes yo an tossin wi' care,
    Yo wearily wear neet away;
An yor joys an yor hopes have all turned to despair,
    An yo tremmel at th' commin o' day.
Yor een are daancast as yo walk along th' street,
    An yo shun friends yo once gladly met,
The burden yo carry yo fancy they see 't ;—
    That soul-crushin burden o' debt.

Tak an old man's advice, if yo'd keep aght o' trubble,
  An let ' pay as yo goa,' be yor plan;
Tho' yor comforts are fewer, yor joys will be double,
  An yo'll hold up yor heead like a man,
Better far wear a patch on yor elbow or knee,
  Till yo're able a new suit to get,
Nor be dressed like a prince, an whearivver yo be,
  To be dog'd wi' that Demon o' Debt.

TH' LAD 'AT LOVES HIS MOTHER.

AW like to see a lot o' lads
    All frolicsome an free,
    An hear ther noisy voices,
    As they run an shaat wi' glee;
But if ther's onny sooart o' lad
  Aw like better nor another,
'At maks mi heart mooast truly glad,
  It's th' lad 'at loves his Mother.

He may be rayther dull at schooil,
  Or rayther slow at play;
He may be rough an quarrelsome,—
  Mischievous in his way;
He may be allus in a scrape,
  An cause noa end o' bother;
But ther's summat gooid an honest
  In the lad 'at loves his Mother.

He may oft do what isn't reight,
  But conscience will keep prickin;
He dreeads far mooar his mother's grief,
  Nor what he'd fear a lickin.
Her trubbled face,—her tearful een,
  Her sighs shoo tries to smother,
Are coals ov foir on the heead
  Ov th' lad 'at loves his Mother.

When years have passed, an as a man
  He faces toil an care;
An whear his mother used to sit
  Is but a empty chair;—
When bi his side sits her he loves,
  Mooar dear nor onny other,
He still will cherish, love an bless,
  The mem'ry ov his Mother.

A guardian angel throo life's rooad,
  Her spirit still will be;
An in the shadow ov her wings,
  He'll find security.
A better husband he will prove,
  A father or a brother;
For th' lad 'at maks the noblest man,
  Is th' lad 'at loves his Mother.

MATILDA JANE.

MATILDA JANE wor fat an fair,
  An nobbut just sixteen;
  Shoo'd ruddy cheeks an reddish hair,
  An leet blue wor her een.
Shoo weighed abaat two hundred pund,
  Or may be rayther mooar,
Shoo had to turn her sideways
  When shoo went aght o'th' door.

Shoo fairly dithered as shoo walked,
  Shoo wor as brooad as long;
But allus cheerful when shoo tawk'd,
  An liked to sing a song;
An some o'th' songs shoo used to sing,
  Aw weel remember yet;
Aw thowt it sich a funny thing,
  Shoo pickt soa strange a set.

" Put me in my little bed,"
    Aw knew they couldn't do ;
For onny bed to put her in,
    Must be big enuff for two.
" Aw wish aw wor a burd," shoo sang,
    Aw nivver could tell why,—
    For it wod be a waste o' wings
    Becoss shoo couldn't fly.

" I'd choose to be a Daisy,"
    Aw didn't wonder at,
For it must ha made her crazy
    To hug that looad o' fat.
Then " Flitting like a Fairy ;"—
    To hear it gave me pain,
For ther wor nowt soa airy
    Abaat Matilda Jane.

Last time aw heeard her singin,
    Shoo sang " You'll remember me,"
An mi arm crept pairtly raand her,
    As aw held her on mi knee.
Ther's noa fear aw shall forget her,
    Tho' shoo's ne'er set thear agean,
But if shoo will, aw'll let her,
    For aw like Matilda Jane.

MODEST JACK O' WIBSEY SLACK.

AT Wibsey Slack lived modest Jack,
   No daat yo knew him weel;
His cheeks wor red, his een wor black,
   His limbs wor strong as steel.
His curly hair wor black as jet,
   His spirits gay an glad,
An monny a lass her heart had set
   On Jack the Wibsey lad.

Sal Simmons kept a little shop,
   An bacca seld, an spice,
An traitle drink, an ginger pop,
   An other things as nice.
Shoo wor a widow, fat an fair,
   An allus neat an trim;
An Jack seem'd fairly stuck on her;
   An shoo wor sweet on him.

But other lasses thowt they had
   A claim on Jack's regard;
A widow to win sich a lad,
   They thowt wor very hard;
They called her a designin jade,
   An one an all cried " Shame!"
But Sally kept on wi her trade,
   An Jack went just the same.

One neet when commin hooam throo wark,
   They stopt him on his way,
An pluckt up courage, as 't wor dark,
   To say what they'd to say.
They sed they thowt a widow should
   Let lasses have a share,
An net get ivvery man shoo could;
   They didn't think it fair.

Jack felt his heart goa pit-a-pat,
  His face wor burnin red ;
His heart wor touched,—noa daat o' that,
  But this wor what he sed.
" Awd like to wed yo ivvery one,
  An but for th' law aw wod,
But weel yo know if th' job wor done,
  They'd put me into quod."

" As aw can mak but one mi wife,—
  Sal Simmons suits me weel ;
For aw wor ne'er wed i' mi life,
  An dooan't know ha awst feel.
But if aw wed a widow, an
  Aw fail mi pairt to play ;
Shoo'll varry likely understand,
  An put me into th' way.

WORK LADS!

WORK if tha can, it's thi duty to labor ;
  If able, show willin,—ther's plenty to do,
Ther's battles to feight withaat musket or sabre,
  But if tha'll have pluck tha'll be safe to pool
    throo.

Ther's noa use sittin still wishin an sighin,
  An waitin for Fortun to gie yo a lift ;
For ther's others i'th' struggle an time keeps on flyin,
  An him who wod conquer mun show he's some shift.

Ther's nobbut one friend 'at a chap can depend on,
  If he's made up his mind to succeed in the strife ;
A chap's but hissen 'at he can mak a friend on,
  Unless he be blest wi' a sensible wife.

But nivver let wealth, wi' its glamour an glitter,
  Be th' chief end o' life or yo'll find when too lat,
'At th' fruits ov yor labor will all have turned bitter,
  An th' pleasures yo hoped for are all stale an flat.

Do gooid to yorsen, win wealth, fame, or power,
  But i'th' midst ov it all keep this object i' view;
'At the mooar yo possess, let yor self-love sink lower,
  An pure pleasur will spring from the gooid yo can do.

———

BONNY YORKSHER.

BONNY Yorksher! how aw love thi!
  Hard an rugged tho' thi face is;
Ther's an honest air abaat thi,
  Aw ne'er find i' other places.
Ther's a music i' thi lingo,
  Spreeads a charm o'er hill an valley,
As a drop ov Yorksher stingo
  Warms an cheers a body's bally.
Ther's noa pooasies 'at smell sweeter,
  Nor thy modest moorland blossom,
Th' violet's een ne'er shone aght breeter
  Nor on thy green mossy bosom.
Hillsides deckt wi' purple heather,
  Guard thy dales, whear plenty dwellin
Hand i' hand wi' Peace, together
  Tales ov sweet contentment tellin.
On the scroll ov fame an glory,
  Names ov Yorksher heroes glisten;
History tells noa grander stooary,
  An it thrills me as aw listen.
Young men blest wi' brain an muscle,
  Swarm i' village, taan an city,
Nah as then prepared to tussle,
  Wi' the brave, the wise, the witty.
An thy lasses,—faithful,—peerless,—
  Matchless i' ther bloom an beauty,—
Modest, lovin, brave an fearless,
  Praad ov Hooam an firm to Duty.
Aw've met nooan i' other places
  Can a cannle hold beside 'em;
Rich i' charms an winnin graces;—
  Aw should know becoss aw've tried 'em.

Balmy breezes, blow yer mildest!
  Sun an shaars yer blessins shed!
Thrush an blackburd pipe yor wildest
  Skylarks trill heigh ovverheead!
Robin redbreast,—little linnet,
  Sing yor little songs wi' glee;
Till wi' melody each minnit,
  Makin vocal bush an tree.
Wild flaars don yer breetest dresses,
  Breathe sweet scents on ivvery gale;
Stately trees wave heigh yer tresses,
  Flingin charms o'er hill an dale.
Dew fall gently,—an sweet Luna,
  Keep thy lovin watch till morn;—
All unite to bless an prosper,
  That dear spot whear aw wor born.

SIXTY AN SIXTEEN.

WE'RE older nor we used to be,
    But that's noa reason why
  We owt to mope i' misery,
    An whine an grooan an sigh.

  We've had awr shares o' ups an daans,
    I' this world's whirligig;
  An for its favors or its fraans
    We needn't care a fig.

  Let them, at's enterin on life
    Be worried wi' its cares;
  We've tasted booath its joys an strife,
    They're welcome nah to theirs.

  To tak things easy owt to be
    An old man's futer plan,
  Till th' time comes when he has to dee,—
    Then dee as weel's he can.

It's foolish nah to brood an freeat,
  Abaat what might ha been;
At sixty we dooant see wi' th' een,
  We saw wi at sixteen.

Young shoolders worn't meant to bear
  Old heeads, an nivver will;
Youth had its fling when we wor thear,
  An soa it will have still.

Aw wodn't live life o'er agean,
  Unless 'at aw could start
Quite free throo knowledge o' this world,
  Quite free in heead an heart.

That perfect trust 'at childer have,
  Gives life its greatest charm;
Noa wisdom after years can give,
  Will keep ther hearts as warm.

When nearin th' bottom o' life's hill,
  If we, when lukkin back,
Can see some seeds ov gooid we've sown,
  Are bloomin on awr track;

Wol th' evil deeds we did shall be
  All trampled aght o' seet;
Awr journey's end will peaceful be,
  An deeath itsen be sweet.

Then let's give thanks for mercies past,
  That've kept awr hearts still green;
For thar't just as dear at sixty, lass,
  As when tha wor sixteen.

COME THI WAYS IN.

COME thi ways in, an God bless thi, lad !
  Come thi ways in, for thar't welcome, joy !
  A'a ! tha'rt a shockin young taistrel, lad,
  But tha artn't as bad as they call thi, doy.

Tha'rt thi father upheeaped an daanthrussen, lad,
  It's his mother 'at knows what a glaid wor he ;—
But thi britches' knees are booath brussen, lad,
  An thi jacket, its raillee a shame to see.

It's weel for thee tha's a gronny, lad,—
  If it wornt for me tha'd be lost i' muck !
Tha'rt wild, but tha'rt better ner monny, lad,
  An aw think 'at tha'll yet bring thi gronny gooid luck.

Nah, pool up to th' table an dry thi nooas ;—
  (Awd nooan leearn mi appron to onny but thee,)
Wol tha'rt fillin thi belly aw'll patch up thi clooas,
  Then aw'll send thi hooam daycent an cleean tha'll see.

Nah, what are ta dooin wi' th' pussy cat, pray ?
  If tha'll leeav it alooan it'll mell nooan o' thee,
Put th' mustard spooin daan ! Does ta hear what aw
      say !
  Let goa that cat tail ! Ha tha aggravates me !

Tha mooant dip thi finger i'th' traitle pot, doy,
  (Tho' aw reckon tha follers th' example tha's set,)
Mothers, nah days, dooan't know ha to train childer, joy,
  But tha'll heed what thi gronny says,—willn't ta, pet ?

A'a, dear ! nah tha's upset thi basin o' stew !
  All ovver thisen an mi cleean scarrd flooar :—
Tha clumsy young imp ; what next will ta do ?
  Tha'd wear aght Job's patience, an twice as mich
      mooar !

Q

Hold thi din! or aw'll gie thi a taste o' that strap!
  Tha maks it noa better wi' yellin like that!
Come, whisht nah,—'twor nobbut a little mishap;—
  Nah, whisht,—an tha'll see ha we'll leather yond cat.

Nah, dooan't touch mi thimel or needle an threead;
  Sit daan like a gooid little child as tha art;
Wol aw wipe up this mess, an side th' butter an breead,
  Then aw'll gie thi a penny to buy thi a tart.

For tha puts me i' mind ov a time long ago,
  When thi father wor just sich a jockey as thee;
An tho' aw'm a widdy, an poor as a crow,
  Ther'll be allus a bite an a sup for thee.

Tak thi booits off that fender!   Tha's made it fair black;
  Just see ha tha's scratched it!   Aw'm sewer it's a sin!
Jump into theas clooas an fly hooam in a crack,
  Or aw'll braik ivvery booan 'at tha has i' thi skin!

An stop hooam, until tha knows ha to behave,
  Tha'd worrit my life aght i' less nor a wick!
Tell thi mother aw'm net gooin to be just a slave
  To a taistrel like thee! soa nah, off tha gooas—Quick!

HORTON TIDE.

WOR yo ivver at Horton Tide?
  It wor thear 'at aw won mi bride;
    An the joy o' mi life,
    Is mi dear little wife,
  An we've three little childer beside.

Aw wor donn'd in a new suit o'clooas,
A cigar wor stuck under mi nooas,
    Aw set aght for a spree,
    An some frolics to see,
Full o' fun throo mi heead to mi tooas.

Aw met Lijah an Amos, an Bill,
An ov coorse wi' each one aw'd a gill;
    Till aw felt rayther mazy,
    But net at all crazy,
For aw didn't goa in for mi fill.

As a lad aw'd been bashful an shy,
An aw blushed if a woman went by,
    But this day bi gooid luck,
    Aw felt chock full o' pluck,
Soa to leet on aw sattled to try.

As aw wandered abaat along th' street,
Who, ov all i' this world should aw meet!
    But Mary o' Jooas,
    Lukkin red as a rooas,
A'a! but shoo wor bonny an sweet.

Aw nodded an walked bi her side,
To mak misen pleasant aw tried,
    But shoo smiled as shoo sed,
    'Aw wor wrang i' mi heead,'
An aw'm sewer aw dooan't think 'at shoo lied.

Then aw bowt her some parkin an spice,
An owt else 'at shoo fancied lukt nice,
    Then we tuk a short walk,
    An we had a long tawk;
Then aw axt if shoo thowt we should splice.

What happen'd at after yo'll guess,—
It wor heaven to me, an nowt less;—
    For aw left Horton Tide,
    Wi' a promised fair bride,
Soa mi frolic wor craand wi' success.

For shoo's one i' ten thaasand yo see;
An shoo shows 'at shoo's suited wi' me,
    An yo chaps 'at want wives
    'At will gladden yer lives,
Up at Horton yo'll find 'em to be.

———

MI OLD SLIPPERS.

AW'M wearily trudgin throo mire an weet,
　For aw've finished another day's wark;
　An welcome to me is that flickerin leet,
　　'At shines throo mi winder i'th' dark.
Aw know ther's mi drinkin just ready o'th' hob,
　An a hearthstun as cleean as can be,
For that old wife o' mine allus maks it her job,
　To have ivverything gradely for me.

It isn't mich time aw can spend wi' th' old lass,
　For aw'm tewin throo early till lat,
An its all aw can do just to get as mich brass
　As we need, an sometimes hardly that.
But we keep aght o' debt, soa mi heart's allus leet,
　An aw sweeten mi wark wi' a song;
An we try to mak th' best ov what trubbles we meet,
　An contentedly struggle along.

Two trusty old friends anent th' foir are set,
　They are waitin thear ivvery neet;
They're nobbut a pair o' old slippers, but yet,
　They give comfort an rest to mi feet.
Like misen an mi wife, they're fast wearin away,—
　They've been shabby for monny a year;
They have been a hansum pair once, aw can say,
　Yet to me they wor nivver mooar dear.

Aw hooap they may last wol aw'm summon'd away,
　An this life's journey peacefully ends;
For to part wod feel hard, for at this time o'th' day,
　It's too lat to be makkin new friends.
Aw know varry weel 'at ther end must be near,
　For aw see ha they're worn daan at th' heel;
But they've sarved me reight weel, an aw'st ha nowt
　　to fear,
　If aw've sarved His purpose as weel.

A FRIEND TO ME.

POOR Dick nah sleeps quietly, his labor is done,
    Deeath shut off his steam tother day;
    His engine, long active, has made its last run,
    An his boiler nah falls to decay.
Maybe he'd his faults, but he'd vartues as well,
    An tho' dearly he loved a gooid spree;
If he did onny harm it wor done to hissel:—
    He wor allus a gooid friend to me.

His heart it wor tender,—his purse it wor free,
    To a friend or a stranger i' need;
An noa matter ha humble or poor they might be,
    At his booard they wor welcome to feed.
Wi' his pipe an his glass bi his foirside he'd sit,
    Yet some fowk wi' him couldn't agree,
An tho' monny's the time 'at we've differed a bit,
    He wor allus a gooid friend to me.

His word wor his bond, for he hated a lie,
    An sickophants doubly despised;
He wor ne'er know to cringe to a rich fly-bi-sky,
    It wor worth an net wealth 'at he prized.
Aw shall ne'er meet another soa honest an true,
    As aw write ther's a tear i' mi ee;
Nah he's gooan to his rest, an aw'll give him his
        due,—
    He wor allus a gooid friend to me.

A PAIR O' BLACK EEN.

ONE neet as aw trudged throo mi wark,
　　Thinks aw, nah mi labor is done,
　Aw feel just inclined for a lark,
　　For its long sin aw had onny fun.

An ov coorse awd mi wife i' mi mind,
　Shoo's a hot en, but then, what bi that!
For when on a spree aw'm inclined,
　Aw could nivver get on baght awr Mat.

Sally Slut wor a croney o' hers,
　A bonny an warm-hearted lass,
An shoo'd latly been wed to a chap,
　'At could booast booath some brains an some brass.

But someha, awr Mat seemed to think,
　'At Sally, soa hansum an trim;
For a partner throo life owt to luk
　Wi' somdy mich better nor him.

An shoo profiside trubble an care,
　Wor i' stoor at noa far distant day,
An shoo muttered "poor Sal, aw declare,
　Tha's thrown thisen reight cleean away."

As sooin as aw gate hold o'th' sneck,
　Aw walked in wi' a sorrowful face,
Then aw sank like a hawf empty seck
　Into th' furst seeat aw coom to i'th' place.

"Gooid gracious, alive! What's to do?"
　Says Matty, "whativver's amiss?"
"A'a, lass! tha'll nooan think at its true,—
　It's a tarrible come-off is this.

Tha knows Sally Slut,—A'a dear me!
　To-day as aw went across th' green,
Aw met her,—an what should aw see,—
　Why, shoo'd getten a pair o' black een."

"That scamp! But aw'll sattle wi' him!"
  Says Mat, as shoo threw on her shawl,—
"Aw warned her agean weddin Tim,—
  But aw'll let him see;—sharply an all!"

Off shoo flew an left me bi misen,
  An aw swoller'd mi teah in a sniff,
An aw crept up to bed, thear an then,—
  For aw knew shoo'd come back in a tiff.

An shoo did, in a few minnits mooar;
  An worn't shoo mad? nivver fear!
An th' laader aw reckoned to snooar,
  An th' laader shoo skriked i' mi ear.

Tha thowt tha'd put me in a stew,—
  But aw treeat sich like conduct wi' scorn!
But tha didn't fooil me, for aw knew,
  Shoo'd black een ivver sin shoo wor born.

Shoo can booast ov her een,—that shoo can!
  But shoo's nowt at aw envy,—net me!
Unless it's her havin a man,
  Asteead ov a hawbuck like thee.

A SCREW LAWSE.

WHEN rich fowk are feastin, an poor fowk are
        grooanin,
    Ther's summat 'at connot be reight.
    Wol one lot are cheerin, another lot's mooanin
        For want ov sufficient to ait.
Ther must be a screw lawse i'th' social machine,
  An if left to goa on varry long,
Ther'll as sewer be a smash as befoortime ther's been,
  When gross wrangs ov thooas waik mak em strong.
Discontent may long smolder, but aght it'll burst,
  In a flame 'at ther efforts will mock;
An they'll leearn when too lat, 'at they've met the just
        fate,
  Ov thooas who rob th' poor o' ther jock.

A SAD MISHAP.

"COME, John lad, tell me what's to do,
  Tha luks soa glum an sad;
Is it becoss tha'rt short o' brass?
  Or are ta poorly, lad?
Has sombdy been findin fault,
  Wi' owt tha's sed or done?
Or are ta bothered wi' thi loom,
  Wi' th' warp tha's just begun?

Whativver 'tis, lad, let me know,—
  Aw'll help thi if aw can;
Sometimes a woman's ready wit
  Is useful to a man.
Tha allus let me share thi joys,—
  Let's share when grief prevails;
Tha knows tha sed aw should, John,
  I'th' front o'th' alter rails.

We've just been wed a year, lad,
  Come Sundy next but three;
But if tha sulks an willn't spaik,
  Aw'st think tha'rt stawld o' me.
Aw've done mi best aw'm sewer, John,
  To be a wife to thee;
Come tell me what's to do, John,
  Wol aw caar o' thi knee."

———

" Aw've brass enuff to pay mi way,—
  Aw'm hearty as needs be;—
Ther's noabdy been findin fault,
  An aw'm nooan stawl'd o' thee.
But aw'm soa mad aw connot bide,—
  For commin hooam to-neet,
Mi pipe slipt throo between mi teeth,
  An smashed to bits i'th' street.
Aw cant think what aw could be doin,
  To let the blam'd thing drop!
An a'a! it wor a beauty,
  An colored reight to th' top."

IF.

DEAR Jenny, if fortun should favour mi lot,
　　Mi own bonny wife tha shall be;
　For trubbles an worries we'll care net a jot,
　　For we'll rout 'em wi' frolic an glee.

We'll have a snug cot wi' a garden at th' back,
　An aw'll fix peearks i'th' cellar for hens;
Then a fresh egg for braikfast tha nivver need lack,
　When thi fancy to sich a thing tends.

Some cheers an a table, an two-o'-three pans,
　Some pots an a kettle for tea;
A bed an a creddle an smart kist o' drawers,
　An a rockin-cheer, lass,—that's for thee.

Some books, an some picters to hing up o'th' wall,
　To mak th' place luk nobby an neat;
An a rug up o'th' harstun to keep thi tooas warm,
　An some slippers to put on thi feet.

An when Sundy comes,—off to th' chapel or church,
　An when we get back we'll prepare,
Some sooart ov a meal,—tho its hooamly an rough,
　If its whooalsum we nivver need care.

If we're blest wi' a bairn, we mun ne'er be put aght,
　If it shows us its tempers an tiffs;
Soa Jenny, have patience, for th' change i' thi state,
　Depends varry mich on theas " Ifs."

A TRUE TALE.

THER'S a Squire lives at th' Hall 'at's lukt up to,
   As if he wor ommost a god.
  He's hansum, he's rich, an he's clivver,
   An fowk's praad if he gives 'em a nod.
He keeps carriages, horses an dogs,
  For spooartin, or fancy, or labor,
He's a pew set apart in a church,
  An he's reckoned a varry gooid naybor.

Ther's a woman bedrabbled an weet,
  Crouched daan in a doorhoil to rest ;
Her een strangely breet,—her face like a sheet,
  An her long hair hings ovver her breast.
Want's shrivell'd her body to nowt,
  An vice has set th' stamp on her face ;
An her heart's grown soa callous an hard,
  'At it connot be touched wi' disgrace.

Ther's a child bundled up i' some rags,
  'At's whinin its poor life away ;
Neglected an starvin on th' flags,
  On this wild, cold an dree winter's day.
An its father is dinin at th' Hall,
  An its mother is decin wi' th' cold,
Withaat even a morsel o' breead,
  Yet its father is rollin i' gold.

Ther's a grey heeaded man an his wife,
  Who are bow'd daan wi' grief,—net wi' years :—
Ivver mournin a dowter they've lost,
  Ivver silently dryin ther tears.
Shoo wor th' hooap an pride o' ther life,
  Till a Squire put strange thowts in her heead ;
Then shoo fled an they ne'er saw her mooar,
  Soa they mourn her as if shoo wor deead.

Ther's One up aboon sees it all ;
  He values noa titles nor brass,
He cares noa mooar for a rich Squire,
  Nor He does for a poor country lass.

His messengers now hover near,
  Till that mother an child yield ther breath,
An th' Squire has noa longer a fear,
  For his secret is lockt up in death.

PETER'S PRAYER.

HIS face wor varry thin an pale,
    His een wor strangely breet;
  His old rags flapt i'th' wintry gale,
    An shooless wor his feet.
His teeth they chattered in his heead,
  His hands had lost ther use,
He humbly begg'd a bite o' breead,
  But nobbut gate abuse.

A curse wor tremblin on his tongue,
  But with a mad despair,
He curbed it wi' an effort strong,
  An changed it for a prayer.
"Oh, God!" he cried, "spare,—spare aw pray!
  Have mercy an forgive;
Befooar too lat, show me some way
  My wife an bairns can live!"

"Aw read i'th' papers ivvery day,
  Ov hundreds,—thaasands spent
For shot an shell, an things to swell
  This nation's armament.
Into fowk's hearts, oh, God! instil
  A love ov peace, an then,
Maybe we'st have some better times,
  An men can help thersen.

Aw nobbut want a chonce to live,
  One cannot wish for less;
Wars fill this world wi' misery,—
  Peace gives us happiness.

If monarchs dooant get quite as mich,
    Ther joys need not decrease;—
Pray think o'th' poor as weel as th' rich;—
    We've but one soul apiece."

MAK TH' BEST ON'T.

MAK th' best on't,—mak th' best on't,—tho' th' job
        be a bad en,
    God bless mi life! childer, its useless to freeat!
    This world's reight enuff, but it wod be a sad en,
        If we all started rooarin for what we cant get.

Who knows but what th' things we mooast wish for an
        covet,
    Are th' varry warst things we could ivver possess;
Let's shak hands wi' awr luck, an try soa to love it,
    'At noa joy ov awr life shall be made onny less.

Mak th' best on't,—mak th' best on't,—ne'er heed if yor
        naybor
    Can live withaat workin wol yo have to slave;
Ther's nowt sweetens life like some honest hard labor,
    An it's th' battles yo feight 'at proves yo are brave.

Ne'er heed if grim poverty pays yo a visit,
    'Twill nivver stop long if yo show a bold front;
It's noa sin to be poor, if yo cant help it,—is it?
    Soa keep up yor pecker an gie sorrow a shunt.

Mak th' best on't,—mak th' best on't,—if Fortune should
        favor,
    An a big share o' blessins pour into yor lap,
'Twill give to yor pleasures a mich better flavor,
    If yo share yor goold luck wi' some other poor chap.

Depend on't, ther's nowt tends to mak life as jolly,
    As just to mak th' best ov what falls to yor lot;
For freeatin at best is a waste an a folly,
    An it nivver will help to mend matters a jot.

ON STRIKE.

HE wandered slipshod through the street,
 His clothes had many a rent;
His shoes seemed dropping from his feet,
 His eyes were downward bent.
His face was sallow, pale and thin,
 His beard neglected grew,
Upon his once close shaven chin,
 Like bristles sticking through.

I'd known him in much better state,
 As "old hard-working Mike,"
I asked, would he the cause relate?
 Said he, "Awm aght on th' strike.
Yo're capt, noa daat, to see me thus,
 Aw'm shamed to meet a friend;
It's varry hard on th' mooast on us,
 We wish 't wor at an end.

Aw cannot spend mi time i'th' haase,
 An see mi childer pine;
They havn't what'll feed a maase,
 But that's noa fault o' mine.
Th' wife's varry nearly brokken daan,—
 Shoo addles all we get,
Wol aw goa skulkin all throo th' taan,
 I' sorrow, rags an debt.

But then yo know it has to be,
 Th' committee tells us that;
They owt to know,—but as for me,
 Aw find it's hard,—that's flat.
They say 'at th' maisters suffer mooar
 Nor we can ivver guess;—
But th' sufferin they may endure,
 Maks mine noa morsel less.

But then th' committee says it's reight;
 Soa aw mun rest content,
An we mun still goa on wi' th' feight,
 What comes o' jock or rent.

Aw dooant like to desart mi mates,
  But one thing aw dooant like;
When th' table shows but empty plates
  It's hard to be on th' strike.

Gooid day,—for cake awst ha to fend,
  Them childer's maaths to fill;
Th' committee say th' strike sooin will end;
  Aw hooap to God it will.

———

BE HAPPY.

SOME fowk ivverlastinly grummel,
    At th' world an at th' fowk ther is in it;
  If across owt 'at's pleasant they stummel,
    They try to pick faults in a minnit.

We all have a strinklin o' care,
  An they're lucky 'at ne'er meet a trubble,
But aw think its unkind, an unfair,
  To mak ivvery misfortun seem double.

Some grummel if th' sun doesn't shine,—
  If it does they find cause for complainin;
Discontented when th' weather wor fine,
  They start findin fault if its rainin.

Aw hate sich dissatisfied men,
  An fowk 'at's detarmined to do soa,
Aw'd mak 'em goa live bi thersen,
  Aght o'th' world,—like a Robinson Crusoe.

To mak th' pleasures surraandin us less,
  Ivvery reight-minded man must think sinful;
When ther's soa mich to cheer us an bless,
  Ov happiness let's have a skinful.

Aw truly mooast envy that man,
  Who's gladly devotin his leisure,
To mak th' world as breet as he can,
  An add to its stock ov pure pleasure.

It's true ther's hard wark to be done,
  An mooast on us drop in to share it;
But if sprinkled wi' innocent fun,
  Why, we're far better able to bear it.

May we live long surraanded wi' friends,
  To enjoy what is healthful an pure;
An at last when this pilgrimage ends,
  We shall nivver regret it aw'm sure.

ITS TRUE.

THER'S things i' plenty aw despise;—
  False pride an wild ambition;
  Tho' ivvery man should strive to rise,
  An better his condition.
Aw hate a meean an grovlin soul,
  I' breast ov peer or ploughman,
But what aw hate the mooast ov all,
  Is th' chap 'at strikes a woman.

    For let ther faults be what they may,
      He proves 'at he's a low man,
    Who lifts his hand bi neet or day,
      An strikes a helpless woman.

    Ther taunts may oft be hard to bide,—
      Ther tempers may be fiery,
  But passions even dwell inside
    The convent an the priory.
An all should think where'er we dwell,
  Greek, Saxon, Gaul or Roman;
We're net sich perfect things ussel,
  As to despise a woman.

      For let ther faults, &c.

It's true old Eve first made a slip,
　An fill'd this world wi' bother;
But Adam had to bite his lip,—
　He couldn't get another.
An tho' at th' present day they swarm,
　That chap proves his own foeman,
Who doesn't tak his strong reight arm,
　An twine it raand a woman.

　　　For let ther faults, &c.

A chap may booast he's number one,
　An lord it o'er creation;
May spaat an praich, but when he's done,
　He'll find his proper station.
He may be fast when at his best,
　But age maks him a slow man,
An as he sinks, he's fain to rest,
　On some kind-hearted woman.

　　　For let ther faults, &c.

Aw wodn't gie a pinch o' salt,
　For that cold-hearted duffer,
Who glories o'er a woman's fault,
　An helps to mak her suffer.
Ther's net a cock e'er flapt a wing,
　'At had th' same reight to crow, man;
As th' chap who wi' a weddin ring,
　Has made a happy woman.

　　　Then let ther faults be what they will,
　　　　Ther net for me to show, man;
　　　But if yo seek for comfort, still,
　　　　Yo'll find it in a woman.

NATTY NANCY.

"MOOAR fowk get wed nor what do weel,"
  Aw've heeard mi mother say;
  But mooast young lads an lasses too,
  Think just th' contrary way.
An lasses mooar nor lads it seems,
  To wed seem nivver flaid;
For nowt they seem to dreead as mich
  As deein an old maid.
But oft for single life they sigh,
  An net withaat a cause,
When wi' ther tongue they've teed a knot,
  Ther teeth's too waik to lawse.
Days arn't allus weddin days,
  They leearn that to ther sorrow,
When panics come an th' brass gets done,
  An they've to try to borrow.
When th' chap at th' strap shop's lukkin glum,
  An hardly seems to know yo;
An gooas on sarvin other fowk
  As if he nivver saw yo.
An when yo're fain to pile up th' foir,
  Wi' bits o' cowks an cinders;—
When poverty says, " here aw've come,"
  Love hooks it aght o'th' winders.
Friends yo once had are far too thrang
  To ax yo to yer drinkin;
They happen dunnot meean owt wrang,—
  But one cannot help for thinkin.
An when yo're lukkin seedy like,
  Wi' patched an tattered clooas;
Yo'll find when yer coit elbows gape,
  Sich friends oft shut ther doors.
Ther are poor fowk 'at's happier far,
  Nor rich ens,—ther's noa daat on't,
For brass cannot mak happiness,
  But sewerly it's a pairt on't.
Aw'll tell yo ov a tale aw heeard,—
  It's one 'at tuk mi fancy,—

R

Abaat a young chap an his wife,
  They called her Natty Nancy.
They called her Natty, yo mun know
  Becoss shoo wor soa clivver,
At darnin, cookin, weshin clooas
  Or onny job whativver.
Well, they began as monny do
  'At arn't blest wi' riches;
He hugg'd all th' fortun he possessed
  I'th' pocket ov his britches.
It worn't mich, it wodn't raich
  Aboon a two-o'-three shillin;
But they wor full ov hooap an health,
  An they wor strong an willin.
An fowk wor capt to see ha sooin
  Ther little cot grew cooasy;
Shoo'd allus summat cheerful like,
  If't nobbut wor a pooasy.
Soa time slipt on, an all went weel
  When Dick sed, "Natty, lass,
A-latly aw've begun to feel
  Aw'st like a bigger haase.
For when aw tuk this cot for thee,
  We'd nubdy but ussen;
But sin that lad wor born ther's three,
  An ther'll sooin be four, an then?"
"Why, Dick," shoo sed, "just suit thisen,
  Here's raam enuff for me;
But if tha'rt anxious for a change,
  Aw'm willin to agree."
Soa sooin they tuk a bigger haase,
  They tew'd throo morn to neet,
To mak it smart, an varry sooin
  'Twor th' nicest haase i'th' strect.
An when a little lass wor born
  They thowt ther pleasur double;
But Dick, alas! had nah to taste
  A little bit o' trubble.
For times wer growin varry hard,
  An wark kept gettin slacker;
He'd furst to goa withaat his ale,
  An then to stop his bacca.

But even that did net suffice
  To keep want at a distance,
An they'd noa whear i'th' world to turn,
  To luk for some assistance.

An monny a time he left his meal
  Untouched, tho' ommost pinin;
An trail'd abaat, i' hooaps to find
  Some breeter fortun shinin.

For long he sowt, but sowt in vain,
  Although his heart wor willin
To turn or twist a hundred ways,
  To get an honest shillin.

One day his wife coom back throo th' shop,
  Her heart seem'd ommost brustin;
Shoo sob'd, "Oh, Dick,—what mun we do,
  Th' shop keeper's stall'd o' trustin.

We've nowt to ait, lad, left i'th' haase,—
  Aw know th' fault isn't thine,
But th' childer's bellies mun be fill'd
  Tho' thee an me's to pine."

Dick seized his hat an aght o'th' door
  He flew like somdy mad,
Detarmined 'at he'd get some brass,
  If brass wor to be had.

He furst tried them he thowt his friends,
  An tell'd his touchin stooary;
They button'd up ther pockets
  As they sed, "We're varry sooary."

They tell'd him to apply to th' taan,
  Or sell his goods an chattels;
Dick felt at last 'at he'd to feight
  One o' life's hardest battles.

For when he'd tried 'em ivvery one
  He fan aght to his sorrow,
'At fowk wi' brass have far mooar friends,
  Nor them 'at wants to borrow.

Wi' empty hands, hooamwards he went,
  An thear on th' doorstep gleamin,
Wor ligg'd a shillin, raand an white;—
  He thowt he must be dreamin.

He rub'd his een, an eyed it o'er,
  A-feeard lest it should vanish,

He sed, "some angel's come aw'm sewer,
　Awr misery to banish.
He pickt it up an lifted th' sneck,
　Then gently oppen'd th' door,
An thear wor Nancy an his bairns,
　All huddled up o'th' flooar.
"Cheer up!" he sed, "gooid luck's begun,
　Here,—tak this brass an spend it;
It isn't mine, lass, but aw'm sewer
　Aw think the Lord has sent it."
A'a! ha her heart jumpt up wi' joy!
　Shoo felt leet as a feather;
An off shoo went an bowt some stuff,
　Then they set daan together.
Befooar they'd weel begun, at th' door,
　They heeard a gentle tappin,
"Goa Dick," shoo sed, "luk sharp,—awm sewer
　Aw heead sombody rappin."
It wor a poor old beggar man
　Who ax'd for charity;
"Come in!" sed Dick, "it's borrow'd stuff,
　But tha shall share wi' me.
Soa set thi jaws a waggin lad,—
　It's whooalsum, nivver heed it,
An if tha ivver has a chonce,
　Pay back to them 'at need it."
Wi' th' best they had th' old chap wor plied,
　An but few words wor spokken,
Till th' old chap pushed his plate aside,
　An silence then wor brokken.
"Aw'm varry old an worn," he sed,
　This life's soa full o' cares,
Yet have aw sometimes entertained
　An angel unawares.
Ther's One aboon reads ivvery heart,
　An them 'at he finds true,
Altho' He tries 'em sooar,—at last,
　He minds to pool 'em throo.
Then nivver let yor faith grow dim,
　Altho yo've hard to feight;
Just let yer trust all rest o' Him,
　An He'll put all things straight."

He quietly sydled aght o'th' door,
  An when they lukt araand,
A purse they'd nivver seen befooar
  Wor liggin up o'th' graand.
Dick pickt it up—what could it be?
  He hardly dar to fancy;—
"Why, its addressed to thee an me!
  To Dick an Natty Nancy!"

———

They oppened it wi' tremblin hands,
  An when they saw the treasure;
'Twor hard to say which filled 'em mooast,
  Astonishment or pleasur.
Ther wor a letter for 'em too,
  An this wor ha it ended,—
"You once helped me,—may this help you,—
  From one you once befriended."

———

They nivver faand aght who he wor,
  Altho' they spared noa labor;
But for his sake they ne'er refuse
  To help ther needy naybor.

WILLIE'S LAST WORDS.

LITTLE Willie's flown away,—
  A'a, he wor a bonny lad;—
An when frolicsome an gay,
  Sich a merry laugh he had.

When aw landed hooam at neet,
  An mi day's hard task wor o'er,
Toddlin on unsteady feet,
  Willie met me at mi door.

In that hooam he held his sway,
  Rulin like a little king,
For we seldom sed him nay,
  He wor sich a loving thing.

When he'd rompt an laft his fill,
  Cloise to me he'd slyly creep,
Thear he'd curl hissel until
  Softly he'd drop off to sleep.

He wor spoiled, as childer are,
  When they're th' youngest ov a lot,—
Maybe yo'd ha spoiled him war,—
  He wor sich a cunnin dot.

Th' wife an me oft sat an tawk'd,
  Tawked an dreeamed o' what should be;
But awr fancies all wor bawked,
  What we'd planned wor net to be.

We ne'er thowt deeath could be near;—
  Onny other child but him
Mud be ta'en, but we'd noa fear,—
  Awr's wor saand i' wind an limb.

As th' sun set one summer's neet,
  An all th' heavens wor in a glow;

Willie nestled at mi feet,
  Hummin, childlike, soft an low.

All at once he fixed his een,
  Up whear th' glory brightest shone;
Summat strange he must ha seen,—
  Summat seen bi him alooan.

When he turned his face to me,
  Aw fair tremeld i' mi cheer,
He lukt strange an seemed to be,
  Older grown bi monny a year.

As he climbed up on mi knee,
  An aw pressed his cheek to mine,
" Willie's gooin to live," sed he,
  " Whear yon'd sun has gooan to shine."

Aw felt sad, an knew net why,
  When aw put him in his bed,
" What," aw ax'd uneasily,
  " Put that nooation in his heead."

Th' neet passed on an mornin coom,
  Th' burds sang sweet on th' windersil;
As aw peep'd i' Willie's room,
  Whear he lay soa white an still.

Why, or how, or when, or whear,
  Me nor nubdy else could say,
He had flown, an nowt wor thear,
  But his image, whear he lay.

Yet at times aw feel him near,
  An when th' settin sun glows red,
Then once mooar aw seem to hear,
  Those last words 'at Willie sed.

FUGITIVE POEMS,

By John Hartley.

Not written in the Yorkshire Dialect.

FUGITIVE POEMS.

ANGELS OF SUNDERLAND.

In Memoriam, June 16th, 1883.

ON the sixteenth of June, eighteen eighty-three,
The children of Sunderland hastened to see,
Strange wonders performed by a mystic man,
Believing,—as only young children can.
And merry groups chattered, as hand in hand,
They careered through the streets of Sunderland.

In holiday dress, and with faces clean,
And hearts as light as the lightest, I ween ;—
The hall was soon crowded, and wondering eyes,
Expressed their delight at each fresh surprise ;
The sight of their bright, eager faces was grand,—
Such a mass of fair blossoms of Sunderland.

With wonder and laughter the moments fly,
And the wizard at last bade them all good-bye,
But not till he promised that each one there,
In his magical fortune should have a share ;—
Such a wonderful man with such liberal hand,
Had never before been in Sunderland.

They danced, and they shouted, and full of glee,
They rushed to find out what these presents could
      be,
And the sea of young faces was borne along,
Until checked by a barrier, stout and strong;
And then the bright current was brought to a stand,
And a heart piercing shriek rang through Sunderland.

Then the hearts of the little ones filled with fear,
With a sickening sense of a danger near;
And with frantic efforts they strove to flee,
To the homes where they knew there would safety
      be;
And deaf alike to request or command,
Rushed to death,—the sweet flowers of Sunderland.

Swift flew the alarm from street to street,
And swiftly responded the hurrying feet.
Fathers and mothers with grief gone wild,
Cried as they ran, " Oh, my child! my child!"
Women half fainting, and men all unmanned,—
'Twas a sad, sad day for Sunderland.

Pen cannot tell what keen anguish wrung,
Their bleeding hearts, as the fair and young,
Were dragged from the struggling, groaning mass,
Mangled, disfigured and dead, Alas!
And offers of help came from every hand,
For they were the children of Sunderland.

Quickly and tenderly, one by one,
They were brought to light, till the task was done;
The wounded were tended with kindness and skill;
Side by side lay the dead,—all so ghastly and still;—
What a terrible tale told that silent band,
As the Sabbath sun rose over Sunderland.

In the promise of beauty and strength cut down,
Two hundred spirits from earth had flown;

Two hundred frail caskets that love could not save,
  Awaiting their last earthly home in the grave;
And a crowd of white angels expectant stand,
To welcome the angels from Sunderland.

Woe in the cottage, and woe in the hall;—
  Woe in the hearts of the great and the small;—
  Woe in the streets,—in the houses of prayer;
  Woe had its dwelling place everywhere.
Suffering and sorrow on every hand,—
Woe—woe—woe throughout Sunderland.

Who can give comfort in grief such as this?
  Man's arm is helpless,—no power is his.
  There is but One unto whom we can flee,
  One who in mercy cries, " Come unto me."
One who in pity outstretches His hand,
To the heart-broken mourners of Sunderland.

Sad will the homes be for many a day,
  Where the light of the household has been snatched
      away;
  But through the dull cloud of our sorrow and pain,
  Shines the hope that at last we may meet them
      again;
For on the bright shores of the ' better land,'
Are gathered the treasures of Sunderland.

TRUSTING STILL.

WHEN shall we meet again?
    One more year passed;
One more of grief and pain:—
    Maybe the last.
Are the years sending us
    Farther apart?
Or love still blending us
    Heart into heart?
Do love's fond memories
    Brighten the way,
Or faith's fell enemies
    Darken thy day?
Oh! could the word unkind
    Be recalled now,
Or in the years behind
    Buried lie low,
How would my heart rejoice
    As round it fell,
Sweet cadence of thy voice,
    Still loved so well.
Sometimes when sad it seems
    Whisperings say:
"Cherish thy baseless dreams,
    Yet whilst thou may,
Try not to pierce the veil,
    Lest thou should'st see,
Only a dark'ning vale
    Stretching for thee."
But Hope's mist-shrouded sun
    Once more breaks out,
Chasing the shadows dim,
    Heavy with doubt.
And far ahead I see,
    Two rays entwine;
One faint, as soul of me,
    One bright like thine.
And in that welcome sign,
    Clearly I view,
Proof of this trust of mine,—
    Thou art still true.

SHIVER THE GOBLET.

SHIVER the goblet and scatter the wine!
  Tempt me no more with the sight !
  I care not though brightly as ruby it shine,
    Like a serpent I know it will bite.
Give me the clustering fruit of the vine,—
  Heap up my dish if you will,—
But banish the poison that lurks in the wine,
  That dulls reason and fetters the will.

Oft has it lured me to deeds I detest,—
  Filled me with passions debased ;
Robbed me of all that was dearest and best,
  And left scars that can ne'er be effaced.
Oh! that the generous rich would but think,
  As they scatter their wealth far and wide,
Of the evil that lives in the ocean of drink,
  Of the thousands that sink in its tide.

They give of their substance to help the poor wretch,
  The victim of custom and laws;
But never attempt the strong arm to outstretch,
  To try to abolish the cause.
The preacher as well may his eloquence spare,
  Nor his tales of " glad tidings " need tell.
If by precepts he urge them for heaven to prepare,
  Whilst his practice leads downward to hell.

Erect new asylums and hospitals raise,—
  Build prisons for creatures of sin ;—
Can these be a means to improve the world's ways?
  Or one soul from destruction e'er win ?
No !—License the cause and encourage the sale
  Of the evil one's strongest ally,
And in vain then lament that the curse should pre-
    vail,—
  And in vain o'er the fallen ones sigh.

Strike the black blot from the laws of the land!
    And take the temptation away;
Then give to the struggling and weak one's a hand,
    To pilot them on the safe way.
Can brewers, distillers, or traffickers pray
    For the blessing of God, on the seed
Which they sow for the harvest of men gone astray?
    Of ruin, the fruit of their greed?

No bonds can be forged the drink-demon to bind,
    That will hinder its power for ill;
For a way to work mischief it surely will find,
    Let us watch and contrive as we will.
Then drive out the monster! The plague-breathing
        pest;
    And so long as our bodies have breath,
Let us fight the good fight, never stopping for rest,
    Till at last we rejoice o'er its death.

———

LITTLE SUNSHINE.

WINSOME, wee and witty,
        Like a little fay,
    Carolling her ditty
        All the livelong day,
Saucy as a sparrow
    In the summer glade,
Flitting o'er the meadow
    Came the little maid.
A youth big and burly,
    Loitered near the stile,
He had risen early,
    Just to win her smile.
And she came towards him
    Trying to look grave,
But she couldn't do it,
    Not her life to save.
For the fun within her,
    Well'd out from her eyes,

And the tell-tale blushes
  To her brow would rise.
Then he gave her greeting,
  And with bashful bow,
Said in tones entreating,
  " Darling tell me now,
You are all the sunshine,
  This world holds for me ;
Be my little valentine,
  I have come for thee."
But she only tittered
  When he told his love,
And the gay birds twittered
  On the boughs above ;
He continued pleading,
  Calling her his sun—
Said his heart was bleeding,—
  Which seemed famous fun.
Then he turned to leave her,
  But she caught his hand,
And its gentle pressure
  Made him understand,
That in spite of teasing,
  He her heart had won,
And through life hereafter,
  She would be his sun.

———

Now they have been married
  Twenty years or more,
But she's just as wilful
  As she was before.
And she's just as winsome
  In his eyes to-day,
As when first he met her,
  Mischievous and gay.
Will the years ne'er tame her ?
  Will she ne'er grow old ?
Does the grave man blame her ?
  Does he never scold ?
Does he never weary
  Of her ready tongue ?

Does he love her dearly
    As when he was young?
Yes—she was the sunshine
    Of his youthful day,
And her light laugh cheers him
    Now he's growing gray.
Happy little woman,
    That time cannot tame;
Happy sober husband,
    Loving still the same.
Happy in her lightness
    When life's morn was bright,
Happy in her brightness
    As draws on the night.

PASSING EVENTS.

PASSING events,—tell, what are they I pray?
    Are they some novelty?—Nay, nay, nay!
    Ever since the world its course began,
    Since the breath of life was breathed into man,
Still rolllng on with the wane of time,
Through every nation, in every clime;
In every spot where man has his home,
Ever they long for events to come.

Hours or days or years it may be,
Before hopes realization they see;
And no sooner it comes than it hastes away,
And others rush after no longer to stay.
And there scarcely is time to know its in sight,
E'er its found to be leaving with marvellous flight,
And what had been longed for with eager intent,
Is chronicled but as a passing event.

Hope's joys are uncertain;—anxiety rules,
Expectancy's paradise, peopled by fools;

And the present has oft so much bustle and care,
That the joys spread around we have no time to
    share.
He is surer of peace who leaves future to fate,
And the present joy snatches before it's too late;
But he's safest by far, who in mem'ry holds fast,
The sweet tastes and joys of events that are past.

THOSE DAYS HAVE GONE.

THOSE days have gone, those happy days,
    When we two loved to roam,
  Beside the rivulet that strays,
    Near by my rustic home.
Yes, they have fled, and in the past,
  We've left them far behind,
Yet dear I hold, those days of old,
  When you were true and kind.

You dreamed not then of wealth or fame,
  The world was bright and fair,
I seldom knew a grief or game,
  That you, too, did not share.
And though I mourn my hapless fate,
  In mem'ry's store I find,
And dearly hold those days of old,
  When you were true and kind.

Say, can the wealth you now possess,
  Such happiness procure,
As did our youthful pleasures bless,
  When both our hearts were pure?
No,—and though wandering apart,
  I strive to be resigned;
And dearer hold those days of old,
  When you were true and kind.

And if your thoughts should turn to me,
	With one pang of regret,
Know that this heart, still beats for thee,
	And never will forget;
Those tender links of long ago
	Are round my heart entwined,
And dear I hold those days of old,
	When you were true and kind.

I'D A DREAM.

I'D a dream last night of my boyhood's days,
	And the scenes where my youth was spent;
	And I roamed the old woods where the squirrel
		plays,
	Full of frolicsome merriment.
And I walked by the brook, and its silvery tone,
	Seemed to soothe me again as of yore;
And I stood by the cottage with moss overgrown
	And the woodbine that trailed round the door.

No change could I see in the garden plot,
	The flowers bloomed brightly around,
And one little bed of forget-me-not
	In its own little corner I found.
The sky had a home-look, the breeze seemed to sigh,
	In the strain I remembered so well,
And the little brown sparrows looked cunning and shy,
	As though anxious some story to tell.

But as quietness reigned and a loneliness fell,
	O'er the place that had once been so gay;
Its sunlight had saddened since I bade farewell,
	And left it for lands far away.
The door stood ajar and I sought for a face,
	Of the dear ones I longed so to see;
But others I knew not were now in the place,
	And their presence was painful to me.

A pang of remorse seemed to shoot through my heart,
　As I left with a sorrowing tread,
From all the familiar objects to part ;
　For I knew that the loved ones were dead.
The home once my own, now knows me no more,
　The treasures that bound me all gone,
And I woke with cheeks tear-stained, and heart sadly
　　sore,
　To find that a home I had none.

TO MY HARP.

WAKE up my harp! thy strings begin to rust!
　　Has the soul fled that once within thee
　　　　dwelt ?
　　Idle so long, shake off that coat of dust !
　　　Are there no souls to cheer, no hearts to melt ?
Are there no victims under tyrants' yoke,
　Whose wrongs thy stirring music should proclaim ?
Or have the fetters of mankind been broke ?
　Or are there none deserving songs of fame ?

Awake ! awake ! thy slumber has been long !
　And let thy chords once more arouse the heart ;
And teach us in thy most impassioned song,
　How in our sphere we best may play our part.
Tell the down-trodden, who with daily toil,
　Wear out their lives, another's greed to fill ;
That they have rights and interests in the soil,
　And they can win them if they have the will.

Tell the high-born that chance of birth ne'er gave
　To them a right to carve another's fate ;
Nor yet to make the humbler born a slave,
　Whose heart with goodness may be doubly great.
Tell the hard-handed poor, yet honest man,
　That though through roughest ways of life he plod,
Nature hath placed upon his birth no ban,—
　All men are equal in the sight of God.

And yet a softer, pitying strain let pour,
  To soothe the anguish of the troubled soul,
And fill the heart bereaved, with hope once more,
  And from the brow the heavy grief-cloud roll.
Cheer on the brave who struggle in the fight,—
  And warn oppression of the gathering storm,
And drag the deeds of false ones to the light,—
  And herald in the day of true reform.

Nor leave the gentler, loving themes, unsung,
  Compassionate the maiden's tender woes,
Revive the faint who are with fears unstrung,
  And solace them who writhe in suffering's throes.
Awake! awake! there's need enough of thee,
  Nor let again such sloth enchain thy tongue,
And may thy constant effort henceforth be,
  To plant the right, and to uproot the wrong.

———

BACKWARD TURN, OH! RECOLLECTION.

BACKWARD turn, oh! recollection!
    Far, far back to childhoods' days;
  To those treasures of affection,
    'Round which loving memory plays
  Show to me the loving faces
    Of my parents, now no more,—
  Fill again the vacant places
    With the images of yore.

  Conjure up the home where comfort
    Seemed to make its cosy nest;
  Where the stranger's only passport,
    Was the need of food and rest.
  Show the schoolhouse where with others,
    I engaged in mental strife,
  And the playground, where as brothers
    Running, jumping, full of life.

Now I see the lovely maiden,
   That my young heart captive led;
Like a sylph, with gold curls laden,
   And her lips of cherry red.
Now fond voices seem to echo,
   Tones as when I heard them last;
And my heart sighs sadly, Heigh, ho!
   For the joys for ever past.

From the past back to the present,
   Come, ye wandering thoughts again;
Memories however pleasant,
   Will not rid *to-day* of pain,
Now we live, the past is buried,—
   We are midway in life's stream;
Onward, onward! ever hurried,—
   And the future's but a dream.

ALICE.

DEAR little Alice lay dying;—
   I see her as if 'twas to-day,
And we stood round her snowy bed, crying,
   And watching her life ebb away.

'Twas a beautiful day in the spring,
   The sun shone out warmly and clear;
And the wee birds, their love songs to sing
   Came and perched on the trees that grew near.

In the distance, the glistening sea,
   Could be heard in a deep solemn tone,
As if murmuring in sad sympathy,
   For our griefs and our hopes that had flown.

The windows, wide open, allowed
   The soft wind to fan her white cheek,
As with uncovered heads, mutely bowed,
   We stood watching, not daring to speak.

We were only her playmates,—no tie
  Of relationship drew us that way,
We'd been told that dear Alice must die,
  And she'd begg'd she might see us that day.

We were all full of sorrow, and tears
  We all shed,—but not one showed surprise;
Of her future we harboured no fears,
  For we knew she was fit for the skies.

Ever gentle and kind as a dove,
  To each one she knew she had been;
She had ruled her dominion by love,
  And we all paid her homage as Queen.

Her strange beauty, now, as I look back,
  I can see as I ne'er saw it then;
But words to describe it I lack,
  It could never be told by a pen.

Half asleep, half awake, as she lay,
  With her golden curls round her pale face;
A smile round her lips 'gan to play,
  And her eyes gazed intently on space.

With an effort she half raised her head,
  And looked lovingly round us on all,
Then she motioned us nearer the bed;
  And we silently answered her call.

Then she put out her tiny white hand,
  The friend nearest her took it in his;
And so faintly she whispered "Good-bye,"
  As he printed upon it a kiss.

One by one, boy and girl, did the same,
  And she bade them 'farewell' as they passed
Calling every one by their name,
  'Till it came to my turn;—I was last.

"Good-bye, Harry," she breathed very low,
    And her eyes to my soul seemed to speak;
And she strove not to let my hand go,
    Till I stooped down and kissed her pale cheek.

Then she wearily laid down her head,
    And she closed her blue eyes with a sigh;—
"Don't forget me, dear Harry, when dead,
    But meet me in Heaven by-and-bye."

And that whisper I never forgot,
    And her hand's dying clasp I feel still;
For I swore, that whatever my lot,
    I'd be true to that child,—and I will.

It may be a foolish conceit,
    But it oft is a solace for me,
To think, when life's troubles I meet,
    There's an angel in Heaven cares for me.

Friends deplore my lone bachelor state,
    Some may pity, and others deride;
But they know not for Alice I wait,
    Who took with her my heart when she died.

LOOKING BACK.

I'VE been sitting reviewing the past, dear wife,
    From the time when a toddling child,—
  Through my boyish days with their joys and strife,—
    Through my youth with its passions wild.
Through my manhood, with all its triumph and fret,
    To the present so tranquil and free;
And the years of the past that I most regret,
    Are the years that I passed without thee.

It was best we should meet as we did, dear wife,—
    It was best we had trouble to face;

For it bound us more closely together through life,
  And it nerved us for running the race.
We are nearing the end where the goal is set,
  And we fear not our destiny,
And the only years that I now regret,
  Are the years that I passed without thee.

'Twas thy beauty attracted my eye, dear wife,
  But thy goodness that kept me true;
'Twas thy sympathy soothed me when cares were rife,
  'Twas thy smile gave me courage anew.
Thy bloom may be faded by time, but yet,
  Thou hast still the same beauty to me,
And no part of my past do I now regret,
  Save the years that I passed without thee.

We have struggled and suffered our share, dear wife,
  But our joys have been many and sweet;
And our trust in each other has taken from life,
  The heartaches and pangs others meet.
I still bless the day, long ago, when we met,
  And my prayer for the future shall be,
That when the call comes and thy life's sun has set,
  I may never be parted from thee.

I KNOW I LOVE THEE.

I SHALL never forget the day, Annie,
    When I bid thee a fond adieu;
    With a careless good bye I left thee,
    For my cares and my fears were few.
True that thine eyes seemed brightest;—
    True that none had so fair a brow,—
I *thought* that I loved thee then, Annie,
  But I *know* that I love thee now.

I had neither wealth nor beauty,
  Whilst thou owned of both a share,
I had only a honest purpose
  And the courage the Fates to dare.

To all others my heart preferred thee,
  And 'twas hard to part I know;
For I *thought* that I loved thee then, Annie,
  But I *know* that I love thee now.

Oh! what would I give to-night, love,
  Could I clasp thee once again,
To my heart that is aching with loving,—
  To my heart where my love does reign.
Could I hear thy voice making music,
  So gentle, so sweet and so low,
I *thought* that I loved thee then, Annie,
  But I *know* that I love thee now.

I have won me wealth and honour,—
  I have earned a worldly regard,
But alas they afford me no pleasure,
  Nor lighten my lot so hard.
Oh come for my bosom yearneth,
  All its burden of love to bestow,—
Once I *thought* that I really loved thee,
  But I *know* that I love thee now.

Canst thou ever forgive me the folly,
  Of failing to capture the prize,
Of thy maiden heart, trustful and loving,
  That shone thro' thy tear bedimmed eyes.
But I knew not until we had parted,
  How fiercely love's embers could glow;
Or how *truly* I loved thee then, Annie,
  Or how *madly* I'd love thee now.

A BACHELOR'S QUEST.

SHE may be dark or may be fair,
  If beauty she possesses;
  But she must have abundant hair,—
  I doat on flowing tresses.
Her skin must be clear, soft and white,
  Her cheeks with health's tints glowing,
Her eyes beam with a liquid light,—
  Red lips her white teeth showing.
She must be graceful as a fawn,
  With bosom gently swelling,
Her presence fresh as early dawn,—
  A heart for love to dwell in.
She must be trusting, yet aware
  That flatterer's honey'd phrases,
Are often but a wily snare,
  To catch her in love's mazes.
Accomplishments she must possess,
  These make life worth the having;
And taste, especially in dress,
  Yet still inclined to saving.
In cookery she must excel,
  To this there's no exception,
And serve a frugal meal as well
  As manage a reception.
Untidyness she must abhor,
  In every household matter;
And resolutely close the door,
  To any gossip's chatter.
She must love children, for a home,
  Ne'er seems like home without 'em;
And women seldom care to roam,
  Who love their babes about 'em.
Should she have wealth, she must not boast,
  Or tell of what she brought me;
Content that I should rule the roost,—
  (That's what my father taught me.)
If I can find some anxious maid
  Who all these charms possesses,
I shall be tempted, I'm afraid,
  To pay her my addresses.

WAITING AT THE GATE.

DRAW closer to my side to-night,
    Dear wife, give me thy hand,
My heart is sad with memories
    Which thou canst understand,
Its twenty years this very day,
    I know thou minds it well,
Since o'er our happy wedded life
    The heaviest trouble fell.

We stood beside the little cot,
    But not a word we said;
With breaking hearts we learned, alas,
    Our little Claude was dead,
He was the last child born to us,
    The loveliest,—the best,
I sometimes fear we loved him more
    Than any of the rest.

We tried to say " Thy will be done,"
    We strove to be resigned;
But all in vain, our loss had left
    Too deep a wound behind.
I saw the tears roll down thy cheek,
    And shared thy misery,
But could not speak a soothing word,
    I could but grieve with thee.

He looked so calm, so sweet, so fair
    Why should we stand and weep?
Death had but paused a moment there,
    And put our pet to sleep.
The weary hours crept sadly on,
    Until the burial day;
Then in the deep, cold, gravel grave,
    We saw him laid away.

His little bed was taen apart,
    His toys put out of sight;
His brother and his sister soon
    Grew gay again and bright.

But we, dear wife, we ne'er threw off,
　The sorrow o'er us cast;
And even yet, at times, we grieve,
　Though twenty years have passed.

We know he's in a better land,
　A heaven where all is bliss;
Nor would we try if we'd the power
　To bring him back to this.
Draw closer to my side, dear wife,
　And wipe away that tear,
Heaven does not seem so far away,
　I seem to feel him near.

He'll come no more with us to dwell,
　For our life's lamp burns dim;
But He who doeth all things well,
　Will draw us up to Him.
Come closer, wife, let us not part,
　We have not long to wait;
A something whispers to my heart,
　"Claude's waiting at the Gate."

———

LOVE.

LOVE—love—love—love,—
　A tiny hand in a tiny glove;
　A witching smile that means,—well,—well,—
　Whether little or much its hard to tell.
A tiny foot and a springy tread,
Short curls running riot all over her head;
A waist that invites a fond embrace,
Yet by modesty girt seems a holy place;
Not a place where an arm should be idly thrown,
But should gently rest, as would rest my own.
An angel whose wings are but hid from view,
Whose charms are many and faults so few,
As near perfection as mortal can be,
Is the one that I love and that loves but me.

They tell me that love is blind,—oh, no!
They can never convince a lover so;
Love cannot be blind for it sees much more,
Then others have ever discovered before.
Oh, the restless night with its pleasing dreams,
Sweet visions through which her beauty beams;
The pleasant pains that find vent in sighs,—
And the hopes of a earthly paradise
Where we shall dwell and heart to heart
In unison beat. Of the world a part
Yet so full of our love for each other that we
Shall sail all alone on life's troublesome sea,
In a charmed course, of perpetual calm,
Away from all danger, secure from harm.

Ah, yes,—such is love to the maiden and youth,
That have implicit trust in each others truth ;—
Such love was mine, but alas, alas!
The things I had hoped for ne'er came to pass.
But I thank the star of my destiny,
That guided a true plain woman to me;
That amid the bustle and worry and strife,
Has proved a good mother and faithful wife,
Though the fates did not grant me an angel to wed,
They gave me a woman for helpmate instead.

DO YOUR BEST AND LEAVE THE REST.

A S through life you journey onward
    Many a hill you'll have to climb;
    Many a rough and dang'rous pathway,
    You'll encounter time and time.
Now and then a gleam of sunshine,
  Will bring hope to cheer your breast;
Then press onward,—ever trusting,—
  Do your best and leave the rest.

Though your progress may be hindered,
  By false friends or bitter foes;

And the goal for which you're striving,
  Seems so far away,—who knows?
You may yet have strength to reach it,
  E'er the sun sinks in the west;
Ever striving,—still undaunted:—
  Do your best and leave the rest.

If you fail, as thousands must do,
  You will still have cause for pride:
You will have advanced much further,
  Than if you had never tried.
Never falter, but remember,
  Life is not a foolish jest;
You are in the fight to win it;—
  Do your best and leave the rest.

If at last your strength shall fail you,
  And your struggles have proved vain;
There is One who will sustain you;—
  Soothe your sorrow,—ease your pain,
He has seen your earnest striving,
  And your efforts shall be blest;
For He knows, that you, though failing,
  Did your best,—He'll do the rest.

TO MY DAUGHTER ON HER BIRTHDAY.

DARLING child, to thee I owe,
  More than others here will know;
  Thou hast cheered my weary days,
  With thy coy and winsome ways.
When my heart has been most sad,
Smile of thine has made me glad;
In return, I wish for thee,
Health and sweet felicity.
May thy future days be blest,
With all things the world deems best.
If perchance the day should come,
Thou does leave thy childhood's home;

Bound by earth's most sacred ties,
With responsibilities,
In another's life to share,
Wedded joys and worldly care;
May thy partner worthy prove,—
Richest in thy constant love.
Strong in faith and honour, just,—
With brave heart on which to trust.
One, to whom when troubles come,
And the days grow burdensome,
Thou canst fly, with confidence
In his love's plenipotence.
And if when some years have flown,
Sons and daughters of your own
Bless your union, may they be
Wellsprings of pure joy to thee.
And when age shall line thy brow,
And thy step is weak and slow,—
And the end of life draws near
May'st thou meet it without fear;
Undismayed with earth's alarms,—
Sleeping,—to wake in Jesus' arms.

REMORSE.

NONE ever knew I had wronged her,
  That secret she kept to the end.
  None knew that our ties had been stronger,
  Than such as should bind friend to friend.
Her beauty and innocence gave her
  Such charms as are lavished on few;
And vain was my earnest endeavour
  To resist,—though I strove to be true.

She had given her heart to my keeping,—
  'Twas a treasure more precious than gold;
And I guarded it, waking or sleeping,
  Lest a strange breath should make it grow
    cold.

And I longed to be tender, yet honest,—
  Alas! loved,—where to love was a sin,—
And passion was deaf to the warning,
  Of a still small voice crying within.

I feasted my eyes on her beauty,—
  I ravished my ears with her voice,—
And I felt as her bosom rose softly,
  That my heart had at last found its choice.
'Twas a wild gust of passion swept o'er us,—
  Just a flash of tumultuous bliss;—
Then life's sunlight all vanished before us,
  And we stood by despair's dark abyss.

'Tis past,—and the green grass grows over,
  The grave that hides her and our shame;
None ever knew who was her lover,
  For her lips never uttered his name.
But at night when the city is sleeping,
  I steal with a tremulous tread,
And spend the dark solemn hours weeping,
  O'er the grave of the deeply wronged dead.

MY QUEEN.

ANNIE,—oh! what a weary while
  It seems since that sad day;
  When whispering a fond "good bye,"
  I tore myself away.
And yet, 'tis only two short years;
  How has it seemed to thee?
To me, those lonesome years appear
  Like an eternity.

We loved,—Ah, me! how much we loved!
  How happy passed the day
When pouring forth enraptured vows,
  The charmed hours passed away.

In every leaf we beauty saw,—
  In every song and sound,
Some sweet entrancing melody,
  To soothe our hearts we found.

And now it haunts me as a dream,—
  A thing that could not be !—
That one so pure and beautiful
  Could ever care for me.
But I still have the nut-brown curl,
  Which tells me it is true;
And in my fancy I can see
  The brow where once it grew.

Those eyes, whose pensive, loving light,
  Did thrill me through and through:
Still follow me by day and night,
  As they were wont to do.
Thy smile still haunts me, and thy voice,
  At times I seem to hear;
And when the scented zephyrs pass
  I fancy thou art near.

'Twill not be long, dear heart, (although
  It will seem long to me;)
Until I clasp thee once again ;
  To part no more from thee.
Though storms may roar, and oceans rage
  And furies vent their spleen ;—
There's naught shall keep me from my love ;
  My beautiful ;—my queen !

NOW AND THEN.

DID we but know what lurks beyond the NOW;
    Could we but see what the dim future hides;
Had we some power occult that would us show
    The joy and sorrow which in THEN abides;
Would life be happier,—or less fraught with woe,
    Did we but know?

I long, yet fear to pierce those clouds ahead;—
    To solve life's secrets,—learn what means this
        death.
Are fresh joys waiting for the silent dead?
    Or do we perish with our fleeting breath?
If not; then whither will the spirit go?
    Did we but know.

'Tis all a mist.   Reason can naught explain,
    We dream and scheme for what to-morrow
        brings;
We sleep, perchance, and never wake again,
    Nor taste life's joys, or suffer sorrow's stings.
Will the soul soar, or will it sink below?
    How can we know.

"You must have Faith!"—How can a mortal
        weak,
    Pin faith on what he cannot comprehend?
We grope for light,—but all in vain we seek,
    Oblivion seems poor mortal's truest friend.
Like bats at noonday, blindly on we go,
    For naught we know.

Yet, why should we repine?   Could we but see
    Our lifelong journey with its ups and downs!
Ambition, hope and longings all would flee,
    Indifferent alike to smiles and frowns.
'Tis better as it is.   It must be so.
    We ne'er can know.

THE OPEN GATES.

MY heart was sad when first we met;
    Yet with a smile,—
A welcome smile I ne'er forget,
    Thou didst beguile
My sighs and sorrows;—and a sweet delight
Shed a soft radiance, where erst was night.

I dreamed not we should meet again ;—
    But fate was kind,
Once more my heart o'er fraught with pain,
    To joy inclined.
It seemed thy soul had power to penetrate
My inmost self, changing at will my state.

Then sprang the thought :—Be thou my Queen !
    I will be slave;
Make here thy throne and reign supreme,
    'Tis all I crave.
Let me within thy soothing influence dwell,
Content to know, with thee all must be well.

I knew not that another claimed
    By prior right,
Those charms that had my breast inflamed
    With fancies bright.
Ah ! then I recognized my loneliness :—
My dreams dispelled ;—still I admired no less.

Time wearily dragged on its way,—
    We met once more,
And thou wert free ! Oh, happy day !
    As sight of shore
Cheers the worn mariner ;—so sight of thee,
Made my heart beat with sweet expectancy.

Is it too much to hope,—someday
This heart of mine,
That beats alone for thee,—yet may
Thy love enshrine?
All things are said to come to him who waits,
I'm waiting, darling.—Love, opes wide the gates.

BLUE BELLS.

BONNY little Blue-bells
Mid young brackens green,
'Neath the hedgerows peeping
Modestly between;
Telling us that Summer
Is not far away,
When your beauties blend with
Blossoms of the May.

Sturdy, tangled hawthorns,
Fleck'd with white or red,
Whilst their nutty incense,
All around is shed.
Bonny drooping Blue-bells,
Happy you must be
With your beauties sheltered
'Neath such fragrant tree.

You need fear no rival,—
Other blossoms blown,
With their varied beauties
But enhance your own.
Steals the soft wind gently,
'Round th' enchanted spot,
Sets your bells a-ringing
Though we hear them not.

Idle Fancy wanders
As you shake and swing,
Our hearts shape the message
We would have you bring.

Dreams of happy Springtimes
  We hope yet to share;
Vague, but pleasant visions
  All to melt in air.

Children's merry voices
  Break your witching spells,
Chubby hands are clasping
  Languishing Blue-bells.
Gay and happy children
  Hop and skip along,
With their ringing laughter,
  Sweet as skylark's song.

Slowly soon I follow
  Through the rustic lane,
But the sight that greets me
  Gives me pang of pain.
Strewed upon the pathway,
  Fairy Blue-bells lie,
Trampled, crushed and wilted,
  Cast away to die.

Yet they lived not vainly
  Though their life was brief,
Shedding gleams of gladness
  O'er a world of grief.
And they taught a lesson,—
  Rightly understood;
By their mute endeavour
  Striving to do good.

A SONG OF THE SNOW.

OH, the snow,—the bright fleecy snow!
    Isn't it grand when the north breezes blow?
    Isn't it bracing the ice to skim o'er,
    With a jovial friend or the one you adore?
How the ice crackles, and how the skates ring,
How friends flit past you like birds on the wing.
How the gay laugh ripples through the clear air,
How bloom the roses on cheeks of the fair!
    Few are the pleasures that life can bestow,
    To equal the charms of the beautiful snow.

Oh, the snow,—the pitiless snow!
Cruel and cold, as the shelterless know;
Huddled in nooks on the mud or the flags,
Wrapp'd in a few scanty, fluttering rags.
Gently it rests on the roof and the spire,
And filling the streets with its slush and the mire,
Freezing the life out of poor, starving souls,
Wild whirling and drifting as Boreas howls.
    Hard is their lot who have no where to go,
    To shelter from storm and the merciless snow.

Oh, the snow,—the treacherous snow!
Up in a garret on pallet laid low!
Dying of hunger,—oh, sad is her fate;—
No food in the cupboard,—no fire in the grate.
A widening streak of frost crystals are shed,
Through the window's broke pane on the comfortless
      bed,
And the child that she clasps to her chill milkless
      breast,
Has ended its troubles, and gone to its rest.
    Husbandless, — childless, and friendless. — Go
      slow,—
    She sleeps with her babe, and their shroud is the
      snow.

Oh, the snow, the health-giving snow!
Setting the cheeks of the children aglow,
Father and mother,—well fed and well clad,
Join in the frolic like young lass and lad.
Little they dream of the suffering and woe,
Of those shivering outcasts with nowhere to go.
Then they read from their paper with quivering
    breath,
Accounts of poor wand'rers found frozen to death,
  And their hearts with pure pity perchance over-
    flow,
  But it vanishes soon, like the beautiful snow.

HIDE NOT THY FACE.

HIDE not Thy face,—and though the road
    Be dark and long and rough,
    With cheerfulness I'll bear my load,
    Thy smile will be enough.
All other helps I can forego,
  If with Faith's eye I trace,
Through earthly clouds of grief and woe,
  The presence of Thy face.

Hide not Thy face;—weak, worn and faint,
  Oppressed with doubt and fear;
Still will I utter no complaint,—
  Content if Thou art near.
Thy loving hand my steps shall guide,
  And set my doubts at rest;
In loving trust, whate'er betide,
  For Thou, Lord, knowest best.

Hide not Thy face;—the tempter's wiles
  Around my feet are spread;
The world's applause,—the wanton's smiles,
  Beset the path I tread.

Alone, too weak to fight the host
  Of Pleasure's vicious train,
'Tis then I need Thy succour most;—
  Let me not seek in vain.

Hide not Thy face, but day by day,
  Shine out more clearly bright;
Until this narrow, thorny way,
  Shall end in Death's dark night.
Then freed from all the taints of sin,
  Through Thine abundant Grace;
The crown of righteousness I win,
  And see Thee face to face.

IN MY GARDEN OF ROSES.

OH! Come to me, darling! My Sweet!
  Here where the sunlight reposes;
Pink petals lie thick at my feet,
  Here in my garden of roses.

Oh! come to my bower! My Queen!
  Sweet with the breath of the flow'rs;
Shaded with curtains of green;—
  Here let us dream through the hours.

The sky is unfleck'd overhead,—
  Trees languish in Sol's fervid ray,—
The earth to the heavens is wed,
  And robin is piping his lay.

Lost is their sweetness upon me;
  Vainly their beauties displaying;—
Cheerless I wander, and lonely,—
  Hoping and longing and praying.

Oh! come to me, Queenliest flower!
  Reign in my garden of roses;
Humbly we bow to thy power,
  Loving the sway thou imposes.

Hark! 'Tis her tinkling footfall!
  Robin desist from thy singing;
Mar not those sounds that enthrall,—
  Faint as a fairy bell's ringing.

She cometh! My lily! my rose!
  Queenlier,—purer, and sweeter!
Haste, every blossom that blows,
  Pour out your perfumes to greet her!

Panting she rests in my arms;—
  Now is my bower enchanted!
Essence of all this world's charms;—
  My heart has won all that it wanted.

———

THE MATCH GIRL.

MERRILY rang out the midnight bells,
    Glad tidings of joy for all;
    As crouched a little shiv'ring child,
    Close by the churchyard wall.
The snow and sleet were pitiless,
  The wind played with her rags,
She beat her bare, half frozen feet
  Upon the heartless flags;
A tattered shawl she tightly held
  With one hand, round her breast;
Whilst icicles shone in her hair,
  Like gems in gold impressed,
But on her pale, wan cheeks, the tears
  That fell too fast to freeze,
Rolled down, as soft she murmured,
  "*Do* buy my matches, please."

Wee, weak, inheritor of want!
  She heard the Christmas chimes,
Perchance, her fancy wrought out dreams,
  Of by-gone, better times,

The days before her mother died,
   When she was warmly clad;
When food was plenty, and her heart
   From morn to night was glad.

Her father now is lying sick,
   She soon may be alone;
He cannot use his spade and pick,
   As once he could have done.
The workhouse door stands open wide,
   But should he enter there,
They'd tear his darling from his side
   And place her anywhere.
They'd call it charitable help,
   Though breaking both their hearts;
But then, when in adversity
   Folks have to bear the smarts.

Some carriages go rolling by,
   Gay laughter greets her ears;
She envies not their better lot,
   She only sheds more tears,
And now and then a passing step,
   Will cause the tears to cease;
As fainter, fainter, comes the plaint,
   "*Do* buy my matches, please."

Darker the sky, colder the wind,—
   The bells are silent now;—
She creeps still closer to the wall,
   And sinks upon the snow.
The sound of revelry no more
   Disturbs her weary ear,
Sleep conquers cold and pain and grief;—
   Oblivion shuts out fear.
The snow drifts to the churchyard wall,
   The graves with white are spread;
But those gray walls do not enclose
   All of the near-by dead.

The wind has ta'en the snowflakes,
   And gently as it might,

Has spread a shroud o'er one more lost,
  And hid it from the sight.

I would not wake her if I could,
  'Twas well for her she died;
Her spirit floated out upon
  The bells of Christmastide,
She breathed no prayer, nor thought of Heaven,—
  Her last faint words were these;—
As time merged in eternity,
  "*Do* buy my matches, please."

But surely angels would be there,
  To shield her from all harm;
And in Christ's loving bosom,
  She could nestle and get warm.

The wifeless, childless, stricken man,
  Lies moaning in his pain —
"Come, let me bless thee e'er I die!"
  But she never came again.

————

DE PROFUNDIS.

DOWN in the deeps of dark despair and woe;—
    Of Death expectant;—Hope I put aside;
    Counting the heartbeats, slowly, yet more slow,—
    Marking the lazy ebb of life's last tide.
Sweet Resignation, with her opiate breath,
  Spread a light veil, oblivious, o'er the past,
And as unwilling handmaid to remorseless Death,
  Shut out the pain of life's great scene,—the last.

When, lo! from out the mist a slender form
  Took shape and forward pressed and two bright eyes
Shone as two stars that gleam athwart the storm,
  Grandly serene, amid the cloud-fleck'd skies.

"Not yet," she said, "there are some sands to run,
    Ere he has reached life's limit, and no grain
Shall lie unused.   Then, when his fight is done,
    Pronounce the verdict,—be it loss or gain."

I felt her right hand lightly smooth my brow,
    Her left hand on my heart; and a sweet thrill
Swept all the strings of being, and the flow
    Of a full harmony aroused the dormant will.
Death slunk away, sweet Resignation paled,
    And Hope's bright star made all the future bright;
The clouds were rent;—a woman's love prevailed,
    And dragged a sinking soul once more to love and light.

Angels there are who walk this troublous world,
    Whose wings are hid beneath poor mortal clay,
Lest their effulgence to man's eyes unfurled,
    Might scare the timid-hearted ones away.
The whispered word, the smile, the gentle tone,
    Love-prompted from a woman's heaving breast,
Enforce her claim to make the world her throne,
    Beyond compare,—of all God's gifts the best.

———

NETTIE.

NETTIE, Nettie! oh, she's pretty!
    With her wreath of golden curls;
None compare with charming Nettie,
    She's the prettiest of girls.
Not her face alone is sweetest,—
    Nor her eyes the bluest blue,
But her figure is the neatest
    Of all forms I ever knew.
But she has a fault,—the greatest
    That a pretty girl could have;
When she's looking the sedatist,
    And pretending to be grave,—
You discover, 'spite of hiding,
    What I feel constrained to tell;
That she knows she is a beauty,—

Knows it,—knows it,—aye, too well.
May be when the bloom has vanished;
  Which we know in time it will;
And her foolish fancies banished,
  May be, she'll be lovely still.
For though Time may put his finger,
  On her dainty-fashioned face;
There will still some beauty linger,
  Round her form so full of grace.
And her heart,—the priceless treasure,
  Which so many long to win,
Still shall prove a fount of pleasure,
  To the love that enters in.
Pity 'tis that fairest blossoms
  Must in time fall from the tree;
Pity 'tis that snow-white bosoms
  Must yield up their symmetry.
Brightest eyes will lose their love-light,
  Fairest cheeks grow pale and gray;—
Golden locks will lose their sunlight,
  And the loveliest limbs decay.
But whilst life is left we hunger
  For a taste of earthly bliss;
But the man need seek no longer,
  Who can call sweet Nettie his.

THE DEAN'S BROTHER.

A LITTLE lad, but thinly clad,
    All day had roamed the street;
  With stifled groans and aching bones,
    He beg'd for bread to eat.

The wind blew shrill from o'er the hill,
  And shook his scanty rags;
Whilst cold and sleet benumbed his feet,
  As plodding o'er the flags.

The night drew on with thick'ning gloom,—
  He hailed each passer by,
For help to save, but nought they gave,—
  Then he sat down to cry.

It was a noble portico,
  'Neath which the beggar stept,
And none would guess, one in distress
  There shiv'ring sat and wept.

But soon the door was open thrown,—
  The Dean, a goodly man ;
Who lived within, had heard a moan,
  And came the cause to scan.

" Ah, little boy, what want you here,
  On such a bitter night ?
Run home at once, you little dunce,
  Or you'll be frozen quite."

The boy looked at his cheery face,
  Yet hid his own in dread ;
" I meant no harm, the place was warm,
  And I am begging bread ;

" And if you can a morsel spare,
  I'll thank you, oh ! so much,
For all day long I've begged and sung,
  And never had a touch."

"Step in," then said the kindly man,
  " And stand here in the hall,
You shall have bread, poor starving child,
  I promise you you shall."

And off he went, and soon returned
  With a thin, tempting slice,
And little Jemmy clapt his hands
  And cried, " Oh, sir, that's nice !"

" And what's your name, come tell me that ?"
  " My name is Jimmy Pool."

" And do you always beg all day
    Instead of going to school ?

" And can you read, and can you write?"
    Poor Jimmy shook his head,
" No, sir, I have to beg all day,
    At night I go to bed.

" My mother lays me on the floor,
    Upon a little rug;
And I ne'er think of nothing more,
    When I'm so warm and snug.

" Sometimes I wake, and when I do,
    Unless it's almost day,
She's always there, upon her chair,
    Working the night away.

" It isn't much that she can make,—
    Sometimes I think she'd die,
But for her little Jimmy's sake,—
    There's only her and I."

" And do you ever pray, my boy?"
    " No, sir, I never tried,
I never heard a praying word
    Since my poor Daddy died."

" Then let me teach you, little boy,
    Just come now, let me see,—
I know you'll manage if you try,—
    Now say it after me.

" Our Father,"—" Our Father,"—" right,"
    " That art in heaven," " go on !"
Jimmy repeated every word,
    Until the prayer was done.

Then turning up his hazel eyes,
    Which questioning light shone through,
He said, " that prayer sounds very nice,—
    Is He your Father too ?"

" Yes, He is mine as well as yours,
    And Lord of all you see."

U

"Far as I know, if that be so,
    My brother you must be."

"Yes we are brethren, every one,
    All equal in His sight."
"Well, I will *try* to think so, sir,
    But I can't believe it *quite.*

"It seems so strange that you should be
    Akin to such as me,
For you are rich, and great, and grand
    And I'm so poor you see."

"But it is true, my little lad,
    And if to Him you pray,
He'll make your little heart feel glad,—
    He'll turn you not away."

"Well, if that's so, I'll learn to pray,
    I'll take your kind advice,—
But if you are my brother,
    Give me just one thicker slice.

"And if He's Father of us all,—
    Now, as I'm going home,
From your big share perhaps you'll spare
    Your widowed sister some?"

The Dean's face wore a puzzled look,
    And then a look of joy;
Then said, " 'tis you the teacher are,
    I am the scholar, boy."

That night the widow's eyes were wet,
    But they were tears of joy,—
When she beheld the load of things
    Brought by her little boy.

And Jimmy danced upon the flags,
    And cried, "there's few have seen,
And ever thought that in these rags,
    Stands brother to a Dean."

I WOULD NOT LIVE ALWAY.

"I WOULD not live alway,"
　Why should I wish to stay,
　Now, when grown old and grey,
　Enduring slow decay?
When power to do has fled,
'Twere better to be dead—
The tree that's ceased to bear,
Has no right to be there.
Who cares to keep a bird
Whose note is never heard?
Yet many things abound,
Encumbering the ground;
Useless, unsightly wrecks,
That only serve to vex
The sight of those who boast
All that those wrecks have lost.

If God gave me this life,—
Now, when worn out with strife,
May I not give it back
And move from out the track?

This world is not for drones!
The right to live each owns;
But he to earn that right
Must work with all his might.

When power to do has fled,
'Twere better to be dead.
The dog has had its day;—
"I would not live alway."

TOO LATE.

HOW should I know,
That day when first we met,
Would be a day
I never can forget?
And yet 'tis so.
That clasp of hands that made my heartstrings thrill,
Would not die out, but keeps vibrating still?
How should I know?

How should I know,
That those bright eyes of thine
Would haunt me yet?
And through Grief's dark cloud shine,
With that same glow?
That thy sweet smile, so full of trust and love,
Should, beaming still, a priceless solace prove?
How should I know?

How should I know
That one so good and fair,
Would condescend
To spare a thought, or care,
For one so low?
I dared not hope such bliss could be in store;—
How dare I who had known no love before?
How should I know?

But now I know—
Too late, alas! the prize
Can ne'er be mine,
Yet do I hug the pain,
And bless the blow,
Knowing I love, and am loved in return,
Is bliss undying whilst Life's lamp shall burn.
Yes, now I know.

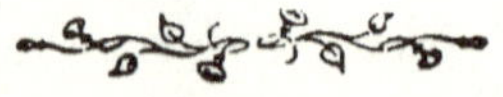

ON THE BANKS OF THE CALDER.

ON Calder's green banks I stroll sadly and lonely,
　　The flowers are blooming, the birds singing sweet,
The river's low murmur seems whispering only,
　　The name of the laddie I came here to meet.
He promised yestre'en, by the thorn tree in blossom,
　He'd meet me to-night as the sun sank to rest,
And a sprig of May blossom he put on my bosom,
　As his lips to my hot cheeks he lovingly prest.
　　　Oh, where is my laddie?　Oh, where is my Johnnie?
　　　　Oh, where is my laddie, so gallant and free?
　　　He's winsome and witty, his face is so bonny,
　　　　Oh, Johnnie,—my Johnnie,—I'm waiting for thee.

The night's growing dark and the shadows are eerie,
　The stars now peep out from the blue vault above;
Oh, why does he tarry? oh, where is my dearie?
　Oh, what holds him back from the arms of his love?
I know he's not false, by his kind eyes so blue,—
　And his tones were sincere when he called me his own;
Oh, he promised so fairly he'd ever be true,—
　But why does he leave me to wander alone?
　　　Oh, where is my laddie?　Oh, where is my Johnnie?
　　　　Oh, where is my laddie so gallant and free?
　　　He's winsome and witty, his face is so bonny,
　　　　Oh, Johnnie,—my Johnnie, I'm waiting for thee.

The moon now is up,—the owl hoots in the wood,
　The trees sigh and moan, and the water runs black;
The tears down my cheeks roll a sorrowful flood,—
　And my heart throbs to tell me he'll never come back.
Oh, woe, woe is me!　Did he mean to betray?
　Must my ruin the price of his perfidy be?
No, the river shall hide me and bear me away;
　Cold Calder receive me, I'm coming to thee.
　　　Oh, where is her laddie?　Oh, where is her Johnnie?
　　　　Oh, where is her laddie that treated her so?
　　　But the voice of the river shall haunt him for ever,
　　　　And his base heart shall never more happiness
　　　know.

LINES

ON RECEIVING A BUNCH OF WILD HYACINTHS BY POST.

SWEET, drooping, azure tinted bells,
How dear you are ;
Bringing the scent of shady dells,
To me from far ;
Telling of spring and gladsome sunny hours,—
Nature's bright jewels!—heart-refreshing flowers!

Oh, for a stroll when opening day
Silvers the dew,
Kissing the buds, whilst zephyrs play
As though they knew
Their gentle breath was needed, just to shake
Your slumbering beauties, and to bid you wake.

Far from the moiling town and trade,
How sweet to spend
An hour amid the misty glade,
And find a friend
In every tiny blossom, and to lie,
And dream of Him whose love can never die.

Ye are God's messengers, sent here
To make us glad ;
Mute, and yet eloquent, to cheer
The heart that's sad ;
To turn our thoughts from sordid earthly gains,
To that bright home where peace for ever reigns.

How dare we murmur, when around
On every side,
Such proofs of His great love abound,
O'er the world wide ?
Faith cannot die within these hearts of ours,
If we but learn the lessons of the flowers.

Thanks to the one whose kindly heart
Was moved to send

This gift, when we were far apart,
    To cheer a friend.
Sweet meditation now my mind employs;
A pleasure pure, and one which never cloys.

NOVEMBER'S HERE.

DULLEST month of all the year,—
    Suicidal atmosphere,
    Everything is dark and drear,
    Filling nervous minds with fear,
    Skies are seldom ever clear,
    Fogs are ever hov'ring near,—
    'Tis a heavy load to bear.

    Were it not that life is dear,
    We should wish to disappear,
    For it puts us out of gear.

    But in vain we shed the tear,
    We must still cling to the rear
    Of the year that now is near.

    Though our eyes begin to blear,
    With fogs thick enough to shear,
    And we feel inclined to swear,
    At the month that comes to smear
    All things lovely, all things dear ;
    We must bear and yet forbear.

    But some thoughts our spirits cheer,
    Christmas time will soon be here,
    Then at thee we'll scoff and jeer,
    Smoke our pipes and drink our beer,—
    Sit until brave chanticleer
    Tells us that the morn is here.

    Do thy worst, November drear !
    We can stand it, never fear,—
    Christmas time will soon be here.

MARY.

MY Mary's as sweet as the flowers that grow,
　By the side of the brooklet that runs near her
　　　cot;
Her brow is as fair as the fresh fallen snow,
　And the gleam of her smile can be never forgot.
Her figure is lithe and as graceful I ween
　As was Venus when Paris awarded the prize,
She's the wiles of a fairy,—the step of a queen,
　And the light of true love's in her bonny brown
　　　eyes.

To see was to love her,—to love was to mourn,—
　For her heart was as fickle as April days
When you'd given her all and asked some return,
　You got but a taste of her false winsome ways.
You never could tell, though you knew her so well,
　That her sweet fascinations were nothing but
　　　lies,
Like a fool you loved on when of hope there was
　　　none
　And your heart sought relief in her bonny brown
　　　eyes.

Yet 'tis sad to relate, though unhappy my fate,
　I would sacrifice all that on earth I hold dear,
If she would but consent to be true, and content,
　With the heart that is faithful when distant or
　　　near.
Through pleasure and pain we together again,
　May never commingle our smiles and our sighs,
But when sleeping or waking, I struggle in vain,
　To forget the sweet maid with the bonny brown
　　　eyes.

Oh, Mary, my love! with the coo of the dove,
　I would woo thee to win thee, and ever to live,
Where thy bright loving face and thy figure of
　　　grace,
　Could surround me with joys that none other
　　　can give.

Oh, say but a word, and I'll fly like a bird,
  To the one whom my heart will beat for till it
      dies,
Bid me come to my home, bid me come, bid me
      come,
And bask in the light of thy bonny brown eyes

WHEN CORA DIED.

BELLS ring out a joyful sound,
    Old and young alike seem gay;
  One more year has gone its round,
    Again we greet a New Year's Day.
  Whilst to some they tell of cheer,
    Other hearts may grief betide,
  For 'twas in the glad New Year
    When our darling Cora died.

  Like a snowdrop, pure and fair,
    She had blossomed in our home;
  Her we nursed with tender care,
    Lest Death's blighting frost should come.
  And we prayed to keep her here,
    But our pleading was denied;—
  Early in the glad New Year,
    Little darling Cora died.

  Death had taken some before,
    Some from whom 'twas hard to part;
  And their voices now no more,
    Come to cheer the longing heart.
  In that one frail blossom dear,
    Centered all our hope and pride;
  Alas! Then came the sad New Year,
    When our darling Cora died.

  Since that time the pealing bells
    Wake sad echoes in the heart;

And the grief that in us dwells
   Makes the tears unbidden start.
Though they ring so loud and clear,
   Flinging gladness far and wide,
They to me recall the year,
   When our darling Cora died.

THE VIOLET.

LITTLE simple violet,
   Glittering with dewy wet,
   Hidden by protecting grass
   All unheeded we should pass
Were it not the rich perfume,
Leads us on to find the bloom
Which so modestly does dwell,
Sweetly scenting all the dell.

Simple little violet ;—
Lessons I shall ne'er forget
By thy modest mien were taught,—
Rich in peace,—with wisdom fraught.
Oft I've laid me down to rest,
With thy blossoms on my breast ;
Screen'd from noontide's sunny flood,
By some monarch of the wood.

I have thought and dreamed of thee,
Clad in such simplicity ;
Yet so rich in fragrance sweet,
That exhales from thy retreat ;
And I've seen the gaudy flower
Blest alone with beauty's dower ;—
Have looked,—admired,—then bid them
      go,—
Violet,—I love thee so.

Rival, thou hast none to fear,
For to me thou art most dear ;—
Buttercups and daisies vie,
With thy charms to please the eye,

Roses red and lillies white,
All enchanting to the sight;
Yield me joys sincere, but yet
Thou'rt my favorite,—Violet.

REPENTANT.

OH, lend me thy hand in the darkness,
    Lead me once more to the light,
  Bear with my folly and weakness,
    Point me the way to do right.
Long have I groped in the shadow
  Of error, temptation and doubt,
In the maze I've strayed hither and thither,
  Vainly seeking to find a way out.

When I grasp thy firm hand in the darkness,
  Courage takes place of my fear;
No more do I shudder and tremble,
  When I know that my loved one is near.
From sorrow and trouble, oh, lead me:—
  From dangers that sorely affright,
Till at last every terror shall leave me,
  And I rest in thine own loving light.

Rest! Aye, rest ! If I have thy forgiveness,
  If thy strong arm about me is twined;
Let the past, like a horrible vision,
  Be for ever cast out of thy mind.
When I wilfully all my vows slighted,
  And sought joy in a glittering sin,
I found but two lives that were blighted,
  Two hearts filled with ruin within.

Oh, take me again to thy bosom,
  With a kiss, tho' it be on my brow;
And forgive one who wayward and sinful,
  Ne'er knew how she loved thee till now.
And keep me away from the darkness,
  Let thy hand lead me on evermore,

Let me cling to thee, bless thee, and love
        thee,
As no loved one was e'er loved before.

———

SUNSET.

LAST eve the sun went down
        Like a globe of glorious fire;
Into a sea of gold
        I watched the orb expire.
It seemed the fitting end
        For the brightness it had shed,
And the cloudlets he had kissed
        Long lingered over head.

All vegetation drooped,
        As if with pleasure faint:
The lily closed its cup
        To guard 'gainst storm and taint.
The cool refreshing dew
        Fell softly to the earth,
All lovely things to cheer,
        And call more beauties forth.

And as I sat and thought
        On Nature's wond'rous plan,
I felt with some regret,
        How small a thing is man.
However bright he be,
        His efforts are confined,
Yet maybe, if he will,
        Leave some rich fruits behind.

The sun that kissed the flowers,
        And made the earth look gay,
Was culling, through the hours,
        Rich treasures on his way.

And when the day was dead,
  His stored up riches fell,
And to the moon arose
  Incense from hill and dell.

And when our span of life
  Is ended, will it be
Through such a glorious death
  We greet Eternity?
What have we said or done
  In all the long years passed!
And may not such as me, ·
  Forgotten, die at last?

———

POETRY AND PROSE.

DO you remember the wood, love,
  That skirted the meadow so green;
Where the cooing was heard of the stock-dove,
  And the sunlight just glinted between.
The trees, that with branches entwining
  Made shade, where we wandered in bliss,
And our eyes with true love-light were shining,—
  When you gave me the first loving kiss?

The ferns grew tall, graceful and fair,
  But none were so graceful as you;
Wild flow'rs in profusion were there,
  But your eyes were a lovelier blue;
And the tint on your cheek shamed the rose,
  And your brow as the lily was white,
And your curls, bright as gold, when it glows,
  In the crucible, liquid and bright.

And do you remember the stile,
  Where so cosily sitting at eve,
Breathing forth ardent love-vows the while,
  We were only too glad to believe?

And the castles we built in the air,
  Oh! what glorious structures were they!
No temple on earth was so fair,—
  But alas! they all vanished away.

And do you remember the time,
  When cruel fate forced us apart,
When with resignation sublime
  We obeyed, though with pain in each heart.
Then years dragged their wearisome round,
  And we ne'er again met as of yore,—
But we did meet at last and we found,
  Things were not as they had been before.

You'd a child on your rough sunburned arm,
  And your husband had one on his knee,
And I had my own little swarm,
  For I was the father of three.
And I know we both thought of the days
  When love and romance filled each heart,
Now, we both have our children to raise,—
  You're washing,—I'm driving a cart.

————

YEARS AGO.

ANNIE, I dreamed a strange dream last night,
  At my bedside, I dreamed, you stood clad in
      white;
  Your dark curly hair 'round your snow-white
      brow,—
(Are those locks as raven and curly now?)
And those rosebud lips, which in days lang syne,
I have kissed and blest, because they were mine.
      And thine eyes soft light,
      Shone as mellow and bright,
      As it did years ago,—
      Years ago.

And I fancy I heard the soft soothing sound
Of thy voice, that sweet melody breathed all around,
Whilst enraptured I gazed, and once more the sweet
  smile,
Made sunshine, my sorrowing heart to beguile,
And thy milkwhite hands stroked my heated brow;—
(Oh! what would I give could I feel them now!)
   But alas! Woe is me!
   No more can it be,
   As it was years ago,—
    Years ago.

I awoke with a gnawing pain at my heart,
The vision had vanished,—but oh, the smart
Of the wound, which no time can ever heal,
Was a torment, which only lost souls can feel.
Yet in spite of the pain, the woe, the despair,
I dote, as I look on a lock of dark hair,
   That I culled from the head,
   Of the loveliest maid;
   Many long years ago,—
    Years ago.

Will fate ever bring us together again?
Will my heart never know a surcease from pain?
Are the dark locks I worshipped, now mingled with grey?
Has Time stolen brightness and beauty away?
I care not,—for years have but made thee more dear;
   But my longing is vain,
   Thou wilt ne'er come again.
   Lost,—lost,—years ago,—
    Years ago.

SOMEBODY'S.

OH, isn't it nice to be somebody's?—
    Somebody's darling and pet,
  To be shrined in the heart of a dear one,
    Whose absence fills soul with regret?
To be dreamed of, and longed for, and courted,
  As the Queen whom his heart holds in thrall,—
As the one—the great one, priceless jewel,
  That outweighs and outvalues them all?

Oh,—I'd rather my head should be resting,
  On the breast of the man that I love;
And my hand in his strong grasp be nestling,
  And bask in the light of his love :—
I would rather,—far rather, my darling
  Should be loving, and faithful, and brave,
Than be titled, and wealthy, and fickle;—
  E'en though poverty held him a slave.

Oh, my heart yearns for one that is noble,—
  In mind, not in riches or birth,
Who would love me, and value my love too,
  Then my lot would be heaven on earth.
But where, alas, where shall I find him?
  This man, that my heart longs for so?
This idol I picture and dream of,—
  Does he live? I'm inclined to say, no.

He is merely a fanciful hero,
  That my heart has pictured so fair :
I must stoop from my realm of wild fancy,
  And take what may fall to my share.
Some plain, honest, working mechanic,
  May be the prize I may call mine,
But if shaped like a man he'll be better,
  Nor be left lonely, without Valentine.

CLAUDE.

I NAMED him Claude, 'twas a strange conceit,
  'Twas a name that no relatives ever bore;
  Yet there lingered around it a mem'ry sweet,
  Of a face and a voice I miss evermore.

I was pacing the deck of a captive ship,
That was straining its cables to get away,
From the parched up town, and its crowded slip,
To its home on the wave and its life in the spray.

When I saw the beautiful, sorrowful dame,—
And never, oh, never, shall I forget
The sweet chord struck as she spoke the name,
That thrilled through my being and lingers yet.

'Twas a winsome woman with raven hair,
And a lovely face, and a beaming eye,
With a smile that of joy and sorrow had share,
And her form had the charms for which sculptors vie.

I never had seen such a lovely hand,
As the one that she pressed to her snowy brow;
And her parted lips, showed a glistening band,
Of pearly teeth in an even row.

A fragrant scent like a rose's breath,
Hung round her and seemed of herself a part,
And a bouquet of lillies as pale as death,
Drooped sadly above her beating heart.

She only uttered the one word, " Claude,"
But oh! 'twas so touchingly, sweetly said ;—
A volume of grief expressed in a word,
As she stedfastly gazed through the void overhead.

Then I noticed the sombre garments she wore,
And I knew the grim reaper had gathered her flower
'Twas the sense of the heart-crushing sorrow she bore,
Invested that name with such marvellous power.

She went ashore, and we sailed away,
'Twas the first and the only time ever we met,
But my memory limns her as lovely to-day,
As she was on that day I can never forget.

Months after, my baby boy came unto me,
And I gave him the name she had breathed in her sigh,
He was fair and sweet as the bloom on the tree,
Yet he never felt mine, though I could not tell why.

But that musical note floated round in the air,—
."Claude!—Claude!" sang the zephyrs that softly sped
        by,
And his eyes had a far-away look, as if there,
Far beyond, he could see what I failed to descry.

One eve, in the gloaming, I hushed him to rest,
And the trees whispered "Claude" as they waved over-
        head,
He smiled as he nestled more close to my breast,—
And I wept,—for I knew that my darling was dead.

———

ALL ON A CHRISTMAS MORNING.

THE wind it blew cold, and the ice was thick,
        Deeper and deeper the snowdrifts grew;
    A young mother lay in her cottage, sick,—
        Her needs were many, her comforts few.
Clasped to her breast was a newborn child,
    Unknowing, unmindful of weal or woe;
And away, far away, in the tempest wild,
    Was a husband and father, kneedeep in the snow.
        All on a Christmas morning, long ago.

The lamp burned low, and the fire was dead,
    And the snow sifted in through each crevice and crack:
As she tossed and turned in her lowly bed,
    And murmured, "Good Lord, bring my husband
        back."

The clocks in the city had told the hour
  With a single stroke, for young was the day,
But no swelling note from the loftiest tower,
  Could reach that lone cot where a mother lay.
    All on a Christmas morning, long ago.

High on the moorland that crowned the hill,
  Bewildered, benumbed, midst the snow, so deep,
Fighting for life with a desperate will,
  Lost,—wearied and worn, and oppressed with sleep,
Was the husband and father, with grief almost wild,
  Bearing cordials and medicine safely bestowed,
That he'd been to obtain for his wife and child ;—
  Then exhausted he sank.—And it snowed,—and it
     snowed.
    All on a Christmas morning, long ago.

The sun arose on a world so white,
  That glistened and sparkled beneath his ray :
And the children's faces looked just as bright,
  As they cried, " What a glorious Christmas day !"
In a lowly cot lay a stiff white form,—
  And all was still, save a pitiful wail ;—
No more should that mother fear sickness or storm ;—
  Together, two spirits sped through the dark vale.
    All on a Christmas morning, long ago.

Friends who were coming to bring good cheer,
  Found a young babe sucking a cold white breast.
Noiselessly, reverently, gathering near,
  The orphan to full hearts was lovingly pressed.
The parents were laid side by side in the grave,
  And the babe grew in beauty of face and of form ;
And they still call her Snowdrop, the name that they
    gave,—
  Sweet Snowdrop,—the frail little flower of the storm.
    All on a Christmas morning, long ago.

ONCE UPON A TIME.

WHEN dull November's misty shroud,
　All Nature's charms depress,
　　Flinging a damp, dark, deadening cloud,
　O'er each heart's joyousness.
Our fancies quit their lighter vein,
　And out from Memory's shrine,
We marshal thoughts of grief and pain,
　Known,—once upon a time.

'Tis then that faces, long forgot,
　In shadows reappear;—
Voices, that once we heeded not,
　Come whispering in the ear;
And ghosts of friends whom once we met,
　When life was in its prime,
Recall acts we would fain forget,
　Done,—once upon a time.

Regretful sighs, for thoughtless deeds,
　That worked another wrong;
Vows that we broke, like rotten reeds,
　Like spectres glide along;
Tears naught avail to heal the smart,
　We caused,—nor deemed it crime,
Whilst selfishly we wrung a heart,
　Loved,—once upon a time.

Oh, could we but, as on we go,
　Care more for other's weal,
Nor deem all joys earth can bestow,
　Are but for us to feel;
Then howe'er humble, howe'er poor,
　Our lives would be sublime,
Nor should we dread to ponder o'er,
　Days,—once upon a time.

NEARING HOME.

WE are near the last bend of the river,
   Soon will the prospect be bright;
Already the waves seem to quiver,
   As touched with celestial light.
Since first we were launched on its bosom,
   Strange hap'nings and perils we've passed,
But we've braved and endured them together,
   And we're nearing the haven at last.

We are near the last bend of life's river,
   Around, all is tranquil and calm;
The tempests that passed us can never,
   Again strike our souls with alarm.
We are drifting,—unconsciously gliding,
   Down Time's river,—my darling and me,
And soon in love's sweet trust abiding,
   We shall sail on Eternity's sea.

Oh, how the soul strains with its yearning
   To see what is hid beyond this,
This life, with its pain and heartburning,—
   The beyond, where is nothing but bliss.
Our life's Sun has touched the horizon,
   It will speedily dip out of sight,
And then what? Will a new morn be rising?
   Or will it for ever be night?

THOSE TINY FINGERS.

SHE has gone for ever from earth away,
   Yet those tiny fingers haunt me still;
   In the silent night, when the moon's pale ray,
   Silvers the leaves on the window sill.
Just between sleeping and waking I lie,
   Makebelieve feeling their velvet touch,

Darling!   My darling!   Oh, why should you die!
  Leaving me lonely, who loved so much?

Those tiny fingers that used to stray
  Over my face which is wrinkled now;
Those little white hands—how they used to play,
  With the wanton curls round my once fair brow.
Thy soft blue eyes and thy dimpled cheeks,
  I seem to see now as I saw them then;
And a whispering voice to my sad heart speaks,—
  'Thou shalt meet her again,'—but when? oh, when?

Deep in the grave was the coffin laid,
  And buried with it was my purest love;
Oh, how I'd hoped, and watched, and prayed,
  That Death would pass by and spare my dove,
Was it in mercy God took thee hence?
  Was it because I had worshipped thee so?
Was my devotion to thee an offence?
  I was thy mother,—and God must know.

If it were sinful, my tears have atoned;
  At last I can murmur, " Thy will be done,"
Sweet little cherub, to me but loaned,
  Now safe at home, far beyond the sun.
Soon the dark river I too shall cross,
  And hopefully climb up that golden stair,
And all this world's riches will be but dross,
  If those tiny fingers beckon me there.

LILLY-WHITE HAND.

PLACE thy lilly-white hand in mine,
      Maid with the wealth of golden hair;—
    Tresses, that gleaming like gold, entwine,
      Round about a sweet face so fair.

Sweetheart, oh! whisper once more the words,
  That came from those coral lips of thine,
And bound thee to me by those silken cords,—
  And place thy lilly-white hand in mine.

Place thy lilly-white hand in mine,
  That its gentle pressure may tell my heart
That the idol round which I had reared a shrine,
  Is mine,—mine,—never from me to part.

Sweetest and fairest of woman kind!
  Gentlest, kindest, lovingest, best,—
Virtues with beauties are so combined,
  That manhood pays homage at love's behest.

Place thy lilly-white hand in mine,
  Let its velvet touch on my horny palm,
Comfort, encourage, embolden, refine,—
  This grosser clay, by its subtle charm.

Long as life lasts let me clasp thy hand,
  As a pledge of our oneness, existing now;
And when I depart for the better land,
  Let it rest for a while on my death-cold brow.

Falsehood, treachery, sickness, pain,—
  I have endured, yet hopefully stand
Strong in the thought I have lived not in vain.
  Had I won but this treasure,—this lilly-white hand.

SHUT OUT.

" The drunkard shall not enter the Kingdom of Heaven."

FAR, far beyond the skies,
  The land of promise lies;
    When Death our souls release,
    A home of love and peace,
  Has been prepared for all,
  Who heed the gracious call,
Drunkards that goal ne'er win,—
They cannot enter in.

Time noiselessly flits by,
Eternity draws nigh;
Will the fleet joy you gain,
Compensate for the pain,
That through an endless day,
Will wring your soul for aye?
Slave to beer, rum, or gin,
You cannot enter in.

Dash down the flowing bowl,
Endanger not thy soul;
Ponder those words of dread,
That God Himself has said.
Hurl the vile tempter down,
And win and wear the crown,
Drunkard, forsake thy sin,
Thou mayst then enter in.

———

CHARMING MAY.

"O! CHARMING May!"
That's what they say.
The saying is not new,—
The saying is not true;—
O! May!

Bare fields and icebound streams,
Sunshine in fitful gleams,
May smile
Beguile,
And dispel poets' dreams.

Was ever May so gay
As what the poets say?
If so,
We know,
We live not in their day.

A cosy coat and wrap,
You may not find mishap—
        Propo
        You know
When comes the next cold snap.

A heavy woollen scarf,
Strong boots that reach the calf,—
        Away we go
Through snow and slush and wet,—
And can we once forget
        'Tis May?   Oh, no!

Best is the old advice
Which we so oft despise,
" Cast not a clout
Till May goes out."
May like a maiden, lies.

A Maypole dance.—O, my!
Such sport is all " my eye,"
        Just try,
I tried it and I know,
        The snow, the blow,
The aching toes, the smarting nose.

        I all defied,
        And loudly cried
            " Come on,
            Each one,
Be gay! be gay!—'Tis May! 'Tis May "
They laughed and shook the head,
And this is what they said,
        " Old Skunk, he's drunk.'

Still we do love her so,—
        Her truth?   O, no!
She's like some fancy fickle,
She lands you in a pickle,
        You grin and bear,
        Maybe you swear
In manner most alarming,
And yet—Sweet May is charming.

WHO CARES?

DOWN in a cellar cottage
   In a dark and lonely street,
Was sat a widow and her boy,
   With nothing left to eat.

The night was wild and stormy,
   The wind howl'd round the door,
And heavy rain drops from above
   Kept dripping to the floor.

They had no candle burning,
   The fire was long since dead,
A wretched heap of straw was all
   They had to call a bed.

They nestled close together,
   On the cold and dampy ground,
And as the storm rush'd past them,
   They trembled at the sound.

"Mother," the poor boy whispered,
   "May I not go again?
I do not heed the wind, mother,
   I'm not afraid of rain.

"May I not go and beg, mother,
   For you are very ill;
Some one will give me something,
   Mother, I'm sure they will?

"Do let me go and try, mother,
   You know I won't be long;
I did feel weak and tired, mother,
   But now I feel quite strong.

"Give me a kiss before I go,
   And pray whilst I'm away,
That I may meet some Christian friend,
   Who will not say me nay."

"Dear boy, the night is stormy,
   Your ragged clothes are thin,
And soon the heavy rain-drops
   Will wet you to the skin.

"I would go out myself, boy,
 But, oh! I cannot rise,
I am too weak to dry the tears
 That roll down from my eyes.

"I fear I soon must go, love,
 And leave my boy alone,
And oh! what can you do, love,
 When I am dead and gone?"

"Mother, you set me weeping,
 Don't talk in such a strain,
Your tears are worse for me to bear
 Than all the wind and rain.

"Wait till I'm rather bigger,
 And then I'll work all day,
And shan't we both be happy
 When I bring you home my pay?

"Then you shall have some tea, mother,
 And bread as white as snow;
You won't be sickly then, mother,
 You'll soon get well, I know.

"And when that time shall come, mother,
 You shall have some Sunday clothes,
Then you can go to church, mother—
 You cannot go in those.

"And then I'll take you walking,
 And you shall see the flowers,
And sit upon the sweet green grass
 Beneath the trees for hours.

"But I will haste away, mother,
 I won't be long—good bye!"
"Farewell, my boy," she murmured,
 Then she laid her down to die.

———

The lamps were dimly shining,
 And the waters in a flood,
Came rolling o'er the pavement,
 Where the little beggar stood.

He listened for a footstep,
　Then he hurried on the street,
But the wind roared with such fury,
　Till he scarce could keep his feet.

A few there were who passed him,
　But they had no time to stay;
They did not even stop to look,
　But hurried quick away.

He passed the marts of business,
　Where the gaslights were ablaze,
And saw the countless heaps of things
　Displayed to meet the gaze.

One window held him spell-bound—
　From end to end 'twas piled
With loaves of bread—a tempting sight
　To a half-famished child.

He clapped his little cold wet hands,
　And almost danced for joy,
It seemed a glimpse of paradise
　To that poor hungry boy. ;

With timid step he ventured in,
　And, trembling, thus began :—
" Please, sir, I've come to beg for bread—
　Do help me if you can.

" I do not want it for myself,
　My mother, too, shall share;
Do give me just one little crust,
　If you've a crust to spare."

" Give !" cried the shopman in a rage—
　" What shall we live to see?
Go tell your mother she must work,
　And earn her bread, like me."

" But mother, sir, is very sick,
　She cannot work, I'm sure;
Father died some months ago,
　And left us very poor.

" She has not tasted food for days,
　And die I fear she must,

Unless you'll help us, Christian sir;
  Do spare a little crust!"

" I'll spare you nothing, saucy imp!
  Away this moment! run!
And tell your sickly mother
  I cannot thus be done!"

He left the shop, and in the street
  He sat him down to cry,
He heard the trampling of the feet
  Of those who passed him by.

He could not ask another,
  For his every hope had fled,—
('Tis sad that in a land like this
  A child needs beg for bread.)

Wet, cold, and faint, he reached his home,
  No richer than before,
And noiselessly he entered in,
  And gently closed the door.

There is no sound, the mother sleeps—
  Then groping for the bed,
He bent his weak and stiffened knees,
  And bowed his weary head,

And pray'd " that God would grant them
      help,
  And bring them safely through."
The whisper'd prayer was borne above,
  Was heard, and answered too:

And when the morning's sun looked in,
  And filled the place with light,
Two lifeless bodies on the straw
  Was all that met the sight.

Thus were they found, alone, and dead,
  No reason left to show
How they had come to that sad end;
  And no one cared to know.

INDEX.

FUGITIVE POEMS.

Not written in the Yorkshire Dialect.

W. NICHOLSON AND SONS, LIMITED, PRINTERS, WAKEFIELD.

GRIMES'S TRIP TO AMERICA:

Being Ten Comical Letters from Sammywell Grimes to John Jones Smith.

BY JOHN HARTLEY.   Price 1s.   By Post 2d. Extra.

A Series of the most Comical Sketches ever written, cannot be read without having a laughing fit.

Grimes's adventures with a genuine Yankee (Ananias) on the voyage out and his wanderings in the various cities of the States with him, together with Ananias's wonderfully fertile resources of gaining a livelihood, make the book one of the most comical published, and it is full of real good Fun.

SEETS I' LUNDUN:

A Yorshireman's Ten Day's Trip,

Or Sammywell Grimes's Adventures with his friend John Jones Smith.

BY JOHN HARTLEY.   Price 1s.   By Post 2d. Extra.

If ye've a fancy for a spree ; Come up to Lundun same as me,
Yo'll find ther's lots o' things to see, To pleas yo' weel.

"It is brimful of fun from beginning to end, and would form an admirable pocket companion on a railway journey, although the greater part of it has such a racy smack about it that one feels a desire to have somebody at one's elbow to whom to read it aloud. Sammywell Grimes, a native of Bradford, tells the story of his ten days trip in the Yorkshire dialect, but in so natural and humorous a vein as to make it plain and pleasant reading to all English speaking people. This is Grimes's first Trip to "Lundun," and the sights he sees and the adventures he meets with are described in such a manner as to bring tears of merriment into the eyes of Londoner and north countryman alike. For the beauty of it is that Sam has not the smallest idea that people are laughing at himself and his native drollery. He stays in London with a friend of the name of Smith, who takes him round to see the lions ; and the reader, especially if he knows the big place pretty well, feels that he is carried from spot to spot in company with the pair of them. Sights and sounds and characters familiar in their endless variety, arise about one, and London is revisited in companionship with a thoroughly jovial, good-hearted, and innocent-minded man. And, mind you, as he gets along with his story you find out that Sam is far from being such a fool as he looks. Sharpers do, indeed, under very peculiar circumstances, manage to get over him a little, but all the time he shows himself to be " Yorksher " to the backbone, and while compelled to submit to their extortion he protests against it vehemently. It is only, however, when he gets accidentally separated from Smith, who is a capital cicerone, that he falls into the hands of the Philistines. Now, when Sunday comes, you see fully what the heart of the seeming yokel is made of. It is full of reverence. And very often when evening comes, or when Sam is left alone to his meditations, he breaks out in original verse, displaying a degree of benevolence and christian charity, which would do honour to a mind, of far greater cultivation and higher pretension than that of our honest friend Sam Grimes. We advise any of our readers who love the company of a truly good, and, at the same time, most amusing fellow, to get introduced to Sam immediately."—*Bendigo Advertiser.*

WILL SHORTLY BE READY.   PRICE ONE SHILLING.

SEETS I' PARIS,

OR GRIMES AT TH' EXHIBITION.

BY JOHN HARTLEY.

Published by W. NICHOLSON & SONS, Limited,
26, Paternoster Square, LONDON, E.C., and Albion Works, Wakefield.

YORKSHIRE TALES

AMUSING SKETCHES OF YORKSHIRE LIFE.

IN THE YORKSHIRE DIALECT.

BY JOHN HARTLEY.

"Gie me a bit o' Yorksher fare,
A Yorksher scene an' Yorksher air;
Whear lads are bold an' lasses fair,
      An' awm contented.
Ther's net another place i'th' land,
A fair comparison can stand;
To spend th' rest o' mi life, aw've planned,
Mid Yorksher vales an' mountains grand,
      Unless prevented."

FIRST AND SECOND SERIES.

PRICE ONE SHILLING EACH.   EACH VOLUME COMPLETE.

CONTAINS:

HARTLEY'S CLOCK ALMANACK. *In the Yorkshire Dialect.*

Is published early in October in each Year. Price 3d. By post 3½d.

Over 80,000 have been sold for 1887.

LONDON: PUBLISHED BY W. NICHOLSON & SONS,
26, PATERNOSTER SQUARE, E.C., and Albion Works, Wakefield.

ELOCUTIONARY STUDIES. With New Readings and Recitals.

By Edwin Drew. Editor of "The Elocutionist," and Author and Elocutionist to the old Royal Polytechnic. Foolscap 8vo. 160 pages. Price 1s.

THE BEAUTIFUL RECITER;

Or a Collection of Entertaining, Pathetic, Witty, and Humorous Pieces and Dialogues, with a Selection of Martial and Oratorical Pieces, in Prose and Verse. 1s. 6d.

THE EXCELSIOR RECITER;

Comprising Sentimental, Pathetic, Witty and Humorous Pieces, Speeches, Narrations, &c., for Recitation at Evening Parties, Social, Temperance and Band of Hope Meetings. By Professor Duncan. Price 1s. 6d.

PENNY READINGS AND RECITATIONS;

In Prose and Verse, of most Interesting and Instructive Subjects, Scientific, Historical, Witty, and Humorous. Adapted for Evening Parties, &c. By Professor Duncan. First & Second Series, 1s. 6d. Each.

INTERNATIONAL READINGS, Recitations, and Selections.

Specially Adapted for Temperance and Social Gatherings. Edited by Jacob Spence, Secretary of the Ontario Temperance League. Price 1s. 6d.

THE CHOICE RECITER;

For Evening Orations. Beautiful and Humorous Readings for the Entertainment of Social, Temperance and other Popular Gatherings. By Professor Duncan. 1s.

THE TEMPERANCE ORATOR;

Comprising Speeches, Readings, Dialogues, and Illustrations of the Evils of Intemperance, &c., in Prose & Verse. By Professor Duncan. Price 1s.

THE UNIVERSAL RECITER.

A Literary Bouquet, Containing 81 Choice Pieces of Rare Poetical Gems, Fine Specimens of Oratory, Thrilling Sentiment, Eloquence, Tender Pathos, and Sparkling Humour. Price 1s.

THE PUBLIC RECITER;

Readings and Recitations from the most Celebrated Authors. Price 1s.

Recitations from SHAKESPERE, and other Popular Authors.

By Professor Duncan. Price 6d.

THE RECITER FOR THE MILLIONS;

Consisting of Entertaining, Comic, and Humorous Pieces, Prose and Poetry, many of which are original. By Professor Duncan. Price 6d.

THE SABBATH SCHOOL RECITER.

Adapted for Anniversaries, Tea Parties, Band of Hope Meetings, Social Gatherings, &c. Price 1s. Bound, can also be had in 2 Parts, at 6d. each.

THE SUNDAY SCHOOL SPEAKER, or Reciter;

Comprising Select and Interesting, Moral and Sacred Pieces and Dialogues in Prose and Poetry. Price 1s.

THE TEMPERANCE SPEAKER, and Good Templars' Reciter.

First & Second Series, Price 6d. each. Bound together, in Cloth, 1s.

TEETOTAL LOGIC, for Good Templars, &c.

Matter for Arguments and Speech making. 6d.

Published by W. NICHOLSON & SONS,

26, PATERNOSTER SQUARE, LONDON, E.C., and Albion Works, Wakefield.

USEFUL BOOKS. 6d. each. Post free for 7d.

HOW TO TALK CORRECTLY. A Pocket Manual to promote Polite and Accurate Conversation, Writing and Reading; Correct Spelling and Pronunciation: with more than 500 Errors in Speaking and Writing corrected: directions How to Read: a Guide to the Art of Composition and Punctuation. By Professor Duncan.

THE PEOPLE'S HAND BOOK OF PHRENOLOGY. with directions for gaining a knowledge of the Science. With Engravings. Stiff Covers.

The SABBATH SCHOOL RECITER, adapted for Anniversaries, Tea Parties, Band of Hope Meetings, Social Gatherings, &c., &c. *First and Second Series.*

TEN NIGHTS IN A BAR-ROOM, and What I Saw There. By T. S. Arthur.

THRILLING TALES OF THE FALLEN. By T. S. Arthur.

THE BOOK TO MAKE YOU LAUGH; and to Drive Dull Care Away, &c. By Andrew Hate-Gloom.

THE RECITER FOR THE MILLIONS. By Professor Duncan.

RECITATIONS FROM SHAKSPERE, and other popular Authors. By Professor Duncan.

JOLLY LAUGHS FOR JOLLY FOLKS; or Funny Jests and Stories, Jocular and Laughable Anecdotes, Jonathanisms, John Bullers, &c.

THE BOOK TO CURE YOU; or the Receipt Book of Efficacious Medicines for the Cure of External and Internal Diseases. By Dr. Chase.

ENGLAND and AMERICA'S NEW and USEFUL RECEIPT BOOK; valuable for all Shopkeepers, Housewives, Farmers, &c.

HOW TO COOK FOR MYSELF AND FAMILY; Directions for Cooking all kinds of Butchers' Meat, Fowls, and Fish; for Potting, Collaring, and Curing it; also, for Making Confectionery, Pastry and Bread; for using Fruit, Candying, and Preserving it; for Pickling, Brewing, Making Wines, &c., and other Valuable Hints.

HYDROPATHY; or the Effectual Cure of Acute and Chronic Diseases by the Use of COLD WATER ONLY, with Directions for its Application. *Also an Account of Extraordinary Cures affected by Cold Water, on Persons of all Ranks and Ages.*

THE Rev. Dr. WILLOUGHBY and HIS WINE. A Thrilling Temperance Story. By M. S. Walker.

PUNCH MADE FUNNIER BY JUDY; or a Collection of Witticisms, Negro Jokes, Anecdotes, Comic Lectures, Yankee Bits, Irish Wit and Humour, &c. The whole being *A Roaring Book of Fun.*

THREE NIGHTS with the **WASHINGTONIANS.** By T. S. Arthur.

THREE YEARS IN A MAN-TRAP. By T. S. Arthur.

TEMPERANCE SPEAKER and Good Templar's Reciter: Comprising Speeches, Readings, Dialogues, Anecdotes, Narrations, &c. Showing the Evils of Intemperance, and the Advantages of Total Abstinence. By Professor Duncan. First and Second Series.

TEETOTAL LOGIC for Good Templars, &c. Matter for Arguments, Discussion, and Speech making.

HELEN'S BABIES; with an account of their Ways, Sayings, Doings, Comical, Impish, Crafty, and Repulsive. With a record of the Torments and Pleasures their Uncle had to endure during the Ten Days they were under his Guardianship. *By Their Latest Victim.*

RECOVERING THE LOST; or, The Barton Experiment. By the Author of "Helen's Babies."

WHAT TOMMY DID. By E. H. Miller. *A Comical Book.*

Published by W. NICHOLSON & SONS,

26, PATERNOSTER SQUARE, LONDON, E.C., and Albion Works, Wakefield.

SWEET THOUGHTS FOR THE DEAR ONE;
A Book of Love and Affection.
Coloured Frontispiece. Cloth, Gilt Edges. .. 1s. od.

The LOVER'S GIFT; or, the Effusions of the Heart, fondly
affectionate, for the object beloved.
Coloured Frontispiece. Cloth, Gilt Edges. .. 1s. od.

To the GENTLEMAN WHOM I LOVE. Steel
Frontispiece. Cloth, Gilt Edges. .. .. .. 1s. od.
This Book is full of Sentimental Poetry.

To the LADY WHOM I LOVE. Steel Frontispiece.
Cloth, Gilt Edges. .. .. 1s. od.
This Book is full of Sentimental Poetry.

A PRESENT TO THE ONE I LOVE. True love
shall live, and live forever.
Coloured Frontispiece. Cloth, Gilt Edges .. 1s. od.

**The LOVER'S LANGUAGE and POETRY of
FLOWERS.** Coloured Frontispiece. Cloth, Gilt Edges. 1s. od.

POETRY FOR THE YOUNG. Contains Original Poetry
suitable for Children. By William Ingham. With 30 Wood Engravings.
Cloth, Gilt Edges .. 1s. od.

The GIPSY GIRL; or, Elm Lodge and the Tent in the
Bushes. Coloured Frontispiece. Cloth, Gilt Edges. .. 1s. od.

A TREASURY of ANECDOTES for the YOUNG.
Coloured Frontispiece. Cloth, Gilt Edges .. .. 1s. od.

GATHERED LILIES; or, Children of Jesus taken to Heaven.
Coloured Frontispiece. Cloth, Gilt Edges .. .. 1s. od.

**BRILLIANT AND BEAUTIFUL GEMS OF
SACRED POETRY.**
Coloured Frontispiece. Cloth, Gilt Edges .. 1s. od.

The YOUTH'S CASKET OF JEWELS; or, Original
and Choice Treasures for Young Persons.
Coloured Frontispiece. Cloth, Gilt Edges .. 1s. od.

SUSAN GRAY. Six Steel Engravings. Cloth, Gilt Edges. 1s. od.

HEART AND HAND; or, the Triumphs of Mutual Love.
Cloth, Gilt Edges .. .. 1s. od.

The BASKET OF FLOWERS, or Piety and Truth
Triumphant. Six Steel Engravings. Cloth, Gilt Edges 1s. od.

THE SHADOW ON THE HOME. By C. DUNCAN.

UNCLE TOM'S CABIN. By HARRIET B. STOWE.

HER SHIELD. By CLARA ROBINSON.

MAGGIE; or, Light in Darkness. By CLARA ROBINSON.

BUT FOR A MOMENT. By CLARA ROBINSON.

THE LAMPLIGHTER; or, an Orphan Girl's Struggles and Triumphs. By MISS CUMMINS.

THE EVE OF ST. AGNES. By CATHERINE G. WARD.

THE COTTAGE ON THE CLIFF. do.

THE FOREST GIRL, or the Mountain Hut. do.

WHILE IT WAS MORNING. By VIRGINIA TOWNSEND.

LIVING AND LOVING. By VIRGINIA TOWNSEND.

"A collection of beautiful sketches which evince all the vigour, freshness, and attractiveness so peculiar to this popular authoress, and which are highly instructive."

MARY, THE PRIMROSE GIRL; or, the Heir of Stanmore. *An interesting Tale.* By MISS WAKEFIELD.

MARIA MARTEN; or, the Red Barn.

JACK'S COUSIN KATE. By E. C. KENYON.

LITTLE WOMEN AND GOOD WIVES.

PAMELA; or, Virtue Rewarded. By S. RICHARDSON.

HARRY LORREQUER.—The Confessions of

THE STORY OF MARY. A Tale of Love.

The scene is laid in the Southern States; and so intense and powerfully written that it is already known as "Another Uncle Tom's Cabin."

ALTON LOCKE, Tailor and Poet. By CHARLES KINGSLEY.

FATHERLESS FANNY; or Memoirs of a Little Mendicant.

THE BASKET OF FLOWERS and 'LENA RIVERS.

THE ARABIAN NIGHTS. ILLUSTRATED.

THE MISER'S DAUGHTER. By W. H. AINSWORTH.

THE TOWER OF LONDON. do. do.

THE FARMER OF INGLEWOOD FOREST.

VALENTINE VOX, the Ventriloquist. By H. COCKTON.

SYLVESTER SOUND, the Somnambulist. By H. COCKTON.

Published by W. NICHOLSON & SONS,
26, Paternoster Square, LONDON, E.C., and Albion Works, Wakefield.

THE TWO MARGIES; or, Mistress and Maid. By EMILY JANE MOORE.

DOT'S COUSIN. By E. J. MOORE.

THE WONDER GATHERER: Accounts of Remarkable Phenomena, Striking Anecdotes, and Authentic Narratives. SELECTED BY MISS JESSIE YOUNG.

STORIES OF WATERLOO. By COLONEL MAXWELL.

HANDY ANDY. By SAMUEL LOVER.

RORY O'MORE. By SAMUEL LOVER.

SUSAN HOPLEY: or Adventures of a Maid-Servant.

TEN THOUSAND A-YEAR. By S. WARREN, D.C.L.

DIARY OF A LATE PHYSICIAN. By S. WARREN.

MARIA MONK AND SIX MONTHS IN A CONVENT.

ROBINSON CRUSOE. Beautifully Illustrated.

THE SCOTTISH CHIEFS. By MISS JANE PORTER.

DON QUIXOTE DE LA MANCHA, The Adventures of

THOUGH HAND JOIN IN HAND. A Tale of Norway.

Should be read by Travellers before visiting the Land of the Midnight Sun.

VANITY FAIR. A Novel without a Hero. THACKERAY.

CHILDREN OF THE ABBEY. By REGINA M. ROCHE.

THE VICAR OF WAKEFIELD, and GOLDSMITH'S POEMS.

"PANSY" BOOKS.

ESTER RIED; Asleep and Awake. By Pansy. 2s.

ESTER RIED "Yet Speaking." By Pansy. 2s.

A NEW GRAFT on the FAMILY TREE. By Pansy. 2s.

AN ENDLESS CHAIN. By Pansy. 2s.

INTERRUPTED. By Pansy. 2s.

WHAT SHE SAID and What She Meant; & People who Haven't Time and Can't Afford it. By Pansy 2s.

The KING'S DAUGHTER and WISE AND OTHERWISE—Combined Volume. By Pansy. 2s.

THE KING'S DAUGHTER. By Pansy. 1s.

WISE AND OTHERWISE. By Pansy. 1s.

COBBETT'S ADVICE TO YOUNG MEN. 2s.

"A series of Letters, addressed to a Youth, a Bachelor, a Lover, a Husband, a Father, a Citizen, or a Subject. Together with his QUAINT SERMONS."

Published by W. NICHOLSON & SONS,
26, Paternoster Square, LONDON, E.C., and Albion Works, Wakefield.

NEW VICTORIA SHILLING SERIES.

☞ No Shilling Books have been published equal in value to these.

1 BRAVE ANTHONY ARCHER, and other Stories. ⎫
2 A ROSE WITH TWO AND FIFTY THORNS,   ⎬ E. J. MOORE.
3 SET IN GOLD AND SILVER, and other Tales. ⎭
4 THE FORTUNES OF BRIDGET MALLORIE.
5 THE ORPHAN OF LESSONTO, and other Tales.
6 THE BALLAD-SINGER OF THE BOULEVARD. Translated from the French.
7 WILLIAM TELL, THE HERO OF SWITZERLAND, and other Legends.
8 OLD FRIENDS AND NEW.
9 AN ARROW IN A SUNBEAM, and other Tales.
10 THE FLOWER MISSION, & WHAT GREW OUT OF IT.
11 A CROWN OF GLORY.
12 THE FLOWERS OF THE FOREST.
13 CHARMING TALES FOR YOUTH.
14 THE LITTLE WOODMAN AND HIS DOG CÆSAR.
15 WENTIE ARMITAGE, or the Angel of the Hospital.
16 THE HONEST BOY AND HIS REWARD.
17 IN THE BACKWOODS. A Book for Boys.
18 THE SELF-DENIAL BOX.
19 THE SILVER MORNING and the GOLDEN DAY.
20 THE GATE OF PEARL. By CHAUNCEY GILES.
21 BASIL ARMSTRONG; or Under Christ's Banner.
22 LITTLE LADS AND LASSES. By E. J. MOORE.
23 THE LITTLE BASKET-MAKER. By C. GILES.
24 THE WONDERFUL POCKET. By C. GILES.
25 ANGELS UNAWARES. By MISS PRIESTLEY.

THE CITY SERIES.

Square 16mo. Handsomely Bound, Bevelled Boards. Price 1s. 6d. each.

CHILDREN OF PROMISE. By E. J. Moore.

THE HIDDEN COFFER; or, Le Pont du Diable. By MRS. COPELAND.

GRANNIE GOLDENLOCKS. By E. J. MOORE.

THE SEAL BROKEN; or, the Lost Evidence. By JENNY BACH.

A SWISS GHOST STORY; or, the Voice from the Nachgluhen. By MRS. G. D. COPELAND, with Wood Engravings of Swiss Scenery.

LITTLE BET; or, the Railway Foundling. By E. J. MOORE, Author of the "Life and Reign of Queen Victoria," "Wentie Armitage," "The Two Margies," &c.

AFTER THE STORM. By T. S. ARTHUR.

ALICE ERRINGTON'S WORK; or the Power of Self-sacrifice. By E. C. KENYON.

SPRING FLOWERS. Stories from the German of Jenny Bach. By E. C. KENYON.

MATHILDE AND HER GOVERNESS. A beautiful Story from the French of Madame de Pressense.

NEARER AND DEARER. By JENNY BACH.

SUNBEAMS AND SHADOWS. By E. J. MOORE.

Published by W. NICHOLSON & SONS,

26. PATERNOSTER SQUARE, LONDON, E.C., and Albion Works, Wakefield.